中国古典诗词校注评丛书

花间集笺注

【汇校汇注汇评】

解玉峰 编著

图书在版编目（CIP）数据

花间集笺注 / 解玉峰编著．
—武汉：崇文书局，2017.7 (2019.1 重印)
ISBN 978-7-5403-4707-9

Ⅰ．①花…
Ⅱ．①解…
Ⅲ．①词（文学）—注释—中国—古代
Ⅳ．① I222.82

中国版本图书馆 CIP 数据核字 (2017) 第 236640 号

花间集笺注

责任编辑　王重阳
责任校对　董　颖
责任印刷　李佳超
出版发行　长江出版传媒｜崇文书局
地　　址　武汉市雄楚大街 268 号 C 座 11 层
电　　话　(027)87293001　邮政编码　430070
印　　刷　湖北恒泰印务有限公司
开　　本　880mm×1230mm　1/32
印　　张　12.25
字　　数　336 千字
版　　次　2017 年 7 月第 1 版
印　　次　2019 年 1 月第 2 次印刷
定　　价　42.00 元

（如发现印装质量问题，影响阅读，请与承印厂调换）

本作品之出版权（含电子版权）、发行权、改编权、翻译权等著作权以及本作品装帧设计的著作权均受我国著作权法及有关国际版权公约保护。任何非经我社许可的仿制、改编、转载、印刷、销售、传播之行为，我社将追究其法律责任。

中国古典诗词校注评丛书
编撰委员会

顾　　问　冯其庸　霍松林　袁世硕　冯天瑜
编　　委　（以姓氏笔画为序）
　　　　　左东岭　叶君远　朱万曙　阮　忠
　　　　　孙之梅　杨合鸣　李　浩　汪春泓
　　　　　张庆善　张新科　张　毅　陈大康
　　　　　陈文新*　陈　洪　赵伯陶　胡晓明
　　　　　郭英德　唐翼明　韩经太　廖可斌
　　　　　戴建业

（注：标*为常务编委）

前　言

五代后蜀人赵崇祚在后蜀广政三年(940)编辑的《花间集》，为近千余年来影响非常大的一种文学选本。现在学术界流行的看法认为《花间集》是最早的一部文人"词集"。但这一看法可能有很大问题。

一、《花间集》是怎样性质的一本书

从现存史料看，直至北宋熙宁年间(1068—1077)以后，也就是苏轼等著名文人开始从事词的写作以后，"词"作为一种文字有别于"诗"的观念在一些文人那里才渐渐产生。这也就是说，"词"作为一种文字或文体，其产生或早在隋唐，但人们词体观念的产生却滞后很多。在这样的情况下，后来人当然可以按照后来的观念追溯其历史，将词体溯源隋唐或更早当然是可以理解的。但这里便有一个很关键的问题："诗""词"区分的标准究竟何在？

中国古人一般都缺少严格的"概念"或逻辑意识，其所谓"词"大多含混笼统，所以明清人普遍将《花间集》视为"词集"也是可以理解的。但处于现代学术环境下的今人，对"诗""词"不得不有严格的界定和区分。近百年来最流行的观念是以"燕乐"作为区分诗、词的标准，故有"词起源于燕乐"之说。说起来，这也是一个非常奇怪的现象：对于一般读者而言，"诗""词"的区分当然是在文字形式或文体，但许多词学专家却违反常识，众口一声地说：不，"燕乐"才是"诗""词"区分的关键。

"燕乐"又名"宴乐"，顾名思义即宴间所用之乐，自先秦至隋唐、乃至晚清无不有之,其本身的纷繁及变迁使得"燕乐"无法形成概念性界定。从音乐实际来说,(词学家们最关注的)"隋唐燕乐"今日留存的史料极其匮乏,特别相对于近千词调的研究而言。

从歌曲的"文辞"与"音乐"的关系看,同一种文字或同一体裁的文字可用完全不同的音乐去呈现。如最著名的传为抗金名将岳飞所作［满江红］(怒发冲冠),其在南宋传唱时与抗日战争以来国人普遍传唱的《满江红》歌谱必有相当大的差异。反过来,同一乐谱可以用来传唱不同题材类型的文字,唐代著名伶人刘采春能以［望夫歌］调遍唱"当代才子所作"的120首诗,其中有五言,也有六言和七言诗(范摅《云溪友议》)。这充分说明:"文辞"与"音乐"并不存在必然的对应或隶属关系。也因此,论词完全可专就其"文字"或"文体",而不及"燕乐",特别是在极端缺乏"燕乐"实际史料的今日。

故在我们看来,谈论"诗""词"的区分,还是应回到"常识":从"文字"或"文体"入手,而不必牵扯到"燕乐",模棱两可,自乱体系。

洛地先生对"词"的界定是"格律化的长短句韵文",按照这样的界定,《花间集》中很多作品当然可认定为"词",但也有相当多作品显然仍应归为"诗"。

《花间集》从文字形式来看大多属于杂言,但也有少数为齐言。这些"杂言"是否皆为"词"(格律化的长短句韵文),我们姑且不论。我们现在主要讨论其中的齐言文字。《花间集》中的齐言类文字又可分为两种情况:

一是［浣溪沙］、［玉楼春］两曲调下的七言古体诗54首,其中以［浣溪沙］为题者48首,每首七言六句,以［玉楼春］为题者6首,每首七言八句。从格律来看,这54首每句皆为律句(第二、四、六字平仄相对),但句间、联间无"对""粘"的组合关系,与一般近体诗明显不同。

二是［杨柳枝］、［八拍蛮］、［竹枝］、［采莲子］四曲调下的绝句31首。其中［杨柳枝］调下24首，［八拍蛮］调下3首，［竹枝］、［采莲子］调下各2首。其中张泌、顾敻、皇甫松、孙光宪之作共6首皆杂"和声"词。如张泌［柳枝］为：

　　腻粉琼妆透碧纱(雪休夸)，金凤搔头坠鬓斜(发交加)。
　　倚着云屏新睡觉(思梦笑)，红腮隐出枕函花(有些些)。

皇甫松［采莲子］2首，其一为：

　　菡萏香莲十顷陂(举棹)，小姑贪戏采莲迟(年少)。
　　晚来弄水船头湿(举棹)，更脱红裙裹鸭儿(年少)。

孙光宪［竹枝］2首，其一为：

　　乱绳千结(竹枝)绊人深(女儿)，越罗万丈(竹枝)表长寻(女儿)。
　　杨柳在身(竹枝)垂意绪(女儿)，藕花落尽(竹枝)见莲心(女儿)。

按，凡唱中有"和声"辞，其形式一般是"一倡众和"，即一人领唱、众口合唱"和声"部分，"和声"部分的文辞一般无实际意义。上引三首去掉"和声"部分，仍为一标准绝句，其他三首有"和声"者亦然。

我们这里提及的31首绝句，其在当时可能曾分别以［杨柳枝］、［八拍蛮］、［竹枝］、［采莲子］四曲调套唱过，我们这里可以发问：是否可用［杨柳枝］、［八拍蛮］、［竹枝］、［采莲子］四曲调套唱其他唐人绝句？回答当然是肯定的。目前可以找到大量的证据，如《尊前集》等。反过来，唐人绝句是否可以其他曲调套唱？当然也可以，证据也非常多(《乐府诗集》最为集中)。

文人之事主要是文字写作，至于是否能入唱，或是否能因此流行都有极大的偶然性。文人在写作绝句时首先应考虑的是努力遵守"近体诗"(绝句)格律，而不是是否能成为"歌词"。也就是说，至少《花间集》收录的这31首绝句首先应当被视为绝句或"近体诗"，

3

而不能因其有幸人唱而摇身一变成为"词",从而有别于其他绝句。

我们按后来的"词"的观念,把《花间集》中的有些作品认定为"词"当然是可以的,但有些作品则不能不认定为"诗"。故《花间集》显然是"诗""词"混编的,但在当时人看来,这些作品或文字,不论是齐言还是杂言,都可以作为"歌词"去演唱,这与后来人把《花间集》视为"词集"还有相当大的差异。

二、本书编纂的几点想法

本书对《花间集》所做的工作主要是三项:一是校订;二是笺注;三是汇评。笺注主要是针对《花间集》作品中的较难理解的典故、名物、词汇等进行简要注释、疏解。汇评主要是汇集古人(不包括民国以来人)对《花间集》作品的评论性文字。鉴于《花间集》在历史上影响很大,古人评论性文字有时相当多,而很多都简短、琐碎,对今人理解作品助益不大,故本书在这一方面是选择一些我们认为较有价值的评论文字,力避烦琐之嫌。相比笺注、汇评两项,本书对《花间集》所做的校订工作或较有特色。

自近代引入新式标点以来,词选、词集一类的出版物一般都采用横排法,本书在编排作品文字时不是采用通行的横排法,而是以每一"韵断"为一行,以显示全篇结构。

众所周知,诗、词皆为韵文,韵(字)在诗、词结构成篇中有根本性的意义。在近体诗中,两韵句构成一"联",两"联"即为绝句、四"联"即为律诗。而在词作中,也有类似近体诗"联"的结构单位,洛地先生将其命名为"韵断"。一个"韵断"一般由两个韵句构成,也有一个韵句或三四个韵句组成一"韵断"者。律词一般为双片(阕、段),如果全篇四"韵断"、前后各二"韵断",即为"令";全篇八"韵断"、前后各四"韵断",即为"慢";全篇六七个"韵断"、前后各三或四"韵断",即为"破"。《花间集》所收的一些调牌,也有单片(阕、段)成篇的(这些调牌宜称令曲)。突出"韵断"的结构性功能,对词作的理解有很大帮助。

如[临江仙]为《花间集》中使用频率很高的一个调牌,以张泌所作一首为例。通行的词选、词集如果采用横排法,一般会如此编排:

临 江 仙

烟收湘渚秋江静,蕉花露泣愁红。五云双鹤去无踪,几回魂断,凝望向长空。　翠竹暗留珠泪怨,闲调宝瑟波中。花鬟月鬓绿云重,古祠深殿,香冷雨和风。

如果有意突出"韵断"的结构性功能,则可以如此编排(平声字下标○,仄声字下标●):

不难看出,[临江仙]是为全篇四"韵断"、前后各二"韵断"的"令"词,其四个韵断分别为:

A(七·六)+B(七·四·五)//
A(七·六)+B(七·四·五)‖

从"韵断"来说,[临江仙]是 A、B 两个"韵断"重复使用而成篇。A"韵断"是一个七言句与一个六言句组成,B"韵断"是

5

一个七言、一个四言和一个五言组成。从平仄和用韵来看，A、B两个"韵断"的各律句也是格律一致的。

如果是慢词，编排时如能显示"韵断"的结构性功能，对我们理解词的结构显得更有意义。如薛昭蕴一首[离别难]，按常见横排法会是：

宝马晓鞴雕鞍，罗帏乍别情难。那堪春景媚，送君千万里。半妆珠翠落，露华寒。红蜡烛，青丝曲，偏能钩引泪阑干。

良夜促，香尘绿，魂欲迷，檀眉半敛愁低。未别心先咽，欲语情难说。出芳草，路东西。摇袖立，春风急，樱花杨柳雨凄凄。

如果每一"韵断"为一行，则可如此排列：

宝马晓鞴雕鞍，罗帏乍别情难。　　A
那堪春景媚，送君千万里。　　B
半妆珠翠落，露华寒。　　C
红蜡烛，青丝曲，偏能钩引泪阑干。　　D

良夜促，香尘绿，魂欲迷，檀眉半敛愁低。　　A
未别心先咽，欲语情难说。　　B
出芳草，路东西。　　C
摇袖立，春风急，樱花杨柳雨凄凄。　　D

不难看出，慢词[离别难]所使用的A、B、C、D四个韵断，在前、后片中有的韵断基本不变(B、D)，有的韵断略有变化(如A、C)。这样，整个慢词的结构还是较为清晰的。

又如[三字令]，其每句皆三字，如用常见的横排法，其结构几乎完全看不出。如欧阳炯[三字令]：

春欲尽,日迟迟,牡丹时。罗幌卷,翠帘垂。彩笺书,红粉泪,两心知。人不在,燕空归,负佳期。香烬落,枕函欹。月分明,花淡薄,惹相思。

如果每一"韵断"为一行,则可如此排列：

春欲尽,日迟迟,牡丹时。
　　罗幌卷,翠帘垂。
彩笺书,红粉泪,两心知。

人不在,燕空归,负佳期。
　　香烬落,枕函欹。
月分明,花淡薄,惹相思。

[三字令]上、下片各三"韵断",为"破",其三个"韵断"在上、下片中完全相同。如果每一"韵断"为一行进行排列,其结构可以非常清晰。

又如[酒泉子]、[竹枝]、[杨柳枝]等词调,皆有"和声"。在"一唱众和"时,"和声"部分是由"众"（歌女）齐声歌唱。"和声"部分一般独立押韵,自成体系。为了仍能显示"韵断"的结构意义,[酒泉子]在本书中一般如此排列,如张泌的一首[酒泉子]：

春雨打窗,惊梦觉来天气晓。
　　画堂深,红焰小。背兰缸。
酒香喷鼻懒开缸,惆怅更无人共醉。
　　旧巢中,新燕子。语双双。

7

张泌的这首[酒泉子]，"背兰缸"、"语双双"皆为"和声"，独立押韵。如果按一般通行的横排，不独其全篇结构不清晰，而且其"和声"词也易被淹没。

按"韵断"进行编排，其关键是找出构成每一调牌的各个韵断。由于《花间集》中的很多调牌在词史中处于早期阶段，其结构还不稳定规范，这样就常常给"韵断"的判别带来很大困难，因而本书有些"韵断"的判定也可能会存在一些问题。但本书不是简单采用流行的横排法，而是凸显"韵断"的结构性意义，这样的尝试相信能得到读者诸君的认同。

《花间集》最早的版本，一般认为是绍兴十八年（1148）晁谦之校刻本（简称"晁本"）和南宋淳熙年间鄂州册子纸本（简称"鄂本"）、南宋开禧元年（1205）陆游跋本（简称"陆本"），明中叶后《花间集》先后涌现二十余种刻本和手抄本，著名者如明正德辛巳覆刻本、正统吴讷辑抄《诏宋名贤百家词》本、万历庚辰茅一桢刊本、万历壬寅玄览斋巾箱本、万历庚申汤显祖评朱墨本、万历吴勉学师古斋刊本、毛晋汲古阁《词苑英华》本等，皆从"晁本""鄂本"或"陆本"出。

鉴于李一氓先生《花间集校》（人民文学出版社，1958）及近出的杨景龙先生《花间集校注》（中华书局，2014）等《花间集》校本在比勘、汇集《花间集》版本异同方面已做过很多非常翔实的工作，读者如欲了解《花间集》版本异同情况可以参看，重复性的工作意义不大，"晁本"相比各本最近本貌，明正德辛巳（1521）覆刻本基本保存晁本原貌，为诸明本中最善，故本书出于方便实用的目的，以此本为据进行校订。校订时以保留此本原貌为基本原则。如正德本中的"凤皇"、"无憀"、"胡蝶"等在他本中一般作"凤凰"、"无聊"、"蝴蝶"，本书在校订时仍存原貌,不径改为通行写法。遇有文字明显不通处,则从他本改正,一般出校记。

本书在编纂过程中,对前辈时贤著作亦有参考和借鉴,因体例所限,不能一一说明,谨此统致谢忱。

花间集叙

武德军节度判官欧阳炯①撰

镂玉雕琼②,拟化工而迥巧③;裁花剪叶,夺春艳以争鲜。是以唱《云谣》则金母词清④,挹霞醴则穆王心醉⑤。名高《白雪》⑥,声声而自合鸾歌⑦;响遏行云,字字而偏谐凤律⑧。《杨柳》《大堤》之句,乐府相传;《芙蓉》《曲渚》之篇,豪家自制⑨。莫不争高门下,三千玳瑁之簪⑩;竞富尊前,数十珊瑚之树⑪。则有绮筵公子,绣幌佳人,递叶叶之花笺,文抽丽锦;举纤纤之玉指,拍按香檀⑫。不无清绝之词,用助娇娆之态。自南朝之宫体⑬,扇北里⑭之倡风。何止言之不文⑮,所谓秀而不实。有唐已降,率土之滨⑯,家家之香径春风,宁寻越艳;处处之红楼夜月,自锁嫦娥。在明皇朝⑰,则有李太白之应制⑱《清平乐》词四首,近代温飞卿复有《金筌集》,迩来⑲作者,无愧前人。今卫尉少卿字弘基⑳,以拾翠洲边,自得羽毛之异;织绡泉底,独殊机杼之功。广会众宾,时延㉑佳论。因集近来诗客曲子词五百首,分为十卷。以炯㉒粗预知音,辱请命题,仍为叙引。昔郢人有歌《阳春》者,号为绝唱,乃命之为《花间集》。庶以阳春之甲,将使西园㉓英哲,用姿羽盖㉔之欢;南国婵娟,休唱莲舟之引㉕。

时大蜀广政三年㉖夏四月日叙。

【笺注】

①欧阳炯(896—971),五代词人。益州华阳(今四川双流)人。少事前蜀王衍为中书舍人。前蜀亡,随王衍至洛阳。补秦州从事。孟知祥镇蜀,炯复回成都。孟知祥称帝后,任中书舍人。后主孟昶广政三年(940)四月,官武德军节度判官,为赵崇祚编《花间集》作叙。十二年(949)拜翰林学士。次年,知贡举,判太常寺。后迁礼部侍郎,领陵州刺史,转吏部侍郎,加承旨。二十四年(961)五月,拜门下侍郎兼户部尚书、平章事、监修国史。宋乾德三年(965)元月,后蜀亡,随孟昶至汴京。六月宋除炯为右散骑常侍,俄充翰林学士,转左散骑常侍。后分司西京。开宝四年(971)卒。年七十六。《宋史》卷四七九、《十国春秋》卷五六有传。

②镂玉雕琼:雕刻琼玉,这里形容精巧的文字刻画工夫。

③化工:自然的创造力。迥(jiǒng)巧:绝巧,精巧。

④《云谣》:即白云谣。《穆天子传》载,周穆王西游至昆仑山见西王母,西王母在瑶池宴请。西王母做歌,歌云:"白云在天,丘陵自出。道里悠远,山川间之。将子无死,尚复能来。"因首句为"白云在天",故名白云谣。金母:即西王母。

⑤挹(yì)酌,把液体盛出来。醴(lǐ):甜酒。挹霞醴,即饮酒。穆王:即穆天子。

⑥《白雪》:比喻高雅的歌曲。宋玉《对楚王问》:"其为《阳阿》《薤露》,国中属而和者数百人;其为《阳春》《白雪》,国中属而和者不过数十人。"

⑦鸾歌:鸾鸟鸣唱,比喻歌声和谐悦耳。

⑧凤律:《吕氏春秋·古乐》:"听凤皇之鸣,以别十二律。"故称音律为凤律。

⑨《杨柳》《大堤》:皆旧乐府曲名。《芙蓉》《曲渚》:皆著名诗篇。《古诗十九首》之六有:"涉江采芙蓉,兰泽多芳草。采之欲遗谁? 所思在远道。"梁何逊《送韦司马别》头四句为"送别临曲渚,征人慕前侣。离言虽欲繁,离思终无绪"。豪家:指文豪。

⑩玳瑁之簪:装饰有玳瑁的簪。晋张华《轻薄篇》有"横簪刻玳瑁"句。三千玳瑁之簪:极言文辞富丽。

⑪数十珊瑚之树:刘义庆《世说新语》载石崇与王恺以珊瑚树争豪事,此用此典故。

⑫绮筵:豪华的筵席。绣幌:锦绣的帷帐。叶叶即页页。花笺即彩色信笺,用于公子与佳人传情。拍按香檀:以檀板为节拍。

⑬宫体:宫体诗,梁、陈及唐初,很多文人诗多写宫廷生活及男女私情,词藻靡丽,"伤于轻艳",被称"宫体"。

⑭北里:唐长安平康里,因在城北,也称北里,是妓院所在地。

⑮言之不文:《左传》有:"言之无文,行而不远。"后世一般指不讲究文辞修饰。

⑯率土之滨:沿着王土的边涯,一般指国土。《诗经·小雅·北山》:"溥天之下,莫非王土;率土之滨,莫非王臣。"

⑰明皇朝:唐玄宗李隆基公元712年至756年在位,谥号"至道大圣大明孝皇帝",故后世多称为明皇。

⑱应制:受皇帝命而作。李太白之应制《清平乐》词四首见《尊前集》。

⑲温飞卿:即温庭筠,飞卿乃其字。迩来:近来。

⑳弘基:《花间集》的编辑者赵崇祚,字弘基,生平事迹不详。编此集时任卫尉少卿。

㉑延:收纳。

㉒炯:欧阳炯自称。

㉓西园:三国魏邺都的西园,魏文帝曹丕集文学侍从之臣游宴、赏月的地方。后来代指文人游宴地。

㉔羽盖:以翠羽为饰的车盖。

㉕莲舟之引:即采莲曲,乐府清商曲辞。此指过时的曲子。

㉖大蜀广政三年:后蜀纪年,即公元940年。

目　录

花间集卷第一

温庭筠 五十首 ……………………………………… 3
 菩萨蛮 十四首 ………………………………… 3
  其一（小山重叠金明灭）……………………… 3
  其二（水晶帘里颇黎枕）……………………… 4
  其三（蕊黄无限当山额）……………………… 5
  其四（翠翘金缕双鸂鶒）……………………… 6
  其五（杏花含露团香雪）……………………… 6
  其六（玉楼明月长相忆）……………………… 7
  其七（凤皇相对盘金缕）……………………… 8
  其八（牡丹花谢莺声歇）……………………… 8
  其九（满宫明月梨花白）……………………… 9
  其十（宝函钿雀金鸂鶒）……………………… 9
  其十一（南园满地堆轻絮）…………………… 10
  其十二（夜来皓月才当午）…………………… 11
  其十三（雨晴夜合玲珑日）…………………… 11
  其十四（竹风轻动庭除冷）…………………… 12
 更漏子 六首 …………………………………… 13

  其一（柳丝长）······13
  其二（星斗稀）······13
  其三（金雀钗）······14
  其四（相见稀）······14
  其五（背江楼）······15
  其六（玉炉香）······16

归国遥 二首 ······16
  其一（香玉）······16
  其二（双脸）······17

酒泉子 四首 ······17
  其一（花映柳条）······17
  其二（日映纱窗）······18
  其三（楚女不归）······18
  其四（罗带惹香）······19

定西番 三首 ······20
  其一（汉使昔年离别）······20
  其二（海燕欲飞调羽）······20
  其三（细雨晓莺春晚）······21

杨柳枝 八首 ······22
  其一（宜春苑外最长条）······22
  其二（南内墙东御路旁）······22
  其三（苏小门前柳万条）······22
  其四（金缕毵毵碧瓦沟）······23
  其五（馆娃宫外邺城西）······23
  其六（两两黄鹂色似金）······24
  其七（御柳如丝映九重）······24

其八（织锦机边莺语频）……………………………… 24
南歌子 七首 ……………………………………………… 25
　　其一（手里金鹦鹉）…………………………………… 25
　　其二（似带如丝柳）…………………………………… 25
　　其三（鬓堕低梳髻）…………………………………… 26
　　其四（脸上金霞细）…………………………………… 26
　　其五（扑蕊添黄子）…………………………………… 27
　　其六（转盼如波眼）…………………………………… 27
　　其七（懒拂鸳鸯枕）…………………………………… 27
河渎神 三首 ……………………………………………… 28
　　其一（河上望丛祠）…………………………………… 28
　　其二（孤庙对寒潮）…………………………………… 29
　　其三（铜鼓赛神来）…………………………………… 29
女冠子 二首 ……………………………………………… 30
　　其一（含娇含笑）……………………………………… 30
　　其二（霞帔云发）……………………………………… 31
玉蝴蝶 …………………………………………………… 31

花间集卷第二

温庭筠 十六首 ………………………………………… 35
　清平乐 二首 …………………………………………… 35
　　其一（上阳春晚）……………………………………… 35
　　其二（洛阳愁绝）……………………………………… 36
　遐方怨 二首 …………………………………………… 36
　　其一（凭绣槛）………………………………………… 36

其二（花半坼）	37
诉衷情	38
思帝乡	38
梦江南 二首	39
其一（千万恨）	39
其二（梳洗罢）	39
河传 三首	40
其一（江畔）	40
其二（湖上）	41
其三（同伴）	42
番女怨 二首	43
其一（万枝香雪开已遍）	43
其二（碛南沙上惊雁起）	43
荷叶杯 三首	44
其一（一点露珠凝冷）	44
其二（镜水夜来秋月）	44
其三（楚女欲归南浦）	45

皇甫松 十二首 46

天仙子 二首	46
其一（晴野鹭鹚飞一只）	46
其二（踯躅花开红照水）	47
浪淘沙 二首	47
其一（滩头细草接疏林）	47
其二（蛮歌豆蔻北人愁）	48
杨柳枝 二首	49

其一（春入行宫映翠微）……………… 49
　　其二（烂漫春归水国时）……………… 49
　摘得新　二首 …………………………… 50
　　其一（酌一卮）………………………… 50
　　其二（摘得新）………………………… 50
　梦江南　二首 …………………………… 51
　　其一（兰烬落）………………………… 51
　　其二（楼上寝）………………………… 51
　采莲子　二首 …………………………… 52
　　其一（菡萏香莲十顷陂）……………… 52
　　其二（船动湖光滟滟秋）……………… 53

韦庄　二十二首 ……………………………… 54
　浣溪沙　五首 …………………………… 54
　　其一（清晓妆成寒食天）……………… 54
　　其二（欲上秋千四体慵）……………… 55
　　其三（惆怅梦余山月斜）……………… 55
　　其四（绿树藏莺莺正啼）……………… 56
　　其五（夜夜相思更漏残）……………… 56
　菩萨蛮　五首 …………………………… 57
　　其一（红楼别夜堪惆怅）……………… 57
　　其二（人人尽说江南好）……………… 58
　　其三（如今却忆江南乐）……………… 58
　　其四（劝君今夜须沉醉）……………… 59
　　其五（洛阳城里春光好）……………… 59
　归国遥　三首 …………………………… 60

5

其一（春欲暮）·················· 60
　　其二（金翡翠）·················· 61
　　其三（春欲晚）·················· 61
　应天长 二首 ····················· 62
　　其一（绿槐阴里黄莺语）············ 62
　　其二（别来半岁音书绝）············ 63
　荷叶杯 二首 ····················· 64
　　其一（绝代佳人难得）·············· 64
　　其二（记得那年花下）·············· 64
　清平乐 四首 ····················· 65
　　其一（春愁南陌）·················· 65
　　其二（野花芳草）·················· 66
　　其三（何处游女）·················· 66
　　其四（莺啼残月）·················· 67
　望远行 ························ 67

花间集卷第三

韦庄 二十六首 ······················ 71
　谒金门 二首 ····················· 71
　　其一（春漏促）···················· 71
　　其二（空相忆）···················· 71
　江城子 二首 ····················· 72
　　其一（恩重娇多情易伤）············ 72
　　其二（髻鬟狼藉黛眉长）············ 73
　河传 三首 ······················· 73

其一（何处） ································· 73
　　其二（春晚） ································· 74
　　其三（锦浦） ································· 75
天仙子　五首 ··································· 76
　　其一（怅望前回梦里期） ··················· 76
　　其二（深夜归来长酩酊） ··················· 76
　　其三（蟾彩霜华夜不分） ··················· 77
　　其四（梦觉云屏依旧空） ··················· 77
　　其五（金似衣裳玉似身） ··················· 78
喜迁莺　二首 ··································· 78
　　其一（人汹汹） ······························ 78
　　其二（街鼓动） ······························ 79
思帝乡　二首 ··································· 80
　　其一（云髻坠） ······························ 80
　　其二（春日游） ······························ 80
诉衷情　二首 ··································· 81
　　其一（烛尽香残帘半卷） ··················· 81
　　其二（碧沼红芳烟雨静） ··················· 81
上行杯　二首 ··································· 82
　　其一（芳草灞陵春岸） ······················ 82
　　其二（白马玉鞭金辔） ······················ 83
女冠子　二首 ··································· 83
　　其一（四月十七） ··························· 83
　　其二（昨夜夜半） ··························· 84
更漏子 ··· 84
酒泉子 ··· 85

木兰花 ··· 85

　　小重山 ··· 86

薛昭蕴 十九首 ··· 88

　浣溪沙 八首 ··· 88

　　其一（红蓼渡头秋正雨）······································· 88

　　其二（钿匣菱花锦带垂）······································· 88

　　其三（粉上依稀有泪痕）······································· 89

　　其四（握手河桥柳似金）······································· 90

　　其五（帘下三间出寺墙）······································· 90

　　其六（江馆清秋缆客船）······································· 91

　　其七（倾国倾城恨有余）······································· 91

　　其八（越女淘金春水上）······································· 92

　喜迁莺 三首 ··· 92

　　其一（残蟾落）·· 92

　　其二（金门晓）·· 93

　　其三（清明节）·· 94

　小重山 二首 ··· 94

　　其一（春到长门春草青）······································· 94

　　其二（秋到长门秋草黄）······································· 95

　离别难 ··· 96

　相见欢 ··· 97

　醉公子 ··· 97

　女冠子 二首 ··· 98

　　其一（求仙去也）··· 98

　　其二（云罗雾縠）··· 99

谒金门 ·· 99

牛峤 五首 ······································ 101
　柳枝 五首 ······································ 101
　　其一（解冻风来末上青）················ 101
　　其二（吴王宫里色偏深）················ 102
　　其三（桥北桥南千万条）················ 102
　　其四（狂雪随风扑马飞）················ 103
　　其五（袅翠笼烟指暖波）················ 103

花间集卷第四

牛峤 二十七首 ································ 107
　女冠子 四首 ·································· 107
　　其一（绿云高髻）·························· 107
　　其二（锦江烟水）·························· 108
　　其三（星冠霞帔）·························· 108
　　其四（双飞双舞）·························· 109
　梦江南 二首 ·································· 109
　　其一（衔泥燕）······························ 109
　　其二（红绣被）······························ 110
　感恩多 二首 ·································· 110
　　其一（两条红粉泪）······················· 110
　　其二（自从南浦别）······················· 111
　应天长 二首 ·································· 111
　　其一（玉楼春望晴烟灭）················ 111

其二（双眉淡薄藏心事） …………………… 112
更漏子 三首 …………………………………… 113
 其一（星渐稀） ………………………… 113
 其二（春夜阑） ………………………… 113
 其三（南浦情） ………………………… 114
望江怨 …………………………………………… 114
菩萨蛮 七首 …………………………………… 115
 其一（舞裙香暖金泥凤） ………………… 115
 其二（柳花飞处莺声急） ………………… 116
 其三（玉钗风动春幡急） ………………… 116
 其四（画屏重叠巫阳翠） ………………… 116
 其五（风帘燕舞莺啼柳） ………………… 117
 其六（绿云鬓上飞金雀） ………………… 118
 其七（玉楼冰簟鸳鸯锦） ………………… 118
酒泉子 …………………………………………… 119
定西番 …………………………………………… 119
玉楼春 …………………………………………… 120
西溪子 …………………………………………… 121
江城子 二首 …………………………………… 121
 其一（鵁鶄飞起郡城东） ………………… 121
 其二（极浦烟消水鸟飞） ………………… 122

张泌 二十三首 ………………………………… 123
浣溪沙 十首 …………………………………… 123
 其一（钿毂香车过柳堤） ………………… 123
 其二（马上凝情忆旧游） ………………… 123

  其三（独立寒阶望月华） ……………………… 124

  其四（依约残眉理旧黄） ……………………… 125

  其五（翡翠屏开绣幄红） ……………………… 125

  其六（枕障熏炉隔绣帷） ……………………… 126

  其七（花月香寒悄夜尘） ……………………… 126

  其八（偏戴花冠白玉簪） ……………………… 127

  其九（晚逐香车入凤城） ……………………… 127

  其十（小市东门欲雪天） ……………………… 128

临江仙 ……………………………………………… 128

女冠子 ……………………………………………… 129

河传 二首 ………………………………………… 130

  其一（渺莽云水） ……………………………… 130

  其二（红杏） …………………………………… 130

酒泉子 二首 ……………………………………… 131

  其一（春雨打窗） ……………………………… 131

  其二（紫陌青门） ……………………………… 131

生查子 ……………………………………………… 132

思越人 ……………………………………………… 132

满宫花 ……………………………………………… 133

柳枝 ………………………………………………… 133

南歌子 三首 ……………………………………… 134

  其一（柳色遮楼暗） …………………………… 134

  其二（岸柳拖烟绿） …………………………… 134

  其三（锦荐红鸂鶒） …………………………… 135

花间集卷第五

张泌 四首 ·· 139
 江城子 二首 ································· 139
  其一（碧栏干外小中庭）················ 139
  其二（浣花溪上见卿卿）················ 139
 河渎神 ·· 140
 胡蝶儿 ·· 140

毛文锡 三十一首 ······························· 142
 虞美人 二首 ································· 142
  其一（鸳鸯对浴银塘暖）················ 142
  其二（宝檀金缕鸳鸯枕）················ 143
 酒泉子 ·· 143
 喜迁莺 ·· 144
 赞成功 ·· 145
 西溪子 ·· 145
 中兴乐 ·· 146
 更漏子 ·· 146
 接贤宾 ·· 147
 赞浦子 ·· 148
 甘州遍 二首 ································· 148
  其一（春光好）························· 148
  其二（秋风紧）························· 149
 纱窗恨 二首 ································· 150

> 其一（新春燕子还来至） ……………………… 150
> 其二（双双蝶翅涂铅粉） ……………………… 150

柳含烟　四首 ………………………………………… 151
> 其一（隋堤柳） ………………………………… 151
> 其二（河桥柳） ………………………………… 152
> 其三（章台柳） ………………………………… 152
> 其四（御沟柳） ………………………………… 153

醉花间　二首 ………………………………………… 154
> 其一（休相问） ………………………………… 154
> 其二（深相忆） ………………………………… 154

浣溪沙（春水轻波浸绿苔） ………………………… 155
浣溪沙（七夕年年信不违） ………………………… 156
月宫春 ………………………………………………… 156
恋情深　二首 ………………………………………… 157
> 其一（滴滴铜壶寒漏咽） ……………………… 157
> 其二（玉殿春浓花烂漫） ……………………… 158

诉衷情　二首 ………………………………………… 158
> 其一（桃花流水漾纵横） ……………………… 158
> 其二（鸳鸯交颈绣衣轻） ……………………… 158

应天长 ………………………………………………… 159
河满子 ………………………………………………… 160
巫山一段云 …………………………………………… 160
临江仙 ………………………………………………… 161

牛希济　十一首 …………………………………… 162
　临江仙　七首 ……………………………………… 162

13

其一（峭碧参差十二峰） ……………… 162

其二（谢家仙观寄云岑） ……………… 163

其三（渭阙宫城秦树凋） ……………… 163

其四（江绕黄陵春庙闲） ……………… 164

其五（素洛春光潋滟平） ……………… 164

其六（柳带摇风汉水滨） ……………… 165

其七（洞庭波浪飐晴天） ……………… 166

酒泉子 …………………………………… 167

生查子 …………………………………… 167

中兴乐 …………………………………… 168

谒金门 …………………………………… 169

欧阳炯 四首 …………………………… 170

浣溪沙 三首 …………………………… 170

其一（落絮残莺半日天） ……………… 170

其二（天碧罗衣拂地垂） ……………… 171

其三（相见休言有泪珠） ……………… 171

三字令 …………………………………… 172

花间集卷第六

欧阳炯 十三首 ………………………… 175

南乡子 八首 …………………………… 175

其一（嫩草如烟） ……………………… 175

其二（画舸停桡） ……………………… 175

其三（岸远沙平） ……………………… 176

- 其四（洞口谁家）······ 176
- 其五（二八花钿）······ 177
- 其六（路入南中）······ 177
- 其七（袖敛鲛绡）······ 178
- 其八（翡翠鸂鶒）······ 178

献衷心 ······ 179

贺明朝 二首 ······ 180
- 其一（忆昔花间初识面）······ 180
- 其二（忆昔花间相见后）······ 180

江城子 ······ 181

凤楼春 ······ 182

和凝 二十首 ······ 183

小重山 二首 ······ 183
- 其一（春入神京万木芳）······ 183
- 其二（正是神京烂熳时）······ 184

临江仙 二首 ······ 185
- 其一（海棠香老春江晚）······ 185
- 其二（披袍窣地红宫锦）······ 185

菩萨蛮 ······ 186

山花子 二首 ······ 187
- 其一（莺锦蝉縠馥麝脐）······ 187
- 其二（银字笙寒调正长）······ 188

何满子 二首 ······ 188
- 其一（正是破瓜年纪）······ 188
- 其二（写得鱼笺无限）······ 189

薄命女 190
望梅花 190
天仙子 二首 191
　　其一（柳色披衫金缕凤） 191
　　其二（洞口春红飞蔌蔌） 192
春光好 二首 192
　　其一（纱窗暖） 192
　　其二（蘋叶软） 193
采桑子 193
柳枝 三首 194
　　其一（软碧摇烟似送人） 194
　　其二（瑟瑟罗裙金缕腰） 194
　　其三（雀桥初就咽银河） 195
渔父 195

顾夐 十八首 197

虞美人 六首 197
　　其一（晓莺啼破相思梦） 197
　　其二（触帘风送景阳钟） 198
　　其三（翠屏闲掩垂珠箔） 198
　　其四（碧梧桐映纱窗晚） 199
　　其五（深闺春色劳思想） 199
　　其六（少年艳质胜琼英） 200
河传 三首 201
　　其一（燕飏） 201
　　其二（曲槛） 201

其三（棹举） ······ 202

甘州子 五首 ······ 203
 其一（一炉龙麝锦帷旁） ······ 203
 其二（每逢清夜与良晨） ······ 204
 其三（曾如刘阮访仙踪） ······ 204
 其四（露桃花里小楼深） ······ 204
 其五（红炉深夜醉调笙） ······ 205

玉楼春 四首 ······ 205
 其一（月照玉楼春漏促） ······ 205
 其二（柳映玉楼春日晚） ······ 206
 其三（月皎露华窗影细） ······ 206
 其四（拂水双飞来去燕） ······ 207

花间集卷第七

顾敻 三十七首 ······ 211
浣溪沙 八首 ······ 211
 其一（春色迷人恨正赊） ······ 211
 其二（红藕香寒翠渚平） ······ 211
 其三（荷芰风轻帘幕香） ······ 212
 其四（惆怅经年别谢娘） ······ 212
 其五（庭菊飘黄玉露浓） ······ 213
 其六（云淡风高叶乱飞） ······ 213
 其七（雁响遥天玉漏清） ······ 214
 其八（露白蟾明又到秋） ······ 214

酒泉子 七首 ······ 215

17

其一（杨柳舞风）…………………………… 215
　　其二（罗带缕金）…………………………… 215
　　其三（小槛日斜）…………………………… 216
　　其四（黛薄红深）…………………………… 216
　　其五（掩却菱花）…………………………… 217
　　其六（水碧风清）…………………………… 218
　　其七（黛怨红羞）…………………………… 218
杨柳枝 ………………………………………… 219
遐方怨 ………………………………………… 219
献衷心 ………………………………………… 220
应天长 ………………………………………… 221
诉衷情 二首 …………………………………… 221
　　其一（香灭帘垂春漏永）…………………… 221
　　其二（永夜抛人何处去）…………………… 222
荷叶杯 九首 …………………………………… 222
　　其一（春尽小庭花落）……………………… 222
　　其二（歌发谁家筵上）……………………… 223
　　其三（弱柳好花尽拆）……………………… 223
　　其四（记得那时相见）……………………… 224
　　其五（夜久歌声怨咽）……………………… 224
　　其六（我忆君诗最苦）……………………… 224
　　其七（金鸭香浓鸳被）……………………… 225
　　其八（曲砌蝶飞烟暖）……………………… 225
　　其九（一去又乖期信）……………………… 225
渔歌子 ………………………………………… 226
临江仙 三首 …………………………………… 227

其一（碧染长空池似镜） ……………… 227
其二（幽闺小槛春光晚） ……………… 227
其三（月色穿帘风入竹） ……………… 228

醉公子 二首 ……………………………… 228
其一（漠漠秋云淡） …………………… 228
其二（岸柳垂金线） …………………… 229

更漏子 ……………………………………… 230

孙光宪 十三首 ……………………………… 231

浣溪沙 九首 ……………………………… 231
其一（蓼岸风多橘柚香） ……………… 231
其二（桃杏风香帘幕闲） ……………… 232
其三（花渐凋疏不耐风） ……………… 232
其四（揽镜无言泪欲流） ……………… 233
其五（半踏长裾宛约行） ……………… 233
其六（兰沐初休曲槛前） ……………… 234
其七（风递残香出绣帘） ……………… 235
其八（轻打银筝坠燕泥） ……………… 235
其九（乌帽斜攲倒佩鱼） ……………… 236

河传 四首 ………………………………… 237
其一（太平天子） ……………………… 237
其二（柳拖金缕） ……………………… 238
其三（花落） …………………………… 238
其四（风飐） …………………………… 239

19

花间集卷第八

孙光宪 四十八首 …… 243
菩萨蛮 五首 …… 243
其一(月华如水笼香砌) …… 243
其二(花冠频鼓墙头翼) …… 244
其三(小庭花落无人扫) …… 244
其四(青岩碧洞经朝雨) …… 245
其五(木棉花映丛祠小) …… 245

河渎神 二首 …… 246
其一(汾水碧依依) …… 246
其二(江上草芊芊) …… 247

虞美人 二首 …… 248
其一(红窗寂寂无人语) …… 248
其二(好风微揭帘旌起) …… 248

后庭花 二首 …… 249
其一(景阳钟动宫莺啭) …… 249
其二(石城依旧空江国) …… 249

生查子 三首 …… 250
其一(寂寞掩朱门) …… 250
其二(暖日策花骢) …… 251
其三(金井堕高梧) …… 251

临江仙 二首 …… 252
其一(霜拍井梧干叶堕) …… 252
其二(暮雨凄凄深院闭) …… 252

酒泉子 三首 ……………………………… 253
    其一（空碛无边）………………………… 253
    其二（曲槛小楼）………………………… 253
    其三（敛态窗前）………………………… 254

清平乐 二首 ……………………………… 255
    其一（愁肠欲断）………………………… 255
    其二（等闲无语）………………………… 255

更漏子 二首 ……………………………… 256
    其一（听寒更）…………………………… 256
    其二（今夜期）…………………………… 256

女冠子 二首 ……………………………… 257
    其一（蕙风芝露）………………………… 257
    其二（淡花瘦玉）………………………… 258

风流子 三首 ……………………………… 258
    其一（茅舍槿篱溪曲）…………………… 258
    其二（楼倚长衢欲暮）…………………… 259
    其三（金络玉衔嘶马）…………………… 260

定西番 二首 ……………………………… 260
    其一（鸡禄山前游骑）…………………… 260
    其二（帝子枕前秋夜）…………………… 261

河满子 ……………………………………… 262

玉胡蝶 ……………………………………… 262

八拍蛮 ……………………………………… 263

竹枝 二首 ………………………………… 263
    其一（门前春水白蘋花）………………… 263
    其二（乱绳千结绊人深）………………… 264

思帝乡 ………………………………………… 265
上行杯 二首 ……………………………… 265
　　其一（草草离亭鞍马）…………………… 265
　　其二（离棹逡巡欲动）…………………… 266
谒金门 ………………………………………… 267
思越人 二首 ……………………………… 267
　　其一（古台平）…………………………… 267
　　其二（渚莲枯）…………………………… 268
杨柳枝 四首 ……………………………… 269
　　其一（阊门风暖落花干）………………… 269
　　其二（有池有榭即濛濛）………………… 269
　　其三（根柢虽然傍浊河）………………… 270
　　其四（万株枯槁怨亡隋）………………… 270
望梅花 ………………………………………… 270
渔歌子 二首 ……………………………… 271
　　其一（草芊芊）…………………………… 271
　　其二（泛流萤）…………………………… 272

魏承班 二首 ……………………………… 273
菩萨蛮 二首 ……………………………… 273
　　其一（罗裾薄薄秋波染）………………… 273
　　其二（罗衣隐约金泥画）………………… 274

花间集卷第九

魏承班 十三首 …………………………… 277

满宫花 ································· 277
木兰花 ································· 278
玉楼春 二首 ···························· 278
 其一(寂寂画堂梁上燕) ············· 278
 其二(轻敛翠蛾呈皓齿) ············· 279
诉衷情 五首 ···························· 280
 其一(高歌宴罢月初盈) ············· 280
 其二(春深花簇小楼台) ············· 280
 其三(银汉云晴玉漏长) ············· 281
 其四(金风轻透碧窗纱) ············· 281
 其五(春情满眼脸红绡) ············· 282
生查子 二首 ···························· 283
 其一(烟雨晚晴天) ················· 283
 其二(寂寞画堂空) ················· 283
黄钟乐 ································· 284
渔歌子 ································· 285

鹿虔扆 六首 ···························· 286
临江仙 二首 ···························· 286
 其一(金锁重门荒苑静) ············· 286
 其二(无赖晓莺惊梦断) ············· 287
女冠子 二首 ···························· 287
 其一(凤楼琪树) ··················· 287
 其二(步虚坛上) ··················· 288
思越人 ································· 288
虞美人 ································· 289

阎选 八首 ········· 291
 虞美人 二首 ········· 291
  其一（粉融红腻莲房绽）········· 291
  其二（楚腰蛴领团香玉）········· 292
 临江仙 二首 ········· 293
  其一（雨停荷芰逗浓香）········· 293
  其二（十二高峰天外寒）········· 293
 浣溪沙 ········· 294
 八拍蛮 二首 ········· 295
  其一（云锁嫩黄烟柳细）········· 295
  其二（愁锁黛眉烟易惨）········· 295
 河传 ········· 296

尹鹗 六首 ········· 297
 临江仙 二首 ········· 297
  其一（一番荷芰生池沼）········· 297
  其二（深秋寒夜银河静）········· 298
 满宫花 ········· 298
 杏园芳 ········· 299
 醉公子 ········· 300
 菩萨蛮 ········· 300

毛熙震 十六首 ········· 302
 浣溪沙 七首 ········· 302
  其一（春暮黄莺下砌前）········· 302
  其二（花榭香红烟景迷）········· 302

其三（晚起红房醉欲消） ·········· 303
其四（一只横钗坠髻丛） ·········· 303
其五（云薄罗裙绶带长） ·········· 304
其六（碧玉冠轻袅燕钗） ·········· 304
其七（半醉凝情卧绣茵） ·········· 305

临江仙 二首 ·················· 306
  其一（南齐天子宠婵娟） ·········· 306
  其二（幽闺欲曙闻莺啭） ·········· 306

更漏子 二首 ·················· 307
  其一（秋色清） ················ 307
  其二（烟月寒） ················ 308

女冠子 二首 ·················· 308
  其一（碧桃红杏） ··············· 308
  其二（修蛾慢脸） ··············· 309

清平乐 ······················ 309

南歌子 二首 ·················· 310
  其一（远山愁黛碧） ············· 310
  其二（惹恨还添恨） ············· 311

花间集卷第十

毛熙震 十三首 ················ 315

河满子 二首 ·················· 315
  其一（寂寞芳菲暗度） ············ 315
  其二（无语残妆淡薄） ············ 315

小重山 ······················ 316

定西番 ·················· 317
木兰花 ·················· 317
后庭花 三首 ·············· 318
  其一（莺啼燕语芳菲节）······ 318
  其二（轻盈舞妓含芳艳）······ 318
  其三（越罗小袖新香蒨）······ 319
酒泉子 二首 ·············· 320
  其一（闲卧绣帷）·········· 320
  其二（钿匣舞鸾）·········· 320
菩萨蛮 三首 ·············· 321
  其一（梨花满院飘香雪）······ 321
  其二（绣帘高轴临塘看）······ 322
  其三（天含残碧融春色）······ 322

李珣 三十七首 ············ 323

浣溪沙 四首 ·············· 323
  其一（入夏偏宜淡薄妆）······ 323
  其二（晚出闲庭看海棠）······ 324
  其三（访旧伤离欲断魂）······ 324
  其四（红藕花香到槛频）······ 325
渔歌子 四首 ·············· 326
  其一（楚山青）············ 326
  其二（荻花秋）············ 326
  其三（柳垂丝）············ 327
  其四（九疑山）············ 327
巫山一段云 二首 ··········· 328

其一（有客经巫峡）·························328
　　其二（古庙依青嶂）·························328
临江仙 二首·································329
　　其一（帘卷池心小阁虚）·····················329
　　其二（莺报帘前暖日红）·····················330
南乡子 十首·································331
　　其一（烟漠漠）·····························331
　　其二（兰棹举）·····························331
　　其三（归路近）·····························332
　　其四（乘彩舫）·····························332
　　其五（倾绿蚁）·····························332
　　其六（云带雨）·····························333
　　其七（沙月静）·····························333
　　其八（渔市散）·····························334
　　其九（拢云髻）·····························334
　　其十（相见处）·····························335
女冠子 二首·································335
　　其一（星高月午）···························335
　　其二（春山夜静）···························336
酒泉子 三首·································337
　　其一（寂寞青楼）···························337
　　其二（雨渍花零）···························337
　　其三（秋雨联绵）···························338
　　其四（秋月婵娟）···························338
望远行 二首·································338
　　其一（春日迟迟思寂寥）·····················338

27

其二(露滴幽庭落叶时) ······ 339

菩萨蛮 四首 ······ 339
其一(回塘风起波纹细) ······ 339
其二(等闲将度三春景) ······ 340
其三(隔帘微雨双飞燕) ······ 340

西溪子 ······ 341

虞美人 ······ 342

河传 二首 ······ 342
其一(去去) ······ 342
其二(春暮) ······ 343

附录 ······ 344
《花间集》提要、序跋 ······ 344
1. 《四库全书总目提要》卷一百九十九《花间集》提要 ······ 344
2. 宋绍兴建康郡斋本晁谦之《花间集》跋 ······ 345
3. 宋李之仪《姑溪居士文集》卷四十《演山居士新词序》 ······ 345
4. 宋陆游《渭南文集》卷三十《跋花间集一》 ······ 346
5. 宋陆游《渭南文集》卷三十《跋花间集二》明汲古阁覆宋本陆游跋之二 ······ 346
6. 宋陈振孙《直斋书录解题》 ······ 346
7. 宋林景熙《霁山文集》卷五《胡汲古乐府序》评《花间集》 ······ 347
8. 明王世贞《艺苑卮言》评《花间集》 ······ 347
9. 明汤显祖《玉茗堂评花间集叙》 ······ 348

花间集卷第一

温庭筠 五十首

温庭筠(812? —866)，本名歧，字飞卿，太原祁人(今山西祁县)。唐初宰相温彦博之后裔，出生时家道已没落。相貌奇丑，人称"温锺馗"。初至京师，人士翕然推重，与当世诗人李商隐齐名，号"温李"。唐崔令钦《教坊记》云："温飞卿好游狭斜，能逐弦吹之音，为侧艳之词。"宋孙光宪《北梦琐言》说温庭筠"才思艳丽，工于小赋，每入试，押官韵作赋，凡八叉手而八韵成"，故时人称为"温八叉"。温生性傲岸，恃才诡激，好讥诃权贵，取憎于时，尤为宰相令狐绹所不容，由是累年不第。宣宗大中十三年(859)始授随县尉，终仕国子助教。后人辑有《温飞卿集》及《金奁集》。被尊为"花间词派"之鼻祖。生平事迹见《旧唐书》卷一九〇下、《新唐书》卷九一《温大雅传》附、《唐诗纪事》卷五四、《唐才子传校笺》卷八、夏承焘《唐宋词人年谱·温飞卿系年》。

菩萨蛮 十四首

其一

小山重叠金明灭[1]，鬓云欲度香腮雪。[2]
懒起画蛾眉，弄妆梳洗迟。
照花前后镜[3]，花面交相映。
新帖绣罗襦，双双金鹧鸪。[4]

【笺注】

①小山重叠:眉晕褪色。小山,女子画眉的式样之一。金明灭:褪色的额黄明暗不匀,暗指为昨夜残妆。金,额黄,在额上涂黄色。

②鬓云:鬓发撩乱如云。香腮雪:洁白如雪的香腮。此句写乌发低垂,映衬如雪脸腮。

③"照花"句:对镜簪花。用前镜、后镜对照以瞻顾后影。

④罗襦:绸制短衣。此句用罗襦上用金线绣的成双的鹧鸪鸟,反衬自身孤独、无聊。

【汇评】

①张惠言《词选》卷一:此感士不遇也。篇法仿佛《长门赋》,而用节节逆叙。此章从梦晓后,领起"懒起"二字,含后文情事;"照花"四句,《离骚》"初服"之意。

②陈廷焯《白雨斋词话》卷一:所谓沉郁者,意在笔先,神余言外。写怨夫思妇之怀,寓孽子孤臣之感。凡交情之冷淡,身世之飘零,皆可于一草一木发之。而发之又必若隐若现,欲露不露,反复缠绵,终不许一语道破。非独体格之高,亦见性情之厚。飞卿词,如"懒起画蛾眉,弄妆梳洗迟",无限伤心,溢于言表。

③陈廷焯《云韶集》卷一:温丽芊绵,已是宋人门径。

其二

水晶帘里颇黎枕,暖香惹梦鸳鸯锦。①
　　江上柳如烟,雁飞残月天。
　　藕丝秋色浅②,人胜参差剪。③
　　双鬓隔香红④,玉钗头上风。⑤

【笺注】

①颇黎:即"玻璃",唐人对此写法不同。《花间集》其他本中有作"玻

璃"者。鸳鸯锦:绣有鸳鸯图案的锦被。此句写女子居室之精美。

②"藕丝"句:写女子衣裳的颜色清淡如藕丝。

③人胜:人形首饰。古代风俗于正月七日(人日)剪彩为人形,戴在头上。人胜参差,是说大小不一、形态各异。

④香红:指花。因花分戴于两鬓,故称双鬓隔。

⑤风:颤动。此句谓玉钗因人行动而颤动。

【汇评】

①张惠言《词选》卷一:"梦"字提,"江上"以下,略叙梦境。"人胜参差","玉钗相隔",言梦亦不得到也。"江上柳如烟"是关络。

②陈廷焯《白雨斋词话》卷七:"江上柳如烟,雁飞残月天。"飞卿佳句也。好在是梦中情况,便觉绵邈无际;若空写两句景物,意味便减,悟此方许为词。不则即金氏所谓"雅而不艳,有句无章"者矣。

其三

蕊黄无限当山额①,宿妆隐笑纱窗隔。②
相见牡丹时③,暂来还别离。
翠钗金作股,钗上蝶双舞。④
心事竟谁知,月明花满枝。

【笺注】

①蕊黄:古代女子化妆常以黄色涂额,因似花型,故名蕊黄。此句写隔夜残妆,故黄额模糊。

②宿妆:隔夜妆。隐笑:浅笑。

③牡丹时:牡丹开花的时节,即暮春。

④蝶双舞:谓蝴蝶型的钗因颤动如飞舞。

【汇评】

李渔《窥词管见》:有以淡语收浓词者,别是一法。……大约此种结法,用之忧怨处居多,如怀人、送客、写忧、寄慨之词,自首至终,皆诉凄怨。其结句独不言情,而反述眼前所见者,皆自状无可奈何之情,谓思之无益,留之不得,不若且顾目前。而目前无人,止有此物,如"心事竟谁知,月明花满枝"、"曲终人不见,江上数峰青"之类是也。此等结法最难,非负雄才、具大力者不能。即前人亦偶一为之,学填词者慎勿轻敌。

其四

翠翘金缕双䴔䴖①,水纹细起春池碧。
　　池上海棠梨,雨晴红满枝。②
　　绣衫遮笑靥③,烟草粘飞蝶。④
　　青琐⑤对芳菲,玉关⑥音信稀。

【笺注】

①翠翘:翠鸟尾上的长羽。金缕:金丝。䴔䴖(xī chì):水鸟,形大于鸳鸯,而多紫色,好并游。俗称紫鸳鸯。
②海棠梨:一种果树,二月开红花。红满枝:谓花盛开。
③笑靥:笑时出现的酒窝。
④烟草:草色如烟。指春草茂盛的样子。
⑤青琐:门窗上雕刻的青色连环花纹。
⑥玉关:玉门关。故址在今甘肃省敦煌西北。此处泛指边关。

其五

杏花含露团香雪①,绿杨陌上多离别。
　　灯在月胧明,觉来闻晓莺。
　　玉钩褰②翠幕,妆浅旧眉薄。
　　春梦正关情,镜中蝉鬓轻。③

【笺注】
①团香雪:谓杏花枝头团簇如雪。
②褰(qiān):撩起。《诗经·郑风·褰裳》有:"子惠思我,褰裳涉溱。"
③关情:涉及、牵连别后情思。蝉鬓:古代女子的发式之一。因两鬓薄如蝉翼,故称。

【汇评】
①陈廷焯《白雨斋词话》卷一:"春梦正关情,镜中蝉鬓轻。"凄凉哀怨,真有欲言难言之苦。
②陈廷焯《词则·大雅集》卷一:梦境迷离。

其六

玉楼①明月长相忆,柳丝袅娜②春无力。
　　门外草萋萋③,送君闻马嘶。
　　画罗金翡翠,香烛销成泪。④
　　花落子规啼⑤,绿窗⑥残梦迷。

【笺注】
①玉楼:闺楼的美称。
②袅娜:轻柔细长的样子。
③草萋萋:春草茂盛的样子。此处借春草起兴,比喻思远怀人的意绪。
④"画罗"句:谓罗帷上画有金色的翡翠鸟。翡翠鸟,即翠鸟。"香烛"句:谓思妇夜深不能成寐。
⑤子规:杜鹃鸟。《华阳国志》载古蜀国国君杜宇,号曰望帝,死后化为杜鹃,春时杜鹃花开即鸣,声甚哀切。古代诗文常以杜鹃啼鸣、杜鹃啼血抒发悲苦哀怨之情。
⑥绿窗:绿色纱窗,此处代指闺人居室。

【汇评】
①钟人杰合刻花间草堂本评语:"门外草萋萋,送君闻马嘶",唐律起语

7

之佳者。末二句幽宛,词家当行。

②陈廷焯《白雨斋词话》卷一:"花落子规啼,绿窗残梦迷",又"鸾镜与花枝,此情谁得知",皆含深意。此种词,率自写性情,不必求胜人,已成绝响。后人刻意争奇,愈趋愈下。安得一二豪杰之士,与之挽回风气哉!

其七

凤皇相对盘金缕①,牡丹一夜经微雨。
　　明镜照新妆,鬓轻双脸长。②
　　画楼相望久,栏外垂丝柳。
　　音信不归来,社前双燕回。③

【笺注】
①凤皇:即"凤凰",此句说衣上绣着成双的金色凤凰。
②鬓轻:鬓薄。双脸:两腮。长:犹容长,面目姣好。
③社前:社日之前。社日,古代祭祀土地神的节日,春秋各一次。春社在立春后,时燕子已归来,以映衬游人不归。

【汇评】
汤显祖评《花间集》卷一:("牡丹"二句)眼前景,非会心人不知。

其八

牡丹花谢①莺声歇,绿杨满院中庭月。
　　相忆梦难成,背窗灯半明。
　　翠钿金压脸②,寂寞香闺掩。
　　人远泪阑干③,燕飞春又残。

【笺注】
①牡丹花谢:形容春天已过。

②翠钿:以翠玉镶嵌的金首饰。压:施掩。
③阑干:眼泪纵横的样子。

【汇评】
①陈廷焯《云韶集》卷一:领略孤眠滋味,逐句逐字,凄凄恻恻,飞卿大是有心人。
②陈廷焯《词则·大雅集》卷一:三章云"相见牡丹时",五章云"觉来闻晓莺",此云"牡丹花谢莺声歇",言良辰已过,故下云"燕飞春又残"也。

其九

满宫明月梨花白,故人万里关山①隔。
　　金雁一双飞②,泪痕沾绣衣。
　　小园芳草绿,家住越溪曲。③
　　杨柳色依依,燕归君不归。

【笺注】
①关山:泛指边塞之地。
②金雁:筝柱,为雁形,故名。金雁飞,这里指弹筝。
③越溪:相传为越国美女西施浣纱之溪。曲:深隐处。

【汇评】
①汤显祖评《花间集》卷一:兴语似李贺,结语似李白,中间平调而已。
②陈廷焯《云韶集》卷二十四:凄艳是飞卿本色。从摩诘"春草年年绿"化出。

其十

宝函钿雀①金鸂鶒,沉香阁②上吴山③碧。
　　杨柳又如丝,驿桥春雨时。
　　画楼音信断,芳草江南岸。

9

鸾镜④与花枝,此情谁得知。

【笺注】
①宝函:华美的首饰盒。钿雀:镂金的雀钗。
②"沉香阁",晁本作"沉香关",此从他本改。泛指精美的亭阁。
③吴山:又名胥山,在浙江杭州市西湖东南。
④鸾镜:饰有鸾鸟图案的妆镜。

【汇评】
①汤显祖评《花间集》卷一:"沉香"、"芳草"句,皆诗中画。
②陈廷焯《云韶集》卷一:只一"又"字,多少眼泪,音节凄缓。凡作香奁词,音节愈缓愈妙。

其十一

南园满地堆轻絮,愁闻一霎清明雨。①
雨后却②斜阳,杏花零落香。
无言匀睡脸,枕上屏山掩。③
时节欲黄昏,无憀④独倚门。

【笺注】
①南园:泛指庭院。一霎:一阵子。
②却:再,又。
③匀:匀面。屏山:画着山水的屏风。
④无憀(liáo):空闲而烦闷。

【汇评】
①沈际飞《草堂诗馀正集》卷一:隽逸之致,追步太白。
②钟人杰合刻花间草堂本评语:此首置草堂集中,不复可辨。如"雨后却斜阳,杏花零落香",更非草堂可得。

其十二

夜来皓月才当午①,重帘悄悄无人语。

深处麝烟②长,卧时留薄妆。

当年还自惜,往事那堪忆。

花露月明残,锦衾③知晓寒。

【笺注】

①当午:午夜月在中天。

②麝烟:麝香焚烧之烟。

③锦衾:锦被。

【汇评】

①张惠言《词选》卷一:此自卧时至晓,所谓"相思梦难成"也。

②陈廷焯《词则·大雅集》卷一:"知"字凄警,与"愁人知夜长"同妙。

其十三

雨晴夜合玲珑日①,万枝香袅红丝拂。

闲梦忆金堂,满庭萱草长。②

绣帘垂箓簌③,眉黛远山④绿。

春水渡溪桥,凭栏魂欲消。

【笺注】

①夜合:又名合欢。古时赠人,以消怨合好。玲珑:日光明澈貌。

②金堂:华丽的厅堂。萱草:草本植物,又名忘忧,传说能使人忘忧。

③箓簌(lù sù):下垂貌。唐李郢《张郎中宅戏赠》诗:"薄雪燕蓊紫燕钗,钗垂箓簌抱香怀。"

④眉黛远山:用黛画眉如远山。

【汇评】

①张惠言《词选》卷一:此章正写梦。垂帘、凭栏,皆梦中情事,正应"人胜参差"三句。

②陈廷焯《词则·大雅集》卷一:"绣帘"四句婉雅。叔原"梦中惯得无拘检,又踏杨花过谢桥",聪明语,然近于轻薄矣。

其十四

竹风轻动庭除冷①,珠帘月上玲珑影。②
山枕隐浓妆,绿檀金凤皇。③
两蛾④愁黛浅,故国吴宫⑤远。
春恨正关情,画楼残点声。⑥

【笺注】

①竹风:吹拂竹子的风。庭除:庭阶。
②"珠帘"句:此句化用李白《玉阶怨》:"却下水晶帘,玲珑望秋月。"
③山枕:枕头形状如山。隐:凭依。绿檀:指檀枕。金凤皇:金凤钗。
④两蛾:双眉。
⑤吴宫:吴国的宫阙。
⑥残点声:即残漏将尽的声音。表示天将明。

【汇评】

①汤显祖评《花间集》卷一:芟《花间》者,额以温飞卿《菩萨蛮》十四首,而李翰林一首为词家鼻祖,以生不同时,不得列入。今读之,李如藐姑仙子,已脱尽人间烟火气;温如芙蕖浴碧,杨柳挹青,意中之意,言外之言,无不巧隽而妙入。珠璧相耀,正是不妨并美。

②陈廷焯《白雨斋词话足本》卷六:飞卿《菩萨蛮》,古今绝调,难求嗣响。

更漏子 六首

其一

柳丝长,春雨细,花外漏声迢递。①
惊塞雁,起城乌,画屏金鹧鸪。
香雾薄,透帘幕,惆怅谢家池阁。②
红烛背③,绣帘垂,梦长君不知。

【笺注】
①漏声:铜壶滴漏的声音。迢递:遥远。
②谢家池阁:唐李德裕之妾谢秋娘,李德裕为之筑华屋。后多用"谢家"指代青楼。
③红烛背:红烛的背面。

【汇评】
①张惠言《词选》卷一:"惊塞雁"三句,言欢戚不同,兴下"梦长君不知"也。
②陈廷焯《词则·大雅集》卷一:思君之词,托于弃妇,以自写哀怨,品最工,味最厚。

其二

星斗稀,钟鼓歇,帘外晓莺残月。
兰露重①,柳风斜,满庭堆落花。
虚阁②上,倚栏望,还似去年惆怅。
春欲暮,思无穷,旧欢如梦中。

【笺注】

①露重:露浓。

②虚阁:高阁。

【汇评】

①汤显祖评《花间集》卷一:"帘外晓莺残月",妙矣。而"杨柳岸,晓风残月"更过之。宋诗远不及唐,而词多不让,其故殆不可解。

②陈廷焯《白雨斋词话》卷一:"兰露重,柳风斜,满庭堆落花",此又言盛者自盛,衰者自衰,亦即上章苦乐之意。颠倒言之,纯是风人章法,特改换面目,人自不觉耳。

其三

金雀钗,红粉面,花里暂时相见。
知我意,感君怜,此情须问天。
香作穗①,蜡成泪,还似两人心意。
山枕腻②,锦衾寒,觉来更漏残。

【笺注】

①香作穗:香炉结出穗状物。

②腻:光滑,细致。

其四

相见稀,相忆久,眉浅淡烟如柳。①
垂翠幕,结同心②,待郎熏绣衾。③
城上月,白如雪,蝉鬓美人愁绝。
宫树暗,鹊桥横④,玉签⑤初报明。

【笺注】

①"眉浅"句:形容眉薄如淡烟、形如柳叶。

②结同心:用锦带制成的菱形连环回文结,表示恩爱同心。

③熏绣衾:用香笼熏暖绣被。

④鹊桥横:谓银汉横斜,比喻天将晓。鹊桥,传说牛郎和织女被银河隔开,只允许每年的农历七月七日相见。每年七夕,各地的喜鹊就会飞过来搭成一座鹊桥,牛郎和织女便在这鹊桥上相会。

⑤玉签:报更所用的竹签。

【汇评】

①汤显祖评《花间集》卷一:口头语,平衍不俗,亦是填词当家。

②王士禛《花草蒙拾》:"蝉鬓美人愁绝",果是妙语。飞卿《更漏子》《河渎神》,凡两见之。李空同所谓自家物终久还来耶。

其五

背江楼,临海月,城上角①声呜咽。

堤柳动,岛烟昏,两行征雁分。

京口路,归帆渡,正是芳菲欲度。②

银烛尽,玉绳③低,一声村落鸡。

【笺注】

①角:号角,古代军中吹角以报时报警。

②京口:江苏镇江旧称,过去镇江渡口为南北交通要道。芳菲欲度:指春光将尽。芳菲,花草盛美。

③玉绳:星名,常泛指群星。《文选·张衡〈西京赋〉》:"上飞闼而仰眺,正睹瑶光与玉绳。"李善注引《春秋元命苞》曰:"玉衡北两星为玉绳。"

其六

玉炉香,红蜡泪,偏照画堂①秋思。
眉翠薄,鬓云残,夜长衾枕寒。
梧桐树,三更雨,不道②离情正苦。
一叶叶,一声声,空阶滴到明。

【笺注】

①画堂:装饰华丽的厅堂。
②不道:不管,不顾。

【汇评】

①谢章铤《赌棋山庄词话》卷八:太白如姑射仙人,温尉是王谢子弟。温尉词当看其清真,不当看其繁缛。胡元任谓庭筠工于造语,极为奇丽。然如《更漏子》云:"梧桐树,三更雨,不道离情正苦。一叶叶,一声声,空阶滴到明。"语弥淡,情弥苦,非奇丽为佳者矣。
②陈廷焯《云韶集》卷一:遣词凄绝,是飞卿本色。结三语开北宋先声。

归国遥 二首

其一

香玉①,翠凤宝钗垂簶簌。
钿筐交胜金粟②,越罗春水绿。③
画堂照帘残烛,梦余更漏促。
谢娘④无限心曲,晓屏山断续。

【笺注】

①香玉:美玉头饰。

②钿筐:镶嵌金、银、玉、贝等物的小簪。交胜:交互为美。金粟:花蕊状金首饰。

③越罗:越地所产丝织品,以精致著称。此句谓用越罗制成的衣服,色绿如春水。

④谢娘:泛指闺中女子。

其二

双脸,小凤战篦金飐艳。①
舞衣无力风敛②,藕丝秋色染。
锦帐绣帷斜掩,露珠清晓簟。③
粉心黄蕊花靥④,黛眉山两点。

【笺注】

①小凤战篦:形如小凤凰的篦梳,微微颤抖。战,通"颤",颤动。金:篦的颜色。飐艳:闪亮光艳貌。

②风敛:谓舞罢风歇,舞衣垂敛。

③簟(diàn):竹席。

④花靥:又称"花子",唐五代时妇女面部上好用彩色涂点成各种形状的妆饰。

【汇评】

钟人杰合刻花间草堂本评语:藕丝秋色染,即小小句,草堂所无。

酒泉子 四首

其一

花映柳条,闲向绿萍池上。

凭栏干,窥细浪。雨潇潇。
近来音信两疏索①,洞房空寂寞。
掩银屏,垂翠箔。②度春宵。

【笺注】

①疏索:稀疏。
②翠箔:绿色的帘幕。

【汇评】

汤显祖评《花间集》卷一:《酒泉子》强半用三字句,最易。

其二

日映纱窗,金鸭①小屏山碧。
故乡春,烟霭隔。背兰釭。②
宿妆惆怅倚高阁,千里云影薄。
草初齐,花又落。燕双双。

【笺注】

①金鸭:金属的鸭形铜香炉。
②背兰釭(gāng):谓使兰釭背向睡眠者,这样既不过分光亮影响睡眠,又可有适度光亮。兰釭,用兰膏点的灯,可泛指精致的灯具。

【汇评】

钟人杰合刻花间草堂本评语:"草初齐,花又落。燕双双。"写春光一段,三语而足。

其三

楚女①不归,楼枕小河春水。

月孤明,风又起。杏花稀。

玉钗斜簪云鬟髻,裙上金缕凤。②

八行书③,千里梦。雁南归。

【笺注】

①楚女:宋玉《高唐赋》有巫山神女典故,此处泛指所思念的女子。

②金缕凤:金线绣出的凤凰图案。

③八行书:代指书信。北齐邢邵《齐韦道逊晚春宴》诗:"谁能千里外,独寄八行书?"唐李冶《寄校书七兄》诗:"因过大雷岸,莫忘八行书。"

【汇评】

①吴衡照《莲子居词话》卷一:《酒泉子》云:"月孤明,风又起。杏花稀。"作小令不似此著色取致,便觉寡味。

②陈廷焯《词则·别调集》卷一:情词凄怨。(月孤明)三句中有多少转折。

其四

罗带惹香,犹系别时红豆。①

泪痕新,金缕②旧。断离肠。

一双娇燕语雕梁,还是去年时节。

绿阴浓,芳草歇。柳花狂。

【笺注】

①惹香:沾染香气。红豆:又名相思子。果实种子鲜红色而光亮,常用以指代相思。唐王维《相思》诗:"红豆生南国,春来发几枝?愿君多采撷,此物最相思。"

②金缕:金丝绣衣。

【汇评】

汤显祖评《花间集》卷一：纤词丽语，转折自如，能品也。

定西番 三首

其一

汉使①昔年离别。

攀弱柳②，折寒梅③，上高台。

千里玉关④春雪，雁来人不来。

羌笛一声愁绝，月徘徊。

【笺注】

①汉使：西汉张骞出使西域，建立奇功。此处代指出使西番的官吏。
②攀弱柳：攀折柳枝，表示赠别。古代有折柳相别的风俗。
③折寒梅：折梅寄远，表达思念之情。
④千里玉关：泛指边塞。

【汇评】

①董其昌《新锓订正评注便读草堂诗馀》卷七：攀柳折梅，皆所以写离别之思。末二句闻笛见月，伤之也。
②王奕清等《词谱》卷二：此词前后段起句及后段第三句俱间押仄韵，温庭筠别首"海燕欲飞"词与此同，其平仄如一。

其二

海燕欲飞调羽。①

萱草绿，杏花红，隔帘栊。②

　　　　双鬟翠霞金缕③,一枝春艳浓。

　　　　楼上月明三五④,琐窗⑤中。

【笺注】

①海燕:燕子的别称。调羽:调弄羽翼(欲飞)。

②萱草:又名忘忧草。帘栊:帘与窗。

③翠霞金缕:此指华丽的首饰。金缕,金钗的穗。

④三五:农历十五日的夜晚。

⑤琐窗:雕刻有花纹的窗。

【汇评】

汤显祖评《花间集》卷二:(结尾二句)不知秋思在谁家。

　　　　　　其三

　　　　细雨晓莺春晚。

　　人似玉,柳如眉①,正相思。

　　罗幕翠帘初卷,镜中花一枝。

　　肠断塞门②消息,雁来稀。

【笺注】

①柳如眉:眉如柳。白居易《长恨歌》:"芙蓉如面柳如眉,对此如何不泪垂。"

②肠断:形容极度思念。塞门:边关。

21

杨柳枝 八首

其一

宜春苑外最长条①,闲袅春风伴舞腰。
正是玉人②肠绝处,一渠春水赤阑桥。③

【笺注】
①宜春苑:秦宫苑名。最长条:指柳条。
②玉人:美貌之人。《晋书·卫玠传》说卫玠貌美,"风神秀异,……总角乘羊车入市,见者皆以为玉人,观之者倾都"。
③赤阑桥:长安城外桥名。隋时香积渠水流经此桥入京城。

其二

南内①墙东御路旁,预知春色柳丝黄。
杏花未肯无情思,何是行人最断肠。

【笺注】
①南内:唐时兴庆宫,在东内之南,故称南内。

其三

苏小①门前柳万条,毵毵金线②拂平桥。
黄莺不语东风起,深闭朱门③伴舞腰。

【笺注】

①苏小:苏小小。传为南齐时钱塘名妓,今杭州西湖边有苏小小墓。

②毵毵(sān sān)金线:形容柳条细长。毵毵,形容毛发、枝条等细长的样子。

③朱门:豪贵家的大门。

【汇评】

邢昉《唐风定》:《瑶瑟怨》亦佳,而痕迹太露。此作乃极浑成,骨韵苍古,不特声调之美,所以高于"清江一曲"也。

其四

金缕毵毵碧瓦沟①,六宫眉黛②惹香愁。

晚来更带龙池雨③,半拂阑干半入楼。

【笺注】

①金缕:指柳条。碧瓦:琉璃瓦。

②六宫眉黛:代指皇帝的嫔妃。

③龙池:在兴庆宫内。北宋宋敏求《长安志》有:"龙池,在南内南熏殿北、跃龙门南,……常有云气,或见黄龙出其中,谓之龙池。"此处龙池雨,泛指皇宫之雨。

其五

馆娃宫外邺城西①,远映征帆近拂堤。

系得王孙归意切,不关芳草绿萋萋。②

【笺注】

①馆娃宫:春秋时吴王夫差为西施所造,故址在今江苏省吴县市西南灵岩寺。邺城:三国时魏都,故址在今河北临漳县西南。

②王孙:此处代指游子。《楚辞·招隐士》有"王孙游兮不归,春草生兮萋萋"语。不关:不相关。萋萋:草木茂盛的样子。

其六

两两黄鹂①色似金,袅枝啼露动芳音。
春来幸自②长如线,可惜牵缠荡子③心。

【笺注】
①黄鹂:黄莺。
②幸自:本自,原来。
③荡子:此处指久行在外、流荡忘返的游子。

其七

御柳如丝映九重①,凤皇窗柱绣芙蓉。②
景阳③楼畔千条露,一面新妆④待晓钟。

【笺注】
①九重:天子所居之处的九门。
②凤皇窗:宫内雕窗。绣芙蓉:有芙蓉图案的绣帐。
③景阳:南朝宫名,在今江苏南京市江宁区北。
④新妆:指楼中佳人晓妆。

其八

织锦机①边莺语频,停梭垂泪忆征人。
塞门三月犹萧索②,纵有垂杨未觉春。

【笺注】

①织锦机：此用前秦人苏蕙织璇玑图的典故。《晋书·列女传·窦滔妻苏氏》有："窦滔妻苏氏,始平人也,名蕙,字若兰,善属文。滔,苻坚时为秦州刺史,被徙流沙,苏氏思之,织锦为回文旋图诗以赠滔。宛转循环以读之,词甚凄惋。凡八百四十字。"

②萧索：萧条、冷落。

南歌子 七首

其一

手里金鹦鹉,胸前绣凤皇。

偷眼暗形相①,不如从嫁与②,作鸳鸯。

【笺注】

①偷眼：暗中偷看。形相：端详、打量。

②从嫁与：任从心愿嫁给他。

【汇评】

①汤显祖评《花间集》卷一：短调中能尖新而转折,自觉隽永可思。腐句腐字一毫用不著。

②谭献《复堂词话》：尽头语,单调中重笔,五代后绝响。

其二

似带如丝柳①,团酥②握雪花。

帘卷玉钩斜,九衢③尘欲暮,逐香车。④

【笺注】

①似带如丝柳:这里以柳条比喻美人腰细。
②酥:凝固的油脂。此句形容美人面容白皙。
③九衢(qú):纵横交错的大道;繁华的街市。
④香车:装饰豪华的车。

【汇评】

①李调元《雨村词话》卷一:温庭筠《南歌子》"团苏握雪花",言花之白如团苏也,与酥同义。
②谭献《词辨》卷一:源出古乐府。

其三

鬟堕①低梳髻,连娟②细扫眉。
终日两相思,为君憔悴尽,百花时。

【笺注】

①鬟堕:即倭堕髻,发髻向前额俯堕。
②连娟:弯曲而纤细,形容眉毛画得娟秀细长。

【汇评】

①钟人杰合刻花间草堂本评语:尤似六朝艳曲。
②谭献《词辨》卷一:"百花时"三字,加倍法,亦重笔也。

其四

脸上金霞①细,眉间翠钿②深。
倚枕覆鸳衾,隔帘莺百啭,感君心。

【笺注】

①金霞:额黄。

②翠钿:翠绿色花钿。

【汇评】

钟人杰合刻花间草堂本评语:杜诗"恨别鸟惊心",意胜此。

其五

扑蕊添黄子①,呵花②满翠鬟。

鸳枕映屏山。明月三五夜,对芳颜。

【笺注】

①扑蕊:即用花蕊扑粉。黄子:额黄。
②呵花:(簪花前)吹展花朵。

【汇评】

汤显祖评《花间集》卷一:"扑蕊"、"呵花"四字,未经人道过。

其六

转眄①如波眼,娉婷②似柳腰。

花里暗相招③。忆君肠欲断,恨春宵。

【笺注】

①转眄(miǎn):转动目光。
②娉婷:姿态美好貌。
③相招:邀约。

【汇评】

陈廷焯《云韶集》卷二十四:"恨春宵"三字,有多少宛折。

其七

懒拂鸳鸯枕,休缝①翡翠裙。

27

罗帐罢炉熏②。近来心更切,为思君。

【笺注】

①休缝:停止缝纫。

②"罗帐"句:谓不再以炉香熏暖罗帐。

【汇评】

①陆游《渭南文集》卷二十七《跋金奁集》:飞卿《南乡子》八阕,语意工妙,殆可追配刘梦得《竹枝》,信一时杰作也。

②陈廷焯《词则·闲情集》卷一:上三句三层,下接"近来"五字甚紧,真是一往情深。

河渎神 三首

其一

河上望丛祠①,庙前春雨来时。
楚山②无限鸟飞迟,兰桡③空伤别离。
何处杜鹃啼不歇,艳红开尽如血。④
蝉鬓美人愁绝,百花芳草佳节。

【笺注】

①丛祠:丛林间的神祠。

②楚山:楚地之山,此乃泛指,借用宋玉《高唐赋》楚襄王梦见神女典故。

③兰桡:船的美称。

④"艳红"句:指杜鹃花开得灿烂。

【汇评】

陈廷焯《词则·别调集》卷一:《河渎神》三章,寄哀怨于迎神曲中,得《九歌》之遗意。

其二

孤庙对寒潮,西陵①风雨萧萧。
谢娘惆怅倚兰桡②,泪流玉箸③千条。
暮天愁听思归乐④,早梅香满山郭。⑤
回首两情萧索,离魂何处飘泊。

【笺注】

①西陵:西陵峡。长江三峡之一。
②兰桡:兰桨。代指船。
③玉箸:比喻眼泪。
④思归乐:杜鹃鸟的别名。其鸣声近似"不如归去"。
⑤山郭:山城;山村。

【汇评】

①汤显祖评《花间集》卷一:二词颇无深致,亦复千古并传。柏梁、金谷、兰亭,带挈中乘人不少,上驷之冤,亦下驷之幸。聊搁笔为之一噱。
②陈廷焯《云韶集》卷一:起笔苍茫中有神韵,音节凑合。

其三

铜鼓赛神来①,满庭幡盖②徘徊。
水村江浦过风雷③,楚山如画烟开。
离别橹声空萧索,玉容惆怅妆薄。
青麦燕飞落落④,卷帘愁对珠阁。

【笺注】

①"铜鼓"句:谓鸣铜鼓以迎神。赛神:祭祀酬神。
②幡盖:(迎神所用)幢幡华盖之类。
③过风雷:(指迎神的车队)行如风,声如雷。
④青麦:谓青麦时节,约在三月。落落:(燕子往飞)多而不断。

【汇评】

钟人杰合刻花间草堂本评语:铜鼓赛神,《花间》往往用此,盖风俗纤靡,正是歌词料耳。

女冠子 二首

其一

含娇含笑,宿翠残红①窈窕。
鬓如蝉,寒玉簪秋水②,轻纱卷碧烟。
雪胸鸾镜里,琪树③凤楼前。
寄语青娥伴④,早求仙。⑤

【笺注】

①宿翠残红:谓女子隔夜残妆。
②寒玉:玉石之一种。因玉质清凉,故名。簪秋水:谓簪子色如秋水。
③琪树:玉树。此处指女道人身姿优美,如玉树临风。
④寄语:传话。青娥伴:年轻的女伴。
⑤早求仙:此处指早入道观,为女道士。

【汇评】

①汤显祖评《花间集》卷一:"宿翠残红窈窕",新妆初试,当更妩媚撩人,情语不当为登徒子见也。

②陈廷焯《云韶集》卷二十四：绮语撩人，丽而秀，秀而清，故佳。清而能炼。

其二

霞帔云发①，钿镜仙容似雪。
画愁眉，遮语回轻扇，含羞下绣帷。
玉楼②相望久，花洞③恨来迟。
早晚乘鸾去④，莫相遗。⑤

【笺注】
①霞帔：有云霞花纹的披肩。云发：头发如云。
②玉楼：天帝或仙人的居所。
③花洞：道士或仙人所居住的地方。
④乘鸾去：指成仙。传说中秦穆公女弄玉与其夫萧史得道，乘凤升天。《列仙传》："萧史者，秦穆公时人也。善吹箫，能致孔雀白鹤于庭。穆公有女，字弄玉，好之，公遂以女妻焉。日教弄玉作凤鸣，居数年，吹似凤声，凤凰来止其屋。公为作凤台，夫妇止其上，不下数年，一旦，皆随凤凰飞去。"
⑤相遗：相忘、相弃。

【汇评】
钟人杰合刻花间草堂本评语：四调（此二首与薛昭蕴二首）俱游仙雅曲。

玉蝴蝶

秋风凄切伤离，行客未归时。
塞外草先衰，江南雁到迟。

芙蓉凋嫩脸,杨柳堕新眉。①
摇落使人悲,断肠谁得知。②

【笺注】

①"芙蓉"二句:谓女子憔悴如芙蓉凋谢、杨柳堕落。

②"摇落"句:出自宋玉《九辩》:"悲哉,秋之为气也!萧瑟兮草木摇落而变衰。"

【汇评】

①钟人杰合刻花间草堂本评语:"塞外草先衰,江南雁到迟"语浑雅似盛唐律诗。

②陈廷焯《云韶集》卷一:"塞外"十字,抵多少《秋声赋》。

花间集卷第二

温庭筠 十六首

清平乐 二首

其一

上阳春晚,宫女愁蛾浅。①
新岁清平思同辇②,争那长安路远。③
凤帐鸳被徒熏,寂寞花锁千门。
竞把黄金买赋④,为妾将上⑤明君。

【笺注】

①上阳:唐代宫殿名,唐高宗建于洛阳。这里泛指皇宫。愁蛾浅:娥眉淡。

②清平:太平。同辇:与皇帝同车。

③争那:怎奈。长安路远:谓失宠,无望同车。

④黄金买赋:汉武帝陈皇后失宠,以黄金百斤请司马相如写赋,司马相如作《长门赋》,使武帝回心转意。

⑤将上:进上。

【汇评】

汤显祖评《花间集》卷一:《清平乐》亦创自太白,见吕鹏《遏云集》,凡四首。黄玉林以二首无清逸,气韵促促,删去,殊恼人。此二词不知应作何去取。

其二

洛阳愁绝①,杨柳花飘雪。
终日行人恣②攀折,桥下流水呜咽。
上马争劝离觞,南浦莺声断肠。③
愁杀平原年少④,回首挥泪千行。

【笺注】

①愁绝:极言忧愁。
②恣:任意。
③离觞:饯别的酒杯。南浦:屈原《九歌·河伯》:"与子交手兮东行,送美人兮南浦。"后代多用以代指送别地。
④愁杀:愁煞,忧愁之极。年少:少年。

【汇评】

①钟人杰合刻花间草堂本评语:词意似《古别离》。
②陈廷焯《云韶集》卷一:上半阕最见风骨,下半阕微逊。上三句说杨柳,下忽接"桥下流水呜咽"六字,正以衬出折柳之悲,水亦为此呜咽。如此著墨,有一片神光,自离自合。

遐方怨 二首

其一

凭绣槛①,解罗帷。
未得君书,肠断潇湘②春雁飞。
不知征马几时归。
海棠花谢也,雨霏霏。③

【笺注】

①绣槛:雕饰华美的栏杆。

②肠断:一作"断肠"。潇湘:本指湖南的潇水和湘水。《山海经·中山经》:"帝之二女居之,是常游于江渊,澧沅风,交潇湘之渊。"谢朓《新亭渚别范零陵》诗:"洞庭张乐池,潇湘帝子游。"唐李善注引王逸曰:"娥皇女英随舜不返,死于湘水。"后代在诗文中一般泛指南方湖水,并不局限湖南。

③霏霏:雨雪盛貌。

【汇评】

陈廷焯《云韶集》卷一:神致宛然。

其二

花半坼①,雨初晴。

未卷珠帘,梦残惆怅闻晓莺。

宿妆眉浅粉山横。

约鬟②鸾镜里,绣罗轻。

【笺注】

①坼(chè):裂开,此指花开绽裂。

②约鬟:发鬟绾成环形。

【汇评】

①钟人杰合刻花间草堂本评语:"花半坼,雨初晴"句甚佳,然解人正不易。

②卓人月《古今词统》卷三徐士俊评语:"断肠"、"梦残"二语,音节殊妙。

37

诉衷情

莺语花舞春昼午①,雨霏微。②
金带枕③,宫锦凤凰帷。
柳弱蝶交飞,依依。
辽阳④音信稀,梦中归。

【笺注】

①莺语:莺啼。昼午:中午。
②雨霏微:蒙蒙细雨。
③金带枕:此用《洛神赋》的典故。旧说曹植《洛神赋》为甄后而作。唐李善注《洛神赋》说:"《记》曰:魏东阿王,汉末求甄逸女,既不遂。太祖回与五官中郎将。植殊不平,昼思夜想,废寝与食。黄初中入朝,帝示植甄后玉镂金带枕,植见之,不觉泣。"
④辽阳:县名,故址在今辽宁省辽阳市西北。此处泛指边塞。

【汇评】

陈廷焯《词则·别调集》卷一:节愈促,词愈婉。结三字凄绝。

思帝乡

花花①,满枝红似霞。
罗袖画帘肠断,卓②香车。
回面共人闲语,战篦金凤斜。③
惟有阮郎④春尽,不归家。

【笺注】

①花花:即花朵繁盛。
②卓:停立。
③回面:转面。战篦:颤动的篦梳。金凤:头饰。
④阮郎:阮肇,东汉人。传说他和刘晨入天台山采药,因迷路遇到两位仙女,并喜结良缘,半年后返家,世间已过数百年。这里借指游子。

梦江南 二首

其一

千万恨,恨极在天涯。
山月不知心里事,水风空落^①眼前花。
摇曳碧云斜。

【笺注】

①水风空落:谓江风吹落。

【汇评】

①汤显祖评《花间集》卷一:风华情致,六朝人之长短句也。
②陈廷焯《云韶集》卷二十四:低细深婉,情韵无穷。

其二

梳洗罢,独倚望江楼。
过尽千帆皆不是,斜晖脉脉水悠悠。^①
肠断白蘋洲。^②

【笺注】

①脉脉:凝视貌。形容藏在内心的思想感情,默默用眼睛表达情意。悠悠:连绵不绝貌。

②白蘋洲:长满白蘋的沙洲。此代指分别的地方。

【汇评】

①谭献《复堂词话》:犹是盛唐绝句。

②陈廷焯《云韶集》卷一:绝不著力,而款款深深,低徊不尽,是亦谪仙才也。吾安得不服古人?

河传 三首

其一

江畔,相唤。
晓妆鲜,仙景个女①采莲。
请君莫向那岸边。
少年,好花新满船。

红袖摇曳逐风暖。
垂玉腕②,肠向柳丝断。
浦南归,浦北归。
莫知,晚来人已稀。

【笺注】

①个女:那个或那些女子。

②玉腕:洁白温润的手腕。

【汇评】

陈廷焯《云韶集》卷二十四:犹有古意。

其二

湖上,闲望。
雨萧萧,烟浦花桥路遥。
谢娘翠蛾①愁不消。
终朝②,梦魂迷晚潮。

荡子天涯归棹③远。
春已晚,莺语空肠断。
若耶溪④,溪水西。
柳堤,不闻郎马嘶。

【笺注】
①翠蛾:翠眉。
②终朝:一整天。
③归棹:归船。
④若耶溪:溪名,传说西施曾在此浣纱,地址在今浙江省绍兴市若耶山下。

【汇评】
①卓人月《古今词统》卷七徐士俊评语:或两字断,或三字断,而笔致宽舒,语气联属,斯为妙手。
②陈廷焯《云韶集》卷一:"梦魂迷晚潮"五字警绝。用蝉连法更妙,直是化境。

其三

同伴,相唤。
杏花稀,梦里每愁依违。①
仙客②一去燕已飞。
不归,泪痕空满衣。

天际云鸟引晴远。③
春已晚,烟霭渡南苑。
雪梅香,柳带④长。
小娘⑤,转令人意伤。

【笺注】

①依违:反覆,迟疑不决。
②仙客:代指所思之人。
③引晴远:"晴"与"情"谐音。
④柳带:柳条。
⑤小娘:指少女。

【汇评】

①汤显祖评《花间集》卷一:三词俱少轻俊,似不宜于十七八女孩儿之红牙板拍歌,又无关西大汉执铁板气概。恐无当也。
②陈廷焯《白雨斋词话》卷七:《河传》一调,最难合拍,飞卿振其蒙,五代而后,便成绝响。

番女怨 二首

其一

万枝香雪①开已遍,细雨双燕。
钿蝉筝②,金雀扇③,画梁④相见。
雁门⑤消息不归来,又飞回。

【笺注】
①香雪:白色的花。
②钿蝉筝:饰以金蝉形的筝。
③金雀扇:画以金雀的扇。
④画梁:彩绘装饰的屋梁。此处指燕栖的地方。
⑤雁门:关名,在今山西代县西北,长城重要关口之一。此处泛指边塞。

【汇评】
①卓人月《古今词统》卷三徐士俊评语:字字古艳。
②陈廷焯《云韶集》卷一:"又飞回"三字,更进一层,令人叫绝,开两宋先声。

其二

碛南①沙上惊雁起,飞雪千里。
玉连环②,金镞箭③,年年征战。
画楼离恨锦屏空,杏花红。

【笺注】

①碛(qì)南:地名,唐设安北都护府,管理新疆、外蒙一带。此泛指遥远的边地。

②玉连环:套在一起的玉环。

③金镞箭:饰以金箭头的箭。常用为信物。

【汇评】

陈廷焯《词则·别调集》卷一:起二语,有力如虎。

荷叶杯 三首

其一

一点露珠凝冷,波影。满池塘。绿茎①红艳②两相乱,肠断水风凉。

【笺注】

①绿茎:荷茎。

②红艳:荷花。

其二

镜水①夜来秋月,如雪。采莲时。小娘②红粉对寒浪,惆怅正思惟。

【笺注】

①镜水:镜湖水。在今浙江省绍兴市内。

②小娘:此处指采莲少女。

其三

　　　　楚女欲归南浦,朝雨。
湿愁红①。小船摇漾入花里,波起隔西风。

【笺注】
①湿愁红:指经雨摧残的花。
【汇评】
①汤显祖评《花间集》卷一:唐人多缘题起词,如《荷叶杯》,佳题也。此公按题矣,词短而无味;韦相尽多佳句,而又与题茫然,令人不无遗恨。
②陈廷焯《词则·别调集》卷一:节短韵长。

皇甫松 十二首

皇甫松,生卒年不详。松一作嵩,字子奇,自号檀乐子,睦州新安(今浙江淳安)人。父皇甫湜,为唐著名古文家,官至工部郎中。皇甫松为牛僧孺表甥,工诗词,亦擅文,然久试进士不第,终生未仕。光化三年(900)十二月,韦庄奏请追赐温庭筠、皇甫松等人进士及第,故《花间集》称为"皇甫先辈",盖唐人呼进士为先辈。事迹见《唐摭言》卷一〇、《唐诗纪事》卷五三。

天仙子 二首

其一

晴野鹭鸶①飞一只,水荭②花发秋江碧。
刘郎③此日别天仙,登绮席,泪珠滴。
十二晚峰④高历历。⑤

【笺注】
①鹭鸶:白鹭。
②水荭(hóng):水草名,即荭草。一年生草本。全株有毛。叶子阔卵形,花红或白色,可观赏,花果可入药。
③刘郎:用刘晨与阮肇入天台山采药遇仙女典故,此泛指游子。
④十二晚峰:巫山十二峰。
⑤历历:分明可数。

【汇评】

①钟人杰合刻花间草堂本评语:搜语幽芳,酷如李贺。

②陈廷焯《云韶集》卷一:"飞一只",便妙。结笔得远韵。亦是从"曲终人不见,江上数峰青"化出。

其二

踯躅花①开红照水,鹧鸪飞绕青山觜。②

行人经岁③始归来,千万里,错相倚。

懊恼天仙应有以。④

【笺注】

①踯躅(zhí zhú)花:又名杜鹃花。

②山觜:山入口处。

③行人:这里指刘晨、阮肇。经岁:经年,相隔一年。

④有以:有缘由。

【汇评】

①李调元《雨村词话》卷一:皇甫松词《天仙子》云:"踯躅花开红照水,鹧鸪飞绕青山觜。""觜",喙也,前此未入词。其字始于杜少陵"麟角凤觜世莫识",今俗作"嘴"字,非。

②陈廷焯《云韶集》卷一:无一字不警快可喜。

浪淘沙 二首

其一

滩头细草接疏林,浪恶罾船①半欲沉。

宿鹭眠鸥飞旧浦,去年沙嘴是江心。②

【笺注】

①罾(zēng)船:渔船。罾,渔人的网。

②"去年"句:谓去年旧浦的沙嘴今已变成江心。

【汇评】

①汤显祖评《花间集》卷一:桑田沧海,一语破尽,红颜变为白发,美少年化为鸡皮老翁,感慨系之矣!

②卓人月《古今词统》卷一徐士俊评语:蓬莱水浅,东海扬尘,岂是诞语。

其二

蛮歌豆蔻①北人愁,蒲雨杉风野艇秋。
浪起鵁鶄②眠不得,寒沙细细入江流。

【笺注】

①蛮歌:南方少数民族的歌。豆蔻:多年生常绿草本植物,产岭南。果实扁球形,种子像石榴子,可入药,有香味。古代诗文常用以比喻少女。杜牧《赠别》诗:"娉娉袅袅十三余,豆蔻梢头二月初。"

②鵁鶄(jiāo jīng):水鸟,即"池鹭"。头细身长,身披花纹,颈有白毛,头有红冠,能入水捕鱼。

【汇评】

①钟人杰合刻花间草堂本评语:此词幽艳,杂长吉集中,几不可辨。

②陈廷焯《词则·别调集》卷一:唐人《浪淘沙》本是可歌绝句,措语亦紧切。调名自后主"帘外雨潺潺"二阕后,竞相沿袭,古调不复弹矣。

杨柳枝 二首

其一

春入行宫映翠微①,玄宗侍女②舞烟丝。③

如今柳向空城绿,玉笛何人更把吹。④

【笺注】

①翠微:淡青的山色。

②玄宗侍女:唐玄宗命宫中女子数百人学习歌舞,为"梨园弟子"。

③舞烟丝:舞姿如烟柳柔丝。

④"玉笛"句:据说唐玄宗曾亲把玉笛,吹《杨柳枝》调。更把:再把。

其二

烂漫①春归水国时,吴王宫殿②柳丝垂。

黄莺长叫空闺畔,西子无因更得知。

【笺注】

①烂漫:颜色绚丽多彩。

②吴王宫殿:此处指吴王夫差曾为西施所筑宫殿。

摘得新 二首

其一
酌一卮①,须教玉笛吹。
锦筵②红蜡烛,莫来迟。
繁红一夜经风雨,是空枝。

【笺注】
①卮:酒器。
②锦筵:精美的酒席。

【汇评】
①钟人杰合刻花间草堂本评语:唐诗"劝君金屈卮,满酌不须辞。花落多风雨,人生是别离",此词却是蓝本而更爽艳。
②卓人月《古今词统》卷一徐士俊评语:("繁红"二句)比杜秋"莫待无花空折枝"更有含蕴。

其二
摘得新①,枝枝叶叶春。
管弦兼美酒,最关人。②
平生都得几十度,展香茵。③

【笺注】
①摘得新:摘得鲜花。
②最关人:最牵动人情。

③香茵:香褥。
【汇评】
汤显祖评《花间集》卷一:敲醒世人蕉梦,急当著眼。

梦江南 二首

其一

兰烬①落,屏上暗红蕉。②
闲梦江南梅熟日③,夜船吹笛雨萧萧。
人语驿边桥。

【笺注】
①兰烬:蜡烛余烬,形似兰心,故称。
②红蕉:又称美人蕉,多年生亚热带、热带草本植物,花冠大多红色,花大而美丽,非常适合夏季观赏。
③梅熟日:江南初夏梅熟季节,俗称"黄梅天"。其时多雨,称"梅雨"。

【汇评】
①钟人杰合刻花间草堂本评语:"人语驿边桥",便是中晚唐警句。
②陈廷焯《云韶集》卷一:梦境化境。词虽盛于宋,实唐人开其先路也。

其二

楼上寝,残月下帘旌。
梦见秣陵①惆怅事,桃花柳絮满江城。
双髻②坐吹笙。

51

【笺注】

①秣陵:秦时设秣陵县,属会稽郡,在今南京市江宁区秣陵街道。后代常用以指代南京。

②双鬟:少女的发髻样式。此处代指少女。

【汇评】

①陈廷焯《云韶集》卷一:凄艳似飞卿,爽快似香山。

②陈廷焯《词则·大雅集》卷一:梦境,画境,婉转凄清,亦飞卿之流亚也。

采莲子 二首

其一

菡萏①香莲十顷陂(举棹②),小姑③贪戏采莲迟(年少)。

晚来弄水船头湿(举棹),更脱红裙裹鸭儿(年少)。

【笺注】

①菡萏(hàn dàn):荷花的别称,古人称未开的荷花为菡萏,即花苞。

②棹(zhào):划船的一种工具,形状和桨差不多。此句的"举棹"与下文"年少"都是歌唱时众人齐声相和的歌词。

③小姑:未嫁的少女。

【汇评】

①杨慎《升庵诗话》卷十一:古诗有用近俗字而不俗者,如孙光宪(按,应为皇甫松)《采莲》诗曰(略)。

②汤显祖评《花间集》卷一:人情中语,体贴工致,不减觌面见之。

③钟惺《唐诗归》:写出极憨便佳。

其二

船动湖光滟滟①秋(举棹),贪看年少信船流(年少)。②

无端隔水抛莲子(举棹),遥被人知半日羞(年少)。

【笺注】

①滟滟(yàn yàn):水光貌,形容水波闪动的样子。

②信船流:听任船随水而流。

【汇评】

况周颐《餐樱庑词话》:词以含蓄为佳,亦有不妨说尽者。皇甫子奇《采莲子》云:"船动湖光滟滟秋……",写出闺娃稚憨情态,匪夷所思,是何笔妙乃尔!

韦庄 二十二首

韦庄(836—910),字端己,长安杜陵(今陕西西安市东南)人。韦应物四世孙。广明元年(880),应举长安,值黄巢入破京师,庄目睹战乱,作《秦妇吟》诗,时人因号曰"《秦妇吟》秀才"。早年屡试不第,乾宁元年(894)年近六十时方考取进士,任校书郎。李询为两川宣瑜和协使时,召韦庄为判官,奉使入蜀,归朝后升任左补阙。天复元年(901),韦庄入蜀为王建掌书记,自此终身仕蜀。天祐四年(907),韦庄劝王建称帝,任左散骑常侍,判中书门下事,定开国制度。官终吏部侍郎兼平章事,卒谥文靖。事迹见《蜀梼杌》卷上、《唐诗纪事》卷六八、《唐才子传校笺》卷一〇、《十国春秋》卷四〇本传、夏承焘《韦端己年谱》。

浣溪沙 五首

其一

清晓妆成寒食①天,柳球②斜裊间花钿。
　　　　　卷帘直出画堂前。
指点牡丹初绽朵,日高犹自凭朱栏。
　　　　　含颦③不语恨春残。

【笺注】

①寒食:节令名。在农历清明前一日,旧俗禁火,故称寒食。

②柳球:弯曲柳枝成球形。清明日妇女有带柳的风俗。
③含颦:皱眉。

其二

欲上秋千四体慵①,拟教人送又心忪。②
　　　　　画堂帘幕月明风。
此夜有情谁不极③,隔墙梨雪又玲珑。④
　　　　　玉容憔悴惹微红。

【笺注】
①慵:倦怠、无力。
②心忪:惊恐、惶恐。
③不极:不尽。
④梨雪:梨花。玲珑:明澈貌。

其三

惆怅梦余山月斜,孤灯照壁背窗纱。
　　　　　小楼高阁谢娘家。
暗想玉容何所似,一枝春雪冻梅花。
　　　　　满身香雾簇①朝霞。②

【笺注】
①簇:会聚。
②朝霞:形容女子光彩照人。

【汇评】
①钟人杰合刻花间草堂本评语:"一枝春雪冻梅花"与"梨花一枝春带

55

雨",曲尽形容,为花赐宠。

②汤显祖评《花间集》卷一:以"暗想"句问起,越见下二句形容快绝。

③沈际飞《草堂诗馀正集》卷一:为花赐宠。……美人洵花真身,花洵美人小影。

其四

绿树藏莺莺正啼,柳丝斜拂白铜堤。①

弄珠②江上草萋萋。

日暮饮归何处客,绣鞍骢马③一声嘶。

满身兰麝④醉如泥。

【笺注】

①白铜堤:堤名。在今湖北襄阳。

②弄珠:戏珠。

③骢马:青白杂色的马。

④兰麝:兰草和麝香两种香料,这里指香气。

【汇评】

汤显祖评《花间集》卷一:(末句)痛饮真吾师。

其五

夜夜相思更漏残,伤心明月凭栏干。

想君思我锦衾寒。

咫尺画堂深似海,忆来唯把旧书看。①

几时携手入长安。②

【笺注】

①咫尺:谓距离很近却无法见面。旧书:以往的来信。

②"几时"句：化用李白诗句。李白《赠崔侍郎》诗有："长安复携手，再顾重千金。"

【汇评】

①汤显祖评《花间集》卷一："想君"、"忆来"二句，皆意中意、言外言也。水中著盐，甘苦自知。

②陈廷焯《词则·大雅集》卷一：从对面设想，便深厚。

菩萨蛮 五首

其一

红楼别夜堪惆怅，香灯半卷流苏帐。①
残月出门时，美人和泪辞。
琵琶金翠羽②，弦上③黄莺语。
劝我早归家，绿窗人似花。

【笺注】

①流苏帐：装饰有彩穗的帷帐。
②金翠羽：琵琶上嵌金点翠的装饰。
③"弦上"句：形容琵琶弹奏声如黄莺语。

【汇评】

①张德瀛《词徵》卷一：词有与《风》诗意义相近者，自唐迄宋，前人巨制，多寓微旨。……韦端己"红楼别夜"，《匪风》怨也。

②谭献《词辨》卷一：亦填词中《古诗十九首》，即以读《十九首》心眼读之。

③陈廷焯《云韶集》卷一：情词凄绝，柳耆卿之祖。婉约。

其二

人人尽说江南好,游人只合①江南老。

春水碧于天,画船听雨眠。

垆边人②似月,皓腕凝双雪。

未老莫还乡,还乡须③断肠。

【笺注】

①只合:只应,只当。

②垆边人:代指美女,暗用汉卓文君当垆卖酒事。据说西汉富家女卓文君随司马相如私奔后,在临邛无以生活,开设酒铺,卓文君当垆卖酒。垆,酒店安放酒坛的土台子。

③须:应。

【汇评】

①杨希闵《词轨》卷二:昔汤义仍评韦词"春水碧于天"二句云:"江南好,只如此耶?"此当是谐戏之言,未可为典要。韦词佳处不能识,尚足为义仍耶?

②陈廷焯《白雨斋词话》卷一:端己《菩萨蛮》云:"未老莫还乡,还乡须断肠。"又云:"凝恨对斜晖,忆君君不知。"……皆留蜀后思君之辞。时中原鼎沸,欲归不能。端己人品未为高,然其情亦可哀矣。

其三

如今却忆江南乐,当时年少春衫①薄。

骑马倚斜桥,满楼红袖②招。

翠屏金屈曲③,醉入花丛④宿。

此度见花枝⑤,白头誓不归。

【笺注】

①春衫:春日的衣服。
②红袖:指代青楼女子。
③金屈曲:屏风上可折叠的金属环钮、搭扣。
④花丛:美人聚集处,比喻妓馆。
⑤此度:这次。花枝:代指妓女。

【汇评】

①谭献《词辨》卷一:("如今却忆江南乐")是半面语,(后半阕)意不尽而语尽。"却忆"、"此度"四字,度人金针。
②陈廷焯《云韶集》卷一:风流自赏,决绝语正是凄楚语。

其四

劝君今夜须沉醉,樽前莫话明朝事。
　　　珍重主人心,酒深情亦深。
　　　须愁春漏短①,莫诉②金杯满。
　　　遇酒且呵呵③,人生能几何。

【笺注】

①春漏短:春夜短。
②莫诉:莫辞。
③呵呵:笑声。

【汇评】

汤显祖评《花间集》卷一:一起一结,直写旷达之思。与郭璞《游仙》、阮籍《咏怀》,将无同调。

其五

洛阳城里春光好,洛阳才子①他乡老。

柳暗魏王堤②,此时心转迷。
桃花春水绿,水上鸳鸯浴。
凝恨对残晖,忆君君不知。

【笺注】

①洛阳才子:此处乃作者自称,暗用贾谊典故。西汉人贾谊,少负才名,洛阳人,故后代以洛阳才子称之。晋潘岳《西征赋》:"终童山东之英妙,贾生洛阳之才子。"

②魏王堤:唐洛阳名胜之一。洛水流入洛阳城内,过皇城端门,经尚善、旌善两坊之北,南溢为池,贞观中赐魏王泰,故名魏王池,有堤与洛水相隔,名魏王堤。唐白居易《魏王堤》诗:"何处未春先有思?柳条无力魏王堤。"

【汇评】

①张惠言《词选》卷一:此章致思唐之意。

②陈廷焯《白雨斋词话》卷一:端己《菩萨蛮》四章,惓惓故国之思,而意婉词直,一变飞卿面目,然消息正自相通。余尝谓:后主之视飞卿,合而离者也;端己之视飞卿,离而合者也。

归国遥 三首

其一

春欲暮,满地落花红带雨。
惆怅玉笼鹦鹉①,单栖无伴侣。
南望去程何许②,问花花不语。
早晚③得同归去,恨无双翠羽。

【笺注】

①玉笼鹦鹉:此处代指闺中思妇。

②何许:多少。

③早晚:何日,几时。

【汇评】

汤显祖评《花间集》卷一:还不是解语花,不问也得。

其二

金翡翠①,为我南飞传我意。

罨画②桥边春水,几年花下醉。

别后只知相愧,泪珠难远寄。

罗幕绣帷鸳被,旧欢如梦里。

【笺注】

①金翡翠:金色翡翠鸟。

②罨(yǎn)画:色彩鲜明的绘画。明杨慎《丹铅总录·订讹·罨画》:"画家有罨画,杂彩色画也。"多用以形容自然景物或建筑物等的艳丽多姿。

【汇评】

①陈廷焯《云韶集》卷一:"别后只知相愧",真有此情。

②陈廷焯《词则·大雅集》卷一:此亦《菩萨蛮》之意。

其三

春欲晚,戏蝶游蜂花烂漫。

日落谢家池馆①,柳丝金缕断。②

睡觉绿鬟风乱③,画屏云雨散。④

闲倚博山⑤长叹,泪流沾皓腕。

【笺注】

①谢家池馆:即谢娘家之意,这里是指妓女家。据《唐音癸签》载,李太尉德裕有美妾谢秋娘,太尉以华屋贮之,眷之甚隆。李德裕后镇浙江,为悼亡妓谢秋娘,用炀帝所作《望江南》词,撰《谢秋娘曲》。以后诗词多用"谢娘""谢家"或"秋娘",泛指妓女、妓馆和美妾。

②金缕断:指柳丝被行人折断用以赠别。金缕,形容柳条细柔。

③风乱:纷乱,如风吹散的意思。

④云雨:本意是山中的云雾之气。宋玉《高唐赋序》:"昔者楚襄王与宋玉游于云梦之台,望高唐之观。其上独有云气,崒兮直上,忽兮改容,须臾之间,变化无穷。王问玉曰:'此何气也?'玉对曰:'所谓朝云者也。'王曰:'何谓朝云?'玉曰:'昔者先王尝游高唐,怠而昼寝。梦见一妇人曰:"妾巫山之女也,为高唐之客,闻君游高唐,愿荐枕席。"王因幸之。去而辞曰:"妾在巫山之阳,高丘之阻,旦为朝云,暮为行雨,朝朝暮暮,阳台之下。"'"所以,后人常用"云雨"来表示男女欢合,有时也用"高唐""巫山""阳台"等,表示这一意思。"画屏云雨散",是指在画屏掩蔽下,男女欢情已经消散。

⑤博山:香炉名,表面雕刻有重叠山形的装饰。宋吕大防《考古图》:"博山香炉者,炉像海中博山,下盘贮汤,润气蒸香,像海之四环,故名之。"

【汇评】

汤显祖评《花间集》卷一:("睡觉"句)好光景。

应天长 二首

其一

绿槐阴里黄莺语,深院无人春昼午。
画帘垂,金凤舞①,寂寞绣屏香一炷。
碧天云,无定处②,空有梦魂来去。

夜夜绿窗风雨,断肠君信否?

【笺注】

①金凤舞:帘上画金凤,风吹而凤舞。
②"碧天"二句:比喻远行人行踪不定。

【汇评】

①汤显祖评《花间集》卷一:唐人西边之州,《伊凉》《甘石》《渭氏》《六州歌头》,本鼓吹曲也。以古兴亡事实之,音调悲壮,闻之使人慷慨,故宋人祀大恤皆用之。国朝则用《应天长》,然非此艳体也。
②陈廷焯《白雨斋词话》卷一:《应天长》云:"夜夜绿窗风雨,断肠君信否?"皆留蜀后思君之辞。

其二

别来半岁音书绝,一寸离肠千万结。
难相见,易相别,又是玉楼花似雪。①
暗相思,无处说,惆怅夜来烟月。
想得此时情切,泪沾红袖黦。②

【笺注】

①花似雪:指梨花。
②黦(yuè):东西打湿后出现黄黑色斑纹。此处指泪痕。

【汇评】

①王士禛《花草蒙拾》:《花间》字法,最著意设色,异纹细艳,非后人纂组所及。如"泪沾红袖黦"……山谷所谓蕃锦者,其殆是耶?
②陈廷焯《云韶集》卷二十四:押韵须如此,信笔直书,方无痕迹。

荷叶杯 二首

其一
绝代佳人难得,倾国。①
花下见无期。
一双愁黛远山眉,不忍更思惟。②
闲掩翠屏金凤,残梦。
罗幕画堂空。
碧天无路信难通,惆怅旧房栊。③

【笺注】
①倾国:指容貌绝美。《汉书·外戚传》载李延年在汉武帝面前描述其妹之美的诗云:"北方有佳人,绝世而独立。一顾倾人城,再顾倾人国。"后代多以倾国倾城指美貌绝代。
②思惟:思量。
③房栊:泛指房屋。

【汇评】
陈廷焯《词则·别调集》卷一:"不忍更思惟"五字,凄然欲绝。姬独何心能勿肠断耶?

其二
记得那年花下,深夜。
初识谢娘时。
水堂西面画帘垂,携手暗相期。①

惆怅晓莺残月,相别。
　　　　　从此隔音尘。②
　　　如今俱是异乡人,相见更无因。③

【笺注】

①相期:相约。
②音尘:音讯、踪迹。
③无因:无因缘。

【汇评】

汤显祖评《花间集》卷一:情景逼真,自与寻常艳语不同。("如今俱是异乡人"句夹批)"惨"。

清平乐 四首

其一

　　　春愁南陌①,故国音书隔。
　　　细雨霏霏梨花白,燕拂画帘金额。②
　　　尽日相望王孙③,尘满衣上泪痕。
　　　谁向桥边吹笛,驻马西望销魂。

【笺注】

①南陌:泛指郊野道路。
②金额:饰金的帘额。
③王孙:本为贵族子弟的通称,此处泛指行人。《楚辞·招隐士》有:"王孙游兮不归,春草生兮萋萋。"

其二

野花芳草,寂寞关山道。①
柳吐金丝莺语早,惆怅香闺暗老。
罗带悔结同心②,独凭朱栏思深。
梦觉半床斜月,小窗风触鸣琴。③

【笺注】

①关山道:关隘间的道路,此处代指远人所行处。
②结同心:同心结。用锦带打成连环回文结,表示男女相爱。
③鸣琴:琴。

【汇评】

①汤显祖评《花间集》卷一:坡老咏琴,已脱风幡之案。风触鸣琴,是风是琴,须更一转。
②许昂霄《词综偶评》:前阕说远,后阕说近。又三四与飞卿"门外草萋萋"二语意相仪。
③陈廷焯《云韶集》卷二十四:起笔冷清孤绝。

其三

何处游女,蜀国多云雨。
云解有情花解语①,窣地②绣罗金缕。
妆成不整金钿,含羞待月秋千。
住在绿槐阴里,门临春水桥边。

【笺注】

①花解语:喻美女,同"解语花"。五代王仁裕《开元天宝遗事》载:"明皇秋八月,太液池有千叶白莲,数枝盛开。帝与贵戚宴赏焉,左右皆叹羡。

久之,帝指贵妃,示于左右曰:'争如我解语花!'"后来"解语花"成为对美女的赞誉之词。

②窣(sū)地:拂地。窣,下垂貌。

其四

莺啼残月,绣阁香灯灭。
门外马嘶郎欲别,正是落花时节。
妆成不画蛾眉,含愁独倚金扉。①
云路香尘②莫扫,扫即郎去归迟。

【笺注】

①金扉:饰金的门。
②香尘:遗落香气的尘土。

【汇评】

①汤显祖评《花间集》卷一:情与时会,倍觉其惨。如此想头,几转《法华》。
②沈际飞《草堂诗徐别集》卷一:杜少陵"正是江南好风景,落花时节又逢君",一逢一别,感慨共深。

望远行

欲别无言倚画屏,含恨暗伤情。
谢家庭树锦鸡①鸣,残月落边城。②
人欲别,马频嘶,绿槐千里长堤。
出门芳草路萋萋,云雨别来易东西。

不忍别君后,却入旧香闺。

【笺注】

①锦鸡:长有彩色羽毛的公鸡。

②边城:偏远的小城。

【汇评】

钟人杰合刻花间草堂本评语:"谢家庭树锦鸡鸣",景中丽语也。

花间集卷第三

韦庄 二十六首

谒金门 二首

其一

春漏促①,金烬②暗挑残烛。
一夜帘前风撼竹,梦魂相断续。
有个娇娆③如玉,夜夜绣屏孤宿。
闲抱琵琶寻旧曲,远山眉黛绿。

【笺注】
①促:(漏声)急促。
②金烬:灯烛的灰烬。
③娇娆:妍媚、美丽。代指美人。

【汇评】
①钟人杰合刻花间草堂本评语:韦庄"闲抱琵琶寻旧曲,远山眉黛绿",张子野"弹到断肠时,春山眉黛低",若出一手,而《花间》《草堂》语致自分。
②汤显祖评《花间集》卷一:情不知所起,一往而深。"闲抱琵琶寻旧曲",直是无聊之思。("夜夜绣屏孤宿"句夹批)"惨"。

其二

空相忆,无计①得传消息。
天上嫦娥人不识,寄书何处觅。

新睡觉来无力,不忍把伊书迹。②
满院落花春寂寂,断肠芳草碧。

【笺注】
①无计:无法。
②把伊书迹:把他的书信来看。

【汇评】
①沈际飞《草堂诗馀正集》卷一:"天上"句粗恶。"把伊书迹"四字颇秀。"落花寂寂",淡语之有景者。
②况周颐《餐樱庑词话》:《谒金门》云:"新睡觉来无力,不忍把伊书迹。"一意化两,并皆佳妙。

江城子 二首

其一

恩重娇多情易伤,漏更长,解鸳鸯。
　　　　朱唇未动,先觉口脂香。①
缓揭绣衾抽皓腕,移凤枕,枕潘郎。②

【笺注】
①口脂:唇膏。
②潘郎:晋人潘岳因貌美,为妇人爱慕。此处代指情人。《晋书》卷五十五《潘岳传》:"岳美姿仪,辞藻绝丽,尤善为哀诔之文。少时常挟弹出洛阳道,妇人遇之者,皆连手萦绕,投之以果,遂满车而归。"

【汇评】
①钟人杰合刻花间草堂本评语:摹情亦流逸。

②汤显祖评《花间集》卷一：全篇摹画乐境而不觉其流连狼藉，言简而旨远矣。

其二

鬐鬟狼藉①黛眉长，出兰房，别檀郎。②
角声呜咽，星斗渐微茫。③
露冷月残人未起，留不住，泪千行。

【笺注】
①狼藉：散乱不整的样子。
②檀郎：晋人潘岳，字安仁，小字檀奴，姿仪秀美，后人以檀郎、潘安、潘仁等代称美男子。
③微茫：隐约模糊。

【汇评】
钟人杰合刻花间草堂本评语：起一句胜百幅美人图。

河传 三首

其一

何处，烟雨，隋堤①春暮。
柳色葱茏，画桡金缕。②
翠旗高飐③香风，水光融。

青娥④殿脚春妆媚。
轻云里，绰约司花妓。⑤
江都宫阙，清淮月映迷楼⑥，古今愁。

【笺注】

①隋堤：隋炀帝开运河时沿河道所筑之堤。据唐韩偓《开河记》载："隋大业年间，开汴河，筑堤自大梁至灌口，龙舟所过，香闻百里。炀帝诏造大船，泛江沿淮而下，于是吴越间取民间女，年十五六岁者五百人，谓之殿脚女，每船用彩缆十条，每条用殿脚女十人，嫩羊十口，令殿脚女与羊相间而行牵之。"《河传》为开河时传唱曲。

②葱茏：草木茂盛苍翠的样子。画桡(ráo)：画有花彩的船桨。金缕：船桨上垂的金丝穗子。

③飐(zhǎn)：《正字通》："凡风动物，与物受风摇曳者，皆谓之飐。"

④青娥：少女。

⑤绰约：美丽轻盈之态。《庄子·逍遥游》："肌肤若冰雪，绰约若处子。"司花妓：即司花女，隋炀帝时宫中女官名号。

⑥江都：今江苏省扬州市一带。宫阙：古代皇宫门上两边有楼的叫阙，后称帝王所居的宫殿为宫阙。迷楼：隋宫名。据唐韩偓《迷楼记》载："(炀帝)诏有司，供具材木，凡役夫数万，经岁而成。楼阁高下，轩窗掩映；幽房曲室，玉栏朱楯；互相连属，回环四合，曲屋自通。千门万户，上下金碧。……人误入者，虽终日不能出。帝幸之，大喜，顾左右曰：'使真仙游其中，亦当自迷也。可目之曰迷楼。'"旧址在今江都县西北。

【汇评】

①汤显祖评《花间集》卷一："清淮月映"句，感慨一时，涕泪千古。

②陈廷焯《云韶集》卷一：苍凉。《浣花集》中，此词最有骨。

其二

春晚，风暖，锦城①花满。

狂杀②游人，玉鞭金勒。

寻胜③驰骤轻尘，惜良晨。

翠娥争劝临邛酒。④

纤纤手,拂面垂丝柳。

归时烟里,钟鼓正是黄昏,暗销魂。

【笺注】

①锦城:今四川成都市。

②狂杀:狂极。

③寻胜:游赏名胜。

④翠娥:美女,此处指当垆卖酒女。临邛酒:汉代卓文君在临邛卖过酒,后代指美酒。

【汇评】

况周颐云:"归时烟里"三句,尤极融景入情之妙。(《花间汇评注》引)

其三

锦浦①,春女,绣衣金缕。

雾薄云轻,花深柳暗。

时节正是清明,雨初晴。

玉鞭魂断烟霞路。

莺莺语,一望巫山雨。②

香尘隐映,遥见翠槛③红楼,黛眉愁。

【笺注】

①锦浦:泛指锦江岸边。浦,小水入大水处。

②巫山雨:用宋玉《高唐赋序》中巫山云雨事。

③翠槛:绿色栏杆。

天仙子 五首

其一

怅望前回梦里期^①,看花不语苦寻思。露桃花里小腰肢。眉眼细,鬓云垂,唯有多情宋玉^②知。

【笺注】

①期:会,相会。

②宋玉:战国时期楚国文学家,著有《神女赋》和《登徒子好色赋》等,因其文字多描写美女,极尽形容,故称"多情宋玉"。

【汇评】

钟人杰合刻花间草堂本评语:非常之胜场。

其二

深夜归来长酩酊,扶入流苏犹未醒。^①醺醺酒气麝兰和。^②惊睡觉,笑呵呵,长道人生能几何。

【笺注】

①酩酊:大醉貌。流苏:流苏帐。

②麝兰和:与麝香、兰草之气相融合。

【汇评】

①钟人杰合刻花间草堂本评语:有狂达趣。

②汤显祖评《花间集》卷一:有此和法,便不觉其酒气,虽烂醉如泥,受用矣。

其三

蟾彩霜华①夜不分,天外鸿声枕上闻。
　　　　　绣衾香冷懒重熏。
人寂寂,叶纷纷,才睡依前②梦见君。

【笺注】

①蟾彩:月光。俗传月中有蟾蜍,故称月为蟾。霜华:霜色。
②依前:依旧。

【汇评】

陈廷焯《词则·别调集》卷一:端已词时露故君之思,读者当会意于言外。

其四

梦觉云屏依旧空,杜鹃声咽隔帘栊。
　　　　　玉郎薄幸①去无踪。
一日日,恨重重,泪界②莲腮两线红。

【笺注】

①薄幸:同"薄倖",薄情。
②界:划界。

【汇评】

①李调元《雨村词话》卷一:词用"界"字始韦端已,《天仙子》词云:"泪界莲腮两线红。"宋子京《蝶恋花》词效之云:"泪落胭脂,界破蜂黄浅。"遂成

77

名句。

②况周颐《餐樱庑词话》：韦词运密入疏，寓浓于淡，如《天仙子》"蟾彩霜华"、"梦觉云屏"二首及《浣溪沙》《谒金门》《清平乐》诸词，非徒以丽句擅长也。

其五

金似衣裳玉似身①，眼如秋水鬓如云。
霞裙月帔一群群。
来洞口，望烟分，刘阮②不归春日曛。

【笺注】

①"金似"句：即衣裳似金、身似玉。
②刘阮：用刘晨、阮肇入天台山采药遇仙事。

【汇评】

①汤显祖评《花间集》卷一：无此结句，确乎当删。
②李调元《雨村词话》卷一：太白词有"云想衣裳花想容"，已成绝唱，韦庄效之，"金似衣裳玉似身"，尚堪入目。

喜迁莺 二首

其一

人汹汹①，鼓冬冬，襟袖五更风。
大罗天②上月朦胧，骑马上虚空。
香满衣，云满路，鸾凤绕身飞舞。
霓旌绛节③一群群，引见玉华君。④

【笺注】

①汹汹:声音喧闹。
②大罗天:道家所谓诸天之最高者,这里指宫廷。
③霓旌绛节:指仪仗。
④玉华君:天帝,这里指皇帝。

其二

　　街鼓①动,禁城开,天上探人回。②
　　凤衔金榜③出云来,平地一声雷。
　　莺已迁④,龙已化⑤,一夜满城车马。
　　家家楼上簇神仙,争看鹤冲天。⑥

【笺注】

①街鼓:唐街坊用以警夜的鼓。
②天上:朝廷。探人:入朝看榜的人。
③凤衔:凤凰衔书,喻指皇帝诏书。金榜:科举应试考中者的名单。
④莺已迁:唐人称进士及第为迁莺。《诗经·小雅·伐木》:"伐木丁丁,鸟鸣嘤嘤。出自幽谷,迁于乔木。"后世以迁莺喻出仕。
⑤龙已化:比喻中第者如鱼化为龙。
⑥鹤冲天:比喻登第。

【汇评】

汤显祖评《花间集》卷一:读《张道陵传》,每恨白日鬼话,便头痛欲睡,二词亦复如此。

思帝乡 二首

其一

云髻坠,凤钗垂。
髻坠钗垂无力,枕函欹。①
翡翠屏深月落,漏依依。②
说尽人间天上,两心知。

【笺注】
①枕函:中间可以放置物体的匣状枕头。欹:斜。
②漏依依:漏刻迟缓。

【汇评】
钟人杰合刻花间草堂本评语:语甚浓至。

其二

春日游,杏花吹满头。
陌上谁家年少①,足风流。
妾②拟将身嫁与,一生休。③
纵被无情弃,不能羞!

【笺注】
①年少:少年。
②妾:古时女子自称。
③一生休:了此一生。

【汇评】

①钟人杰合刻花间草堂本评语:钟情之语,自不损致。
②卓人月《古今词统》卷三徐士俊评语:死心塌地。

诉衷情 二首

其一

烛尽香残帘半卷,梦初惊。
　花欲谢,深夜月胧明。①
　何处按歌②声,轻轻。
　舞衣尘暗生,负春情。

【笺注】

①月胧明:月光微明。
②按歌:按拍而歌。

【汇评】

钟人杰合刻花间草堂本评语:"花欲谢,深夜月胧明",宋人惟张子野几有之。

其二

碧沼红芳烟雨静,倚兰桡。①
　垂玉佩,交带②裛纤腰。
　鸳梦隔星桥③,迢迢。
　越罗香暗销,坠花翘。④

【笺注】

①碧沼:碧水池。兰桡(ráo):木兰船桨,代指船。
②交带:束结的锦带。
③星桥:天上织女、牛郎相会的鹊桥。
④花翘:头饰。

【汇评】

①汤显祖评《花间集》卷一:此词在成都作,蜀之妓女至今有花翘之饰,名曰"翘花儿"云。
②陈廷焯《云韶集》卷一:"鸳梦隔星桥"五字,有仙气,亦有鬼气。

上行杯 二首

其一

芳草灞陵①春岸,柳烟深,满楼弦管。
　　　　一曲离声肠寸断。
今日送君千万,红缕玉盘②金镂盏。③
　　　　须劝珍重意,莫辞满。

【笺注】

①灞陵:汉文帝陵墓名,因灞水得名,故址在今陕西西安市东。汉代人往往在此送别行人,折柳相赠。
②红缕玉盘:指玉盘所盛红色如丝的鲙鱼肉。唐韩翃《宴杨驸马山池》诗:"鲙下玉盘红缕细,酒开金瓮绿醅浓。"
③金镂盏:镂花的金杯。

【汇评】

①陈廷焯《词则·闲情集》卷一:殷勤悃款,令人情醉。

②陈廷焯《云韶集》卷一:"劝君更尽一杯酒,西出阳关无故人。"同此凄艳。

其二

白马玉鞭金辔①,少年郎,离别容易。
　　　　迢递②去程千万里。
惆怅异乡云水,满酌一杯劝和泪。
　　　须愧珍重意,莫辞醉。

【笺注】
①玉鞭金辔:形容马鞭辔头精美。
②迢递:遥远貌。

女冠子 二首

其一

四月十七,正是去年今日。
别君时,忍泪佯①低面,含羞半敛眉。
不知魂已断,空有梦相随。
　　除却②天边月,没人知。

【笺注】
①佯:装作。
②除却:除了。

【汇评】

①钟人杰合刻花间草堂本评语：淡语无限深情，胜丽语多多许。
②汤显祖评《花间集》卷一：直书情绪，怨而不怒，《骚》《雅》之遗也。嫌与题义稍远，类今日之博士家言。
③陈廷焯《词则·闲情集》卷一：一往情深，不著力而自胜。

其二

昨夜夜半，枕上分明梦见。
语多时，依旧桃花面①，频低柳叶眉。②
半羞还半喜，欲去又依依。
觉来知是梦，不胜悲。

【笺注】

①桃花面：隋代宫中女子的一种梳妆样式。唐宇文士及《妆台记》："隋文宫中梳九真髻红妆，谓之桃花面。"一般泛指美人容貌。
②柳叶眉：一种柳叶状眉式，也可泛指美女细长眉毛。

更漏子

钟鼓寒，楼阁暝，月照古桐金井。①
深院闭，小庭空，落花香露红。
烟柳重，春雾薄，灯背水窗②高阁。
闲倚户，暗沾衣③，待郎郎不归。

【笺注】

①暝：晦暗。金井：井栏雕饰精美的井。

②水窗:临水的窗。
③沾衣:泪水湿衣。
【汇评】
陈廷焯《云韶集》卷一:"落花"五字,凄绝秀绝。结句楚楚可怜。

酒泉子

月落星沉,楼上美人春睡。
　　　　绿云①倾,金枕腻②。画屏深。
子规啼破相思梦,曙色东方才动。
　　　　柳烟轻,花露重。思难任。③

【笺注】
①绿云:美人发髻。
②腻:泪污。
③思难任:相思难以承受。
【汇评】
①钟人杰合刻花间草堂本评语:李贺诗"露重湿花葸兰气,楚罗之帏卧皇子",视此情景宛然。
②汤显祖评《花间集》卷二:不作美的子规,故当夜半啼血。

木兰花

独上小楼春欲暮,愁望玉关①芳草路。
消息断,不逢人,欲敛细眉归绣户。②

坐看落花空叹息,罗袂湿斑红泪滴。③

千山万水不曾行④,魂梦欲教何处觅。

【笺注】

①玉关:玉门关。此处指远人所在地。

②绣户:闺房。

③坐:由于。罗袂:罗绣。

④不曾行:不曾去过。

【汇评】

汤显祖评《花间集》卷二:(末句)与"梦中不识路"、"打起黄莺儿"可并不朽。

小重山

一闭昭阳①春又春,夜寒宫漏永,梦君恩。

卧思陈事②暗消魂,罗衣湿,红袂有啼痕。

歌吹隔重闱③,绕庭芳草绿,倚长门。④

万般惆怅向谁论?凝情立,宫殿欲黄昏。⑤

【笺注】

①昭阳:汉武帝时后宫有昭阳殿,后泛指后妃所住宫殿。

②陈事:旧事。

③重闱:重重宫门。

④长门:汉代长门宫。汉武帝时陈皇后因失宠,别居长门宫。后多以长门宫指代失宠后妃所居之地。

⑤论:述说、表达。凝情:痴情。

【汇评】

①张綖《草堂诗馀别录》卷二：词以写情，情之所注，尤在初昏时。故词家多言黄昏。今人称诵赵德麟"断送一生憔悴，只消几个黄昏"，此直矗豪子语耳，岂有余味。若"安排肠断到黄昏"，虽无味而有趣，不如淮海"时节欲黄昏，无聊独倚门"，语不迫而意至。王晋卿"海棠开后，燕子来时，黄昏庭院"，不说憔悴、肠断、无聊等语，而意自含蓄，尤胜。韦端己此词结句"凝情立，宫殿欲黄昏"，则又意淡而味渊永矣。

②茅暎《词的》卷三：雨露难霑，自是恩不胜怨。又"红袂有啼痕"与"罗衣湿"句复。秦词"新啼痕间旧啼痕"亦始诸此。

③李廷机《新刻注释草堂诗馀评林》卷三："夜寒宫漏永"，"卧思陈事暗消魂"之句，已见夜深矣。末云"宫殿欲黄昏"又见未晚，与前相反。

薛昭蕴 十九首

薛昭蕴,生卒年不详。仕蜀,官至侍郎。

浣溪沙 八首

其一

红蓼①渡头秋正雨,印沙鸥迹自成行。
　　　　整鬟飘袖野风香。
不语含颦深浦里,几回愁煞棹船郎。②
　　　　燕归帆尽水茫茫。

【笺注】
①红蓼:水草名。
②含颦:皱眉。棹船郎:驾船郎,指远行的情人。

【汇评】
①沈际飞《草堂诗馀别集》卷一:何物棹船郎,解愁杀耶? 意在言外。
②况周颐《餐樱庑词话》:清与艳,皆词境也。薛昭蕴《浣溪沙》云"红蓼渡头秋正雨,(略)",此词清中之艳,其艳在神。

其二

钿匣菱花①锦带垂,静临栏槛卸头时。②
　　　　约鬟③低珥④算归期。

茂苑⑤草青湘渚⑥阔,梦余空有漏依依。
　　　　二年终日损芳菲。

【笺注】

①菱花:即铜镜,多为六角形,背面刻有菱花,故称。《赵飞燕外传》:"飞燕始加大号婕妤,奏上三十六物以贺,有七尺菱花镜一奁。"唐杨凌《明妃怨》诗:"匣中纵有菱花镜,羞对单于照旧颜。"后多以镜为"菱花"。

②卸头时:卸妆时。

③约鬟(huán):束挽鬟髻。

④珥:冠上的垂珠。

⑤茂苑:指花木茂美的苑囿。《穆天子传》卷二:"(天子西征)丙辰,至于苦山,西膜之所谓茂苑。"

⑥湘渚:湘水中的小洲。

其三

粉上依稀①有泪痕,郡庭②花落欲黄昏。
　　　　远情深恨与谁论。
记得去年寒食日,延秋门③外卓金轮。④
　　　　日斜人散暗消魂。

【笺注】

①依稀:隐约,不清晰。

②郡庭:郡斋之庭。

③延秋门:唐长安禁苑中宫庭二十四所,西面二门,南曰延秋门,北曰元武门。

④卓金轮:立车轮,即停车。卓,立。金轮,车轮。

【汇评】

陈廷焯《云韶集》卷一:日斜人散,对此者谁不销魂?

其四

握手河桥柳似金,蜂须轻惹百花心。①
蕙风兰思②寄清琴。
意满便同春水满,情深还似酒杯深。
楚烟湘月两沉沉。③

【笺注】

①花心:花蕊。
②蕙风兰思:喻女子纯美的情思。蕙、兰,都是香草。
③沉沉:寂静无声,悠远隐约。

【汇评】

汤显祖评《花间集》卷二:俗笔。

其五

帘下三间出寺墙,满街垂杨绿阴长。
嫩红轻翠间浓妆。
瞥地见时犹可可①,却来②闲处暗思量。
如今情事隔仙乡。③

【笺注】

①瞥地:瞥然过目。可可:不在意貌。
②却来:归来。
③隔仙乡:仙凡相隔。隔仙乡犹言遥远。

【汇评】

汤显祖评《花间集》卷二:瞥见都易错过,耐得思量,定不折本。

其六

江馆①清秋缆客船②,故人相送夜开筵。
　　　　麝烟兰焰簇花钿。③
正是断魂迷楚雨,不堪离恨咽湘弦。④
　　　　月高霜白水连天。

【笺注】

①江馆:江边客馆。
②缆客船:系缆待发的客船。
③麝烟:焚烧麝香的烟。兰焰:兰灯之焰。麝烟兰焰皆泛指妓馆香气缭绕。簇花钿:着盛妆的女子聚集。
④湘弦:传说湘水女神善于鼓瑟,这里借喻悲思。

其七

倾国倾城①恨有余,几多红泪泣姑苏。②
　　　　倚风凝睇③雪肌肤。
吴主山河空落日,越王宫殿半平芜。④
　　　　藕花菱蔓满重湖。⑤

【笺注】

①倾国倾城:此指西施的美貌。
②姑苏:姑苏台,相传吴王夫差所筑。在今江苏苏州。
③凝睇:注视。
④平芜:草木丛生的平旷原野。
⑤重湖:一般为洞庭湖之别称,此应指太湖。

【汇评】

汤显祖评《花间集》卷二：与"只今惟有西江月"诸篇同一凄婉。

其八

越女①淘金春水上，步摇云鬓佩鸣珰。②
渚风江草又清香。
不为远山凝翠黛，只应含恨向斜阳。
碧桃花谢忆刘郎。③

【笺注】

①越女：越国的女子，此处泛指江南女子。

②步摇：首饰名。以银丝宛转屈曲作花枝，插于鬓后，随步辄摇，故称步摇。鸣珰：用金玉制作的耳珠。

③刘郎：本指东汉人刘晨，刘采药入山遇仙女。这里代指情郎。

【汇评】

①钟人杰合刻花间草堂本评语：薛昭蕴八首结撰虽工，惜无胜处可拈赏耳。

②陈廷焯《词则·闲情集》卷一：《浣溪沙》数阕，委婉沉至，音调亦闲雅可歌。

喜迁莺 三首

其一

残蟾①落，晓钟鸣，羽化②觉身轻。
乍无春睡有余酲③，杏苑④雪初晴。

紫陌⑤长,襟袖冷,不是人间风景。

回看尘土似前生,休羡谷中莺。⑥

【笺注】

①残蟾:残月。

②羽化:修道成仙。这里指科考登第。

③余酲(chéng):余醉。

④杏苑:杏园。故址在今陕西省西安市郊大雁塔南,唐代新科进士赐宴之地。

⑤紫陌:京郊的道路。

⑥谷中莺:比喻隐居未仕者。

【汇评】

汤显祖评《花间集》卷二:"杏苑"句不呆。

其二

金门①晓,玉京②春,骏马骤轻尘。

桦烟深处白衫新③,认得化龙身。④

九陌喧,千户启,满袖桂香⑤风细。

杏园欢宴曲江滨⑥,自此占芳辰。⑦

【笺注】

①金门:汉代金马门。代称官署。

②玉京:京城。

③桦烟:桦木皮卷蜡作烛,其烟称桦烟。白衫:唐时士子穿的便服。

④化龙身:指登第。

⑤桂香:古代以折桂喻登第。

⑥杏园:唐时在曲江池南,是新进士游宴之地。曲江:曲江池,在今陕

西西安市东南曲江镇一带。

⑦芳辰:良辰。

其三

清明节,雨晴天,得意①正当年。

马骄泥软锦连乾②,香袖半笼鞭。

花色融,人竞赏,尽是绣鞍朱鞅。③

日斜无计更留连,归路草和烟。

【笺注】

①得意:指得第。

②锦连乾(gān):锦制马饰。连乾即连钱,障泥上有连钱花纹。

③绣鞍朱鞅:华丽的马饰。鞅,套在马颈上的皮带。

【汇评】

汤显祖评《花间集》卷二:此首独脱套,觉腐气俱消。

小重山 二首

其一

春到长门①春草青,玉阶华露滴,月胧明。

东风吹断紫箫②声,宫漏促,帘外晓啼莺。

愁极梦难成,红妆流宿泪,不胜情。

手挼③裙带绕阶行,思君切,罗幌④暗尘生。

【笺注】

①长门:长门宫。用汉武帝时陈皇后失宠,别居长门宫事。

②紫箫:紫竹所做的箫。

③挼(ruó):揉搓。

④幌(huǎng):指用于遮挡或障隔的幔子。多以细软的绸帛做成,上饰花纹图案。

【汇评】

①沈际飞《草堂诗馀别集》卷二:比古曲"老女不嫁,踏地唤天"隐些,然亦急矣。三月无君则吊,士何异此。

②卓人月《古今词统》卷九徐士俊评语:不为诡奇,却是古雅。

其二

秋到长门秋草黄,画梁双燕去,出宫墙。
玉箫无复理霓裳①,金蝉②坠,鸾镜掩休妆。③
忆昔在昭阳④,舞衣红绶带⑤,绣鸳鸯。
至今犹惹御炉香,魂梦断,愁听漏更长。

【笺注】

①霓裳:即唐代著名的大曲《霓裳羽衣曲》,传说唐明皇、杨贵妃曾在宫中使宫女演习。

②金蝉:金制蝉形头饰。

③休:美好,美善。休妆即美好的妆饰。

④昭阳:即昭阳殿,为汉代宫殿名。汉成帝皇后赵飞燕之妹为昭仪,居住于此。此代指受宠时所居住的宫殿。

⑤绶带:丝带。

离别难

宝马晓鞴①雕鞍,罗帷乍别情难。
那堪春景媚,送君千万里。
半妆②珠翠落,露华寒。
红蜡烛,青丝曲③,偏能钩引泪阑干。④

良夜促,香尘绿,魂欲迷,檀眉⑤半敛愁低。
未别心先咽,欲语情难说。
出芳草,路东西。
摇袖立,春风急,樱花杨柳雨凄凄。

【笺注】
①鞴:为马备上鞍辔。
②半妆:半面妆。《南史·后妃传》:"(徐)妃以(梁元)帝眇一目,每知帝将至,必为半面妆以俟,帝见则大怒而出。"此处指草草妆饰。
③青丝曲:离别曲。
④钩引:引起。阑干:纵横貌。
⑤檀眉:女子眉旁的晕色。

【汇评】
①沈雄《古今词话·词辨》下卷:《离别难》……其词即五言近体,《唐词纪》中"此别难重陈,花飞复恋人"是也。白乐天七言近体云:"绿杨陌上送行人,马去车回一望尘。不觉别时红泪尽,归来无可更沾巾。"乃《离别难》曲也。惟薛昭蕴一首为长短句,词家用之。
②况周颐《蕙风词话》卷四:中国樱花不繁而实,日本樱花繁而不实。

薛昭蕴词《离别难》云："摇袖立，春风急，樱花杨柳雨凄凄。"此中国樱花也。入词殆自此始。此花以不繁，故益见娟倩。

相见欢

罗襦绣袂香红，画堂中。
细草平沙番马①，小屏风。
卷罗幕，凭妆阁②，思无穷。
暮雨轻烟魂断，隔帘栊。③

【笺注】
①番马：吐蕃的马。
②妆阁：妇女的居室。
③帘栊：帘窗。

【汇评】
①杨慎《丹铅总录》卷十二：唐人好画蕃马于屏，《花间词》云"细草平沙番马，小屏风"是也。
②陈廷焯《云韶集》卷二十四：即端己所云"断肠君信否"。

醉公子

慢绾①青丝发，光砑吴绫袜。②
床上小熏笼③，韶州新退红。④
叵耐⑤无端处，捻得从头污。
恼得眼慵开，问人闲事来。

【笺注】

①绾(wǎn)：盘结。

②光砑：砑光，以石碾磨布帛使之密实有光泽。吴绫：丝织品名。

③熏笼：罩在熏炉上的笼子。

④韶州：地名，今属广东省。退红：韶州所产的一种红色颜料。

⑤叵耐：不可忍耐。

【汇评】

①钟人杰合刻花间草堂本评语："床上小熏笼，韶州新退红"，"恼得眼慵开，问人闲事来"，上语点景，下语写情，俱闲婉淡宕。

②汤显祖评《花间集》卷二：昔西王母宴群仙，戴砑光帽，簪花舞，"光砑"二字本此。

女冠子 二首

其一

求仙去也，翠钿金篦①尽舍，入崖峦。

雾卷黄罗帔②，云雕白玉冠。

野烟溪洞冷，林月石桥寒。

静夜松风下，礼天坛。③

【笺注】

①金篦：金质首饰。

②黄罗帔：黄色丝罗披肩。

③礼天坛：登坛拜天。此为道家修行仪式。

【汇评】

①汤显祖评《花间集》卷二：隽雅不及韦相，而直叙道情，翻觉当行。次

首恨有俗句。

②陈廷焯《云韶集》卷一:"野烟"十字,颇似中唐五律。语有仙气。

其二

云罗雾縠①,新授明威法箓②,降真函。
　　　鬟绾青丝发,冠抽碧玉簪。
　　　往来云过五③,去往岛经三。④
　　　正遇刘郎⑤使,启瑶缄。⑥

【笺注】

①云罗雾縠(hú):丝罗织物。縠,有皱纹的纱。罗如云、縠如雾,是说丝罗轻柔飘逸。

②明威:同"明畏",表彰善良,惩罚邪恶。《尚书·皋陶谟》:"天明畏,自我民明威。"法箓(lù):天神所授的符命。箓,道家所画的符箓。

③云过五:即过五云。

④岛经三:经三座仙岛。

⑤刘郎:即传说中入天台山采药遇仙女的刘晨。

⑥启瑶缄(jiān):开启使者所投的书缄。瑶缄,对来书的美称。

【汇评】

①汤显祖评《花间集》卷二:历祖中数目句字。

②卓人月《古今词统》卷四徐士俊评语:押"三"字奇稳。

谒金门

春满院,叠损罗衣金线。
睡觉水晶帘未卷,檐前双语燕。

斜掩金铺①一扇,满地落花千片。
早是②相思肠欲断,忍教③频梦见。

【笺注】
①金铺:即金属铺首,门上兽面形铜制环钮,用以衔环。
②早是:已是。
③教:晁本为"交",据他本改为"教"。教,使。

【汇评】
①陈廷焯《云韶集》卷一:曰"相思",曰"断肠",曰"梦见",皆成语也。看他分作二层,便令人爱不释手。遣词用意当如此。
②陈廷焯《词则·闲情集》卷一:意态便浓,斯谓翻陈出新。

牛峤 五首

牛峤,生卒年不详。字松卿,一字延峰。其先安定鹑觚(今甘肃灵台)人,后徙狄道(今甘肃临洮)。唐穆宗、文宗时宰相牛僧孺之孙,牛丛之子。乾符五年(878),登进士第。历官拾遗、补阙、尚书郎。大顺二年(891),王建镇蜀后,辟为判官。王建称帝时,拜给事中。事迹见《唐诗纪事》卷七一、《郡斋读书志》卷一八、《唐才子传校笺》卷九、《十国春秋》卷四四本传。

柳枝 五首

其一

解冻风来末上青①,解垂罗袖拜卿卿。②
无端袅娜临官路,舞送行人过一生。

【笺注】
①解冻风:春风。末上青:杨柳末梢抽青条。
②卿卿:男女间昵称。此处形容柳条相依偎的姿态。

【汇评】
汤显祖评《花间集》卷二:《杨枝》《柳枝》《杨柳枝》,总以物托兴。前人无甚分析,但极咏物之致,而能抒作者怀,能下读者泪,斯其至矣。"舞送行人"等句,正是使人悲惋。

其二

吴王宫里色偏深,一簇纤条万缕金。
不愤①钱塘苏小小,引郎松下结同心。②

【笺注】

①不愤:未料到。
②"引郎"句:化用古诗《苏小小歌》:"何处结同心,西陵松柏下。"

【汇评】

①杨慎《升庵诗话》卷六:牛峤《杨柳枝》词(略)。按古乐府《小小歌》有云:"妾乘油壁车,郎乘青骢马。何处结同心,西陵松柏下。"牛诗用此意,咏柳而贬松。唐人所谓"尊题格"也。后人改"松下"作"枝下",语意索然矣。

②徐渤《徐氏笔精》卷四:古人咏柳,必比美人;咏美人,必比柳。不独以其态相似,亦柔曼两相宜也。若松桧竹柏,用之于美人,则乏婉媚耳。唐牛峤《柳枝词》云(略),亦谓美人不宜松下也。誉柳贬松,殊有深兴。

其三

桥北桥南千万条,恨伊张绪不相饶。①
金羁白马②临风望,认得杨家静婉腰。③

【笺注】

①张绪:南齐人,齐武帝时官至国子监祭酒。言谈风雅俊逸,不慕名利,深得齐武帝敬重。《南史·张绪传》载,武帝曾赏灵和殿前的杨柳,叹曰:"此杨柳风流可爱,似张绪当年时。"不相饶:不相让。
②金羁白马:指少年郎。
③杨家静婉:应是羊家净琬。《南史·羊侃传》载:"儛人张净琬腰围一尺六寸,时人咸推能掌上儛。"

【汇评】

胡应麟《诗薮·内篇》卷六:后唐牛峤《柳枝词》云:"吴王宫里色偏深(略)。……桥北桥南千万条(略)。"五代人诗亦尚有唐乐府遗韵。

其四

狂雪①随风扑马飞,惹烟无力被春欺。
莫教移入灵和殿②,宫女三千又妒伊。③

【笺注】

①狂雪:这里指柳絮。
②灵和殿:齐武帝所建宫殿,殿前植柳。
③伊:指柳树。

其五

袅翠笼烟指暖波,舞裙新染曲尘①罗。
章华台②畔隋堤上,傍得春风尔许多。③

【笺注】

①曲尘:酒曲上所生菌,因色淡黄如尘,故称。也用指淡黄色。此处指柳条色。
②章华台:春秋时楚灵王所建,在今湖北沙市。东汉辞赋家边让《章华台赋》称"举国营之,数年乃成"。
③尔许多:如此多。

【汇评】

杨慎《词品》卷二:牛峤,蜀之成都人,为孟蜀学士。……《杨柳枝》词数首尤工,见《乐府诗集》。

花间集卷第四

牛峤 二十七首

女冠子 四首

其一

绿云①高髻,点翠匀红时世②。月如眉。
浅笑含双靥③,低声唱小词。
眼看唯恐化④,魂荡欲相随。
玉趾回娇步,约佳期。

【笺注】
①绿云:喻女子乌黑茂密的秀发。
②点翠:以黛色画眉。匀红:以胭脂匀脸。时世:时世妆,入时之妆。
③双靥:两颊的酒窝。
④化:羽化成仙而去。

【汇评】
①钟人杰合刻花间草堂本评语:"眼看唯恐化,魂荡欲相随",尽情痴之致。
②况周颐《餐樱庑词话》:"眼看唯恐化,魂荡欲相随",别一种说得尽,与"须作一生拼"云云不同。

其二

锦江烟水,卓女烧春浓美①。小檀霞②。

绣带芙蓉帐,金钗芍药花③。

额黄侵腻发,臂钏④透红纱。

柳暗莺啼处,认郎家。

【笺注】

①卓女:本指卓文君,此处代指卖酒美女。烧春:酒名。

②小檀霞:酒色似檀色。

③芍药花:男女相别,送芍药以传情。《诗经·郑风·溱洧》:"维士与女,伊其相谑,赠之以勺药。"

④臂钏:臂环。

【汇评】

①汤显祖评《花间集》卷二:评"绣带"二句云:六朝丽句。又评结句:好结句。

②沈际飞《草堂诗馀别集》卷一:情到至处,勿含蓄。

其三

星冠霞帔①,住在蕊珠宫②里。佩丁当。

明翠③摇蝉翼,纤珪④理宿妆。

醮坛⑤春草绿,药院杏花香。

青鸟⑥传心事,寄刘郎。

【笺注】

①星冠:道士冠。霞帔:华美的披肩。

②蕊珠宫:道教经典中所说的仙宫。此处指女冠居处。
③明翠:明亮的珠翠饰物。
④纤珪:女道士纤长的手指。
⑤醮(jiào)坛:道士做法事的道场。
⑥青鸟:代称信使。

【汇评】

汤显祖评《花间集》卷二:前后丽情,多属玉台艳体,忽插入道家语,岂为题目张本耶?

其四

双飞双舞,春昼后园莺语。卷罗帷。
　　锦字书①封了,银河雁过迟。
　　鸳鸯排宝帐,豆蔻绣连枝。②
　　不语匀珠泪,落花时。

【笺注】

①锦字书:此用苏蕙织回文锦典故。此处指妻子给丈夫的信。
②豆蔻:植物名,喻少女。连枝:连理枝,喻男女爱情。

梦江南 二首

其一

　　衔泥燕,飞到画堂前。
占得杏梁①安稳处,体轻唯有主人怜。
　　　　堪羡好因缘。②

【笺注】
①占得:择得。杏梁:文杏木所制屋梁,代指屋宇华美。
②因缘:机会。

其二

红绣被,两两间鸳鸯。
不是鸟中偏爱尔,为缘交颈睡南塘。①
全胜薄情郎。

【笺注】
①缘:因。交颈:鸟类颈与颈相互依摩,以亲昵。喻男女恩爱。

【汇评】
①沈雄《古今词话·词评》上卷引:姜夔云:牛峤《望江南》,一咏燕,一咏鸳鸯,是咏物而不滞于物者也。词家当法此。
②沈雄《古今词话·词品》上卷:对句易于言景,难于言情。且放开则中多迂滥,收整则结无意绪,对句要非死句也。牛峤之《望江南》:"不是鸟中偏爱尔,为缘交颈睡南塘。"此即救尾对也。

感恩多 二首

其一

两条红粉泪①,多少香闺②意。
强攀桃李枝,敛愁眉。
陌上莺啼蝶舞,柳花飞。
柳花飞,愿得郎心,忆家还早归。

【笺注】

①红粉泪：闺中思妇的泪。

②香闺：思妇居室。

【汇评】

①汤显祖评《花间集》卷二：起句一问一答，便有无限委婉。

②陈廷焯《云韶集》卷一："强攀"妙，中有伤心处，借此消遣耳。

又：不必著力，只任意写来，自臻妙境。

其二

自从南浦别，愁见丁香结。①
近来情转深，忆鸳衾。
几度将书托烟雁，泪盈襟。
泪盈襟，礼月②求天，愿君知我心。

【笺注】

①丁香结：丁香的花蕾，状如结。常喻愁情郁结难解。

②礼月：拜月。

应天长 二首

其一

玉楼春望晴烟灭，舞衫斜卷金条脱。①
黄鹂娇啭声初歇，杏花飘尽龙山②雪。
凤钗低赴节③，筵上王孙愁绝。
鸳鸯对含罗结④，两情深夜月。

【笺注】

①条脱:螺旋形臂钏。

②龙山:即河北卢龙山,为著名关塞。龙,晁本作"拢",据他本校改为"龙"。

③赴节:按声和节。

④"鸳鸯"句:指罗结上的鸳鸯花纹。

【汇评】

汤显祖评《花间集》卷二:峭壁孤松,寒潭秋月,庶足比二词之高洁。

其二

双眉淡薄藏心事,清夜背灯娇又醉。
玉钗横①,山枕腻②,宝帐鸳鸯春睡美。
别经时,无限意,虚道③相思憔悴。
莫信彩笺书里,赚人肠断字。

【笺注】

①玉钗横:指头饰不整。

②山枕:古代木制或磁制枕头,多中间凹,两端凸起,如山。故称。腻:光滑,细致。

③虚道:空说。

【汇评】

①沈雄《古今词话·词评》上卷引:陆游云:牛峤《定西番》为塞下曲,《望江怨》为闺中曲,是盛唐遗音。及读其"翠娥愁,不抬头","莫信彩笺书里,赚人肠断字",则又刻细似晚唐矣。

②钟人杰合刻花间草堂本评语:"莫信彩笺书里,赚人肠断字",入乐府尤胜。

更漏子 三首

其一

星渐稀,漏频转,何处轮台①声怨。

香阁掩,杏花红,月明杨柳风。

挑锦字②,记情事,惟愿两心相似。

收泪语,背灯眠,玉钗横枕边。

【笺注】

①轮台:故址在今新疆轮台县东南。此处泛指边塞。

②挑锦字:织锦为书信。

【汇评】

①钟人杰合刻花间草堂本评语:"月明杨柳风",在诗中为俚语,入词亦添景色。

②李调元《雨村词话》卷一:牛峤《更漏子》:"星渐稀,漏频转,何处轮台声怨。"按《汉书》:"武帝下轮台之诏。"语本此。

其二

春夜阑①,更漏促,金烬②暗挑残烛。

惊梦断,锦屏深,两乡明月心。

闺草碧,望归客,还是不知消息。

辜负我,悔怜君,告天天不闻。

【笺注】

①春夜阑:春夜将尽。

②金烬:蜡烛的灰烬。

【汇评】

汤显祖评《花间集》卷二:女娲补不到,天有离恨天。世间缺陷事不少,天也管不得许多。

其三

南浦情①,红粉泪,怎奈②两人深意。

低翠黛③,卷征衣④,马嘶霜叶飞。

招手别,寸肠结,还是去年时节。

书托雁,梦归家,觉来江月斜。

【笺注】

①南浦情:离别情。南浦,代指离别处。

②怎奈:无奈。

③低翠黛:低眉。

④卷征衣:裹紧战服。

望江怨

东风急,惜别花时手频执。

罗帷愁独入,马嘶残雨春芜①湿。

倚门立,寄语②薄情郎,粉香和泪泣。

【笺注】
①春芜:春日的草野。
②寄语:传话,转告。

【汇评】
①许昂霄《词综偶评》:有急弦促柱之妙。
②况周颐《餐樱庑词话》:昔人情语艳语,大都靡曼为工。牛松卿《望江怨》词、《西溪子》词,繁弦促柱间,有劲气暗转,愈转愈深。此等佳处,南宋名作中,间一见之。被送人虽绵薄如柳屯田,顾未克办。

菩萨蛮 七首

其一

舞裙香暖金泥凤①,画梁语燕惊残梦。
门外柳花飞,玉郎犹未归。
愁匀红粉泪,眉剪春山翠。
何处是辽阳②,锦屏春昼长。

【笺注】
①金泥凤:以金粉装饰的凤形图案。
②辽阳:地名,在今辽宁省辽阳市南。这里代指远人所在地。

【汇评】
①张惠言《词选》卷一:"惊残梦"一点,以下纯是梦境。章法似《西洲曲》。
②陈廷焯《云韶集》卷二十四:通首音节天然合拍。"剪"字妙。

其二

柳花飞处莺声急,晴街春色香车立。
金凤小帘开,脸波和恨来。①
今宵求梦想,难到青楼②上。
赢得一场愁,鸳衾谁并头。

【笺注】

①金凤小帘:绣有金凤的帘子。脸波:眼波。
②青楼:妓院。

其三

玉钗风动春幡①急,交枝红杏笼烟泣。
楼上望卿卿②,窗寒新雨晴。
熏炉蒙翠被,绣帐鸳鸯睡。
何处最相知,羡他初画眉。③

【笺注】

①春幡:立春日所剪的彩旗。
②卿卿:男女间昵称。这里代指情人。
③画眉:用汉代张敞为妻子画眉的典故,比喻夫妻相爱。

【汇评】

①汤显祖评《花间集》卷二:填词白描,须有微致。若全篇平衍,几同嚼蜡矣。
②卓人月《古今词统》卷五徐士俊评语:两首"急"字俱尖极。

其四

画屏重叠巫阳①翠,楚神尚有行云意。②

朝暮几般心,向他情谩③深。
风流今古隔,虚作瞿塘客。④
山月照山花,梦回灯影斜。

【笺注】

①巫阳:巫山之阳。用楚王梦神女事。
②行云意:指男女合欢。
③谩:枉,徒然。
④瞿塘客:指商人。李益《江南曲》:"嫁得瞿塘客,朝朝误妾期。"瞿塘,长江三峡之首,也称夔峡。

【汇评】

①吴任臣《十国春秋》卷四十四:(牛峤)尤喜制小辞,《女冠子》云:"绣带芙蓉帐,金钗芍药花。"《菩萨蛮》云:"山月照山花,梦回灯影斜。"皆峤佳句也。

②贺裳《皱水轩词筌》:文人无赖,至驰思杳冥,盖自《高唐》作俑而后,遂浸淫不可禁矣。毛文锡《巫山一段云》……虽用神女事,犹不失为《国风》好色。若牛峤"风流今古隔,虚作瞿塘客",未免太涉于淫。

其五

风帘燕舞莺啼柳,妆台约鬓①低纤手。
钗重髻盘珊②,一枝红牡丹。
门前行乐客,白马嘶春色。
故故③坠金鞭,回头应眼穿。

【笺注】

①约鬓:绾约鬓发。
②盘珊:即盘桓。发髻盘曲,称盘桓髻。

③故故:屡次。
【汇评】
沈际飞《草堂诗馀续集》卷上:《绣襦记》开场好词。

其六

绿云鬓上飞金雀①,愁眉敛翠春烟薄。
　　香阁掩芙蓉,画屏山几重。
　　窗寒天欲曙,犹结同心苣。②
　　啼粉污罗衣,问郎何日归。

【笺注】
①金雀:钗饰。
②同心苣(qǔ):这里指织有同心苣图案的同心结。苣,多年生草本植物,野生,叶互生,广披针形,花黄色,茎叶嫩时可食。
【汇评】
陈廷焯《云韶集》卷一:秾至。结二句写得又娇痴,又苦恼。

其七

玉楼冰簟①鸳鸯锦,粉融香汗流山枕。
　　帘外辘轳声,敛眉含笑惊。
　　柳阴烟漠漠,低鬓蝉钗落。
　　须作一生拚②,尽君今日欢。

【笺注】
①冰簟:凉席。
②一生拚(pàn):舍弃一生。拚,舍弃,不顾惜。

【汇评】

王士禛《花草蒙拾》：牛给事"须作一生拚，尽君今日欢"，狎昵已极。南唐"奴为出来难，教君恣意怜"本此。至"檀口微微，靠人紧把腰儿贴"，风斯下矣。

酒泉子

记得去年，烟暖杏园花正发。
雪飘香，江草绿，柳丝长。
钿车①纤手卷帘望，眉学②春山样。
凤钗低袅翠鬟上，落梅妆。③

【笺注】

①钿车：金玉装饰的车。
②学：模仿。
③落梅妆：即梅花妆，又称寿阳妆。据说宋武帝女寿阳公主因梅花落额上，而成梅花妆。

【汇评】

汤显祖评《花间集》卷二：远山眉，落梅妆，石华袖，古语新裁，令人远想。

定西番

紫塞①月明千里，金甲②冷。
戍楼寒，梦长安。

乡思望中天阔,漏残星亦残。

画角③数声呜咽,雪漫漫。

【笺注】

①紫塞:边塞。晋崔豹《古今注·都邑》:"秦筑长城,土色皆紫,汉塞亦然,故称紫塞焉。"

②金甲:金属铠甲。

③画角:古代军中管乐器,发声高亢悠远,用以警昏晓。

【汇评】

钟人杰合刻花间草堂本评语:便是盛唐诸公《塞下曲》。

玉楼春

春入横塘①摇浅浪,花落小园空惆怅。

此情谁信为狂夫,恨翠愁红②流枕上。

小玉③窗前嗔燕语,红泪滴窗金线缕。

雁归不见报郎归,织成锦字封过与。④

【笺注】

①横塘:吴孙权所建古堤,在今南京秦淮河南岸。亦为百姓聚居之地。晋左思《吴都赋》:"横塘查下,邑屋隆夸。"唐崔颢《长干曲》之一:"君家住何处?妾住在横塘。"

②恨翠愁红:指泪水。

③小玉:唐传奇小说中的人物霍小玉。此处泛指思妇。

④过与:寄与。

【汇评】

汤显祖评《花间集》卷二:隽调中时下隽句,隽句中时下隽字,读之甘芳浃齿。

西溪子

捍拨双盘金凤①,蝉鬓玉钗摇动。
　　画堂前,人不语,弦解语。
弹到《昭君怨》②处,翠蛾愁,不抬头。

【笺注】

①捍拨:弹奏琵琶用的拨子。双盘金凤:捍拨上的涂金凤纹。
②《昭君怨》:古琵琶曲名,表达汉代王昭君的哀怨情感。

【汇评】

①陈廷焯《云韶集》卷一:短句颇不易作。此作字字的当,有意有笔,能品也。
②陈廷焯《词则·闲情集》卷一:意在言外。

江城子 二首

其一

鵁鶄飞起郡城东,碧江①空,半滩风。
　　越王宫殿,蘋叶藕花中。
帘卷水楼鱼浪起,千片雪②,雨蒙蒙。

【笺注】

①碧江:澄碧的江水。

②千片雪:浪花片片如雪。

【汇评】

①钟人杰合刻花间草堂本评语:"越王"句殊多情景。

②汤显祖评《花间集》卷二:起句率意。

③陈廷焯《云韶集》卷一:"越王"九字,风流悲壮。

④陈廷焯《词则·大雅集》卷一:感慨苍凉。

其二

极浦①烟消水鸟飞,离筵分首时,送金卮。②

渡口杨花,狂雪任风吹。

日暮天空波浪急,芳草岸,雨如丝。

【笺注】

①极浦:极远处的水边。

②金卮:金樽。

【汇评】

钟人杰合刻花间草堂本评语:"芳草岸,雨如丝",景语之有情者。

张泌 二十三首

张泌,生卒年不详。曾事前蜀,官至舍人。

浣溪沙 十首

其一

钿毂①香车过柳堤,桦烟②分处马频嘶。
为他沉醉不成泥。
花满驿亭香露细,杜鹃声断玉蟾③低。
含情无语倚楼西。

【笺注】
①钿毂:饰金的车轮。
②桦烟:桦烛之烟。
③玉蟾:月亮。

【汇评】
卓人月《古今词统》卷四徐士俊评语:"桦烟"字奇。

其二

马上凝情忆旧游,照花淹竹小溪流。
钿筝罗幕玉搔头。①

早是②出门长带月,可堪分袂③又经秋。
　　　　　　晚风斜日不胜愁。

【笺注】

①玉搔头:玉簪。
②早是:已是。
③可堪:哪堪。分袂:离别。

【汇评】

①钟人杰合刻花间草堂本评语:"早是出门长带月,可怜(堪)分袂又经秋",离心草草,可谓深怨矣。
②卓人月《古今词统》卷四徐士俊评语:"早是出门"一联与葆光"早是销魂"一联,皆似香山律句。
③谭献《词辨》卷一:开北宋疏宕一派。
④陈廷焯《云韶集》卷一:流水对。工丽芊绵,深深疑疑。

其三

独立寒阶望月华①,露浓香泛②小庭花。
　　　　　　绣屏愁背一灯斜。
云雨自从分散后,人间无路到仙家。
　　　　　　但凭魂梦访天涯。

【笺注】

①月华:月光。
②香泛:香气弥漫。

【汇评】

钟人杰合刻花间草堂本评语:前半写景,后半言情,酷尽相思之致。

其四

依约残眉理旧黄①,翠鬟抛掷一簪长。

　　　　　　暖风晴日罢朝妆。

闲折海棠看又捻,玉纤②无力惹余香。

　　　　　　此情谁会③倚斜阳。

【笺注】

①依约:隐约。旧黄:残留的额黄。

②玉纤:纤长如玉的手指。

③会:理解、理会。

【汇评】

钟人杰合刻花间草堂本评语:锁得住的还不是愁。人言愁,我始欲愁,只为锁他不住。

其五

翡翠屏开绣幄①红,谢娥②无力晓妆慵。

　　　　　　锦帷鸳被宿香浓。

微雨小庭春寂寞,燕飞莺语隔帘栊。

　　　　　　杏花凝恨倚东风。

【笺注】

①绣幄:绣帐。

②谢娥:谢娘。此处为女子的泛称。

【汇评】

况周颐《餐樱庑词话》:张子澄句"杏花凝恨倚东风",又"断香轻碧锁愁深",妙在"凝"字、"碧"字。若换用他字便无神韵,"碧"字,尤为人所易忽。

其六

枕障①熏炉隔绣帷,二年终日两相思。
　　　　　　　　杏花明月始应知。
天上人间何处去,旧欢新梦觉来时。
　　　　　　　　黄昏微雨画帘垂。

【笺注】
①枕障:枕屏。

【汇评】
①许昂霄《词综偶评》:不言而神伤。
②陈廷焯《云韶集》卷一:"始应知"三字,想有所指,非空语也。对法活泼,导人先路。结句尤佳。

其七

花月香寒悄夜①尘,绮筵②幽会暗伤神。
　　　　　　　　婵娟依约③画屏人。
人不见时还暂语,令才抛后爱微颦。④
　　　　　　　　越罗巴锦不胜春。⑤

【笺注】
①悄夜:静夜。
②绮筵:华美丰盛的筵席。
③婵娟:姿态美好。依约:隐约。
④令才:美好的才华。抛:抛掷、丢弃。颦:皱眉。
⑤巴锦:产于巴蜀的罗锦。不胜春:不尽春。

其八

偏戴花冠白玉簪,睡容新起意沉吟。①
　　　　　　翠钿金缕镇眉心。②
小槛③日斜风悄悄,隔帘零落杏花阴。
　　　　　　断香轻碧④锁愁深。

【笺注】

①沉吟:犹豫不决。
②镇眉心:压眉心。
③小槛:细小的栏杆。
④断香轻碧:指零落的杏花。

【汇评】

①钟人杰合刻花间草堂本评语:"隔帘零落杏花阴",妙在"阴"字,全句俱胜。若作"香"字,更觉索尽。
②李调元《雨村词话》卷一:张舍人泌词如其诗,《花间集》所载皆可入选。更工于字,如《浣溪沙》云"翠钿金缕镇眉心",又"断香轻碧锁愁深","镇"、"锁"二字,开后人无限法门。

其九

晚逐香车入凤城①,东风斜揭绣帘轻。
　　　　　　慢回娇眼笑盈盈。
消息未通何计是,便须②佯醉且随行。
　　　　　　依稀闻道太狂生。③

【笺注】

①凤城:京城。

②便须:便应。
③太狂生:过于狂放。指车中美人嗔骂语。生,语助词,无义。

【汇评】
卓人月《古今词统》卷四徐士俊评末句云:闻此语,当更狂矣。

其十

小市东门欲雪天,众中依约见神仙。①
蕊黄香画贴金蝉。②
饮散黄昏人草草③,醉容无语立门前。
马嘶尘烘④一街烟。

【笺注】
①神仙:形容女子美貌。
②蕊黄:额黄。画:点画。贴金蝉:佩戴金色蝉形钗。
③草草:匆促。
④尘烘:尘土扬起。

【汇评】
李调元《雨村词话》卷一:"烘"字宋词多用,如《烘堂词》及"一烘人烟"之类。唐张泌有"马嘶尘烘一街烟"之句,"烘"字始此。

临江仙

烟收湘渚秋江静,蕉花露泣愁红。
五云①双鹤去无踪,几回魂断,凝望向长空。
翠竹暗留珠泪怨②,闲调宝瑟波中。③

花鬟月鬓绿云重,古祠深殿④,香冷雨和风。

【笺注】

①五云:五色祥云。

②"翠竹"句:用湘妃竹上典故。晋张华《博物志》:"尧之二女,舜之二妃,曰'湘夫人'。舜崩,二妃啼,以涕挥竹,竹尽斑。"

③"闲调"句:用湘灵(湘水之神)鼓瑟事。

④古祠深殿:指湘妃祠。

【汇评】

①汤显祖评《花间集》卷二:词气委婉,不即不离,水仙之雅调也。

②周敬《删补唐诗选脉笺释会通评林》卷六十:周启琦云:帆影落时,绿芜涨岸,可方此词。

女冠子

露花烟草,寂寞五云三岛①,春正深。
　　皃减潜消玉②,香残尚惹襟。③
竹疏虚槛静,松密醮坛阴。
　　何事刘郎去,信沉沉。④

【笺注】

①五云三岛:神仙居所,此处指女道士的住处。

②"皃减"句:玉貌暗暗消减。皃(mào):同"貌"。

③惹襟:沾染衣襟。

④信沉沉:音信杳茫。

【汇评】

沈际飞《草堂诗馀别集》卷一：幽而动。

河传 二首

其一

渺莽①云水,惆怅暮帆,去程迢递。
夕阳芳草,千里万里,雁声无限起。
梦魂悄断烟波里,心如醉。
相见何处是,锦屏香冷无睡②,被头多少泪。

【笺注】

①渺莽：同"渺茫"。
②无睡：不眠。

【汇评】

汤显祖评《花间集》卷二：可怜。《河传》高调。

其二

红杏,交枝相映,密密蒙蒙。①
一庭浓艳倚东风,香融,透帘栊。
斜阳似共春光语,蝶争舞,更引流莺妒。
魂销千片玉樽前,神仙,瑶池②醉暮天。

【笺注】

①蒙蒙：密布貌。
②瑶池：传说中昆仑上的仙池,西王母所居。

酒泉子 二首

其一

春雨打窗,惊梦觉来天气晓。

画堂深,红焰小。背兰缸。①

酒香喷鼻懒开缸,惆怅更无人共醉。

旧巢中,新燕子。语双双。

【笺注】

①背兰缸:意谓背向灯光,可以光线不太强烈而影响睡眠。兰缸,用兰膏点的灯,也可泛指敬重的灯具。"背兰缸"及下文"语双双"皆为众人唱和之辞。

【汇评】

汤显祖评《花间集》卷二:抚景怀人,如怨如慕,何减《摽梅》诸什。

其二

紫陌青门①,三十六宫②春色。

御沟辇路③暗相通,杏园风。

咸阳沽酒宝钗空,笑指未央④归去。

插花走马⑤落残红,月明中。

【笺注】

①紫陌:京都郊野的道路。青门:汉长安城东南门,门青色,故称。此泛指京城城门。

②三十六宫:形容宫殿多。
③御沟:流入宫内的河道。辇路:帝王车驾经过的路。
④未央:即未央宫,西汉刘邦时建造的用于朝会的正殿。
⑤走马:驰马。喻疾驰。

生查子

相见稀,喜相见,相见还相远。
檀画①荔枝红,金蔓蜻蜓软。②
鱼雁③疏,芳信断,花落庭阴晚。
可怜玉肌肤,消瘦成慵懒。

【笺注】
①"檀画"句:形容画妆颜色。檀:浅红色。
②"金蔓"句:金质蜻蜓状首饰。金蔓:金丝。
③鱼雁:古人有鱼雁传书之说。

【汇评】
汤显祖评《花间集》卷二:信笔而往,无一浮蔓,非止口头禅也。

思越人

燕双飞,莺百啭,越波堤下长桥。
斗钿花筐①金匣,恰舞衣罗薄纤腰。
东风淡荡②慵无力,黛眉愁聚春碧。
满地落花无消息,月明肠断空忆。

【笺注】
①斗钿花筐:均为妇女头饰。
②淡荡:谓使人和畅。

满宫花

　　花正芳,楼似绮①,寂寞上阳宫②里。
　　钿笼金销睡鸳鸯,帘冷露华珠翠。
　　娇艳轻盈香雪腻③,细雨黄莺双起。
　　东风惆怅欲清明,公子桥边沉醉。

【笺注】
①楼似绮:谓楼阁华美。
②上阳宫:上阳宫是唐高宗李治在迁都洛阳时修建的,唐高宗在此处理朝政。
③香雪腻:形容佳人肌肤光滑细腻。

【汇评】
钟人杰合刻花间草堂本评语:东坡"惆怅东栏一株雪,人生看得几清明",极有情思。读"东风惆怅欲清明"句,前意尽含。

柳　枝

　　腻粉①琼妆透碧纱(雪休夸),金凤搔头堕鬓斜(发交加)。
　　倚着云屏新睡觉(思梦笑),红腮隐出枕函②花(有些些③)。

【笺注】

①腻粉:细腻润滑的妆粉。

②枕函:枕套。

③些些:些许,少许。

【汇评】

汤显祖评《花间集》卷二:此《柳枝》之变体也。"红腮"一语,自见巧思。

南歌子 三首

其一

柳色遮楼暗,桐花落砌香。①
画堂开处远风凉,高卷水晶帘额②,衬斜阳。

【笺注】

①桐花:梧桐花。砌:台阶。

②帘额:帘的高处。

【汇评】

①汤显祖评《花间集》卷二:(首二句)有韵致。

②卓人月《古今词统》卷一徐士俊评语:泌之"衬斜阳",宪之"背斜阳",争妍一字。

③许昂霄《词综偶评》:此初日芙蓉,非镂金错采也。

其二

岸柳拖烟绿①,庭花照日红。
数声蜀魄②入帘栊,惊断碧窗残梦,画屏空。

【笺注】
①岸柳拖烟绿:谓柳枝似绿烟摇曳。
②蜀魄:杜鹃鸟的别名。

【汇评】
钟人杰合刻花间草堂本评语:"帘栊"、"残梦"句佳。

其三

锦荐①红鸂鶒,罗衣绣凤凰。
绮疏②飘雪北风狂,帘幕尽垂无事,郁金香。

【笺注】
①锦荐:锦垫。
②绮疏:雕饰空心花纹的窗户。

花间集卷第五

张泌 四首

江城子 二首

其一

碧栏干外小中庭,雨初晴,晓莺声。
飞絮落花,时节近清明。
睡起卷帘无一事,匀面了①,没心情。

【笺注】
①匀面了:画妆罢了。

【汇评】
①钟人杰合刻花间草堂本评语:此词情景两擅,与李易安不复差别。
②汤显祖评《花间集》卷二:"无一事",不消匀面,"匀面了,没心情",连匀面也是多余的。

其二

浣花溪①上见卿卿,脸波明,黛眉轻。
绿云高绾,金簇小蜻蜓。②
好是③问他来得磨④?和笑⑤道:莫多情。

【笺注】
①浣花溪:在成都市西,为锦江支流。

②金族小蜻蜓:谓金制蜻蜓形状的头饰。
③好是:正是,恰是。
④磨,他本或作"麽"。
⑤和笑:含笑。

【汇评】
①卓人月《古今词统》卷三徐士俊评语:二词风流调笑,类李易安。
②陈廷焯《词则·闲情集》卷一:妙在若会意、若不会意之间,惜语近俚。

河渎神

古树噪寒鸦,满庭枫叶芦花。
昼灯当午隔轻纱①,画阁珠帘影斜。
门外往来祈赛②客,翩翩帆落天涯。
回首隔江烟火,渡头三两人家。

【笺注】
①昼灯:神庙中所燃的供神的长明灯。轻纱:轻纱灯罩。
②祈赛:参加祭祀神祇仪式。

胡蝶儿

胡蝶儿,晚春时。
阿娇①初着淡黄衣,倚窗学画伊。②
还似花间见,双双对对飞。

无端和泪拭胭脂,惹教双翅垂。

【笺注】

①阿娇:此用金屋藏娇典故。阿娇为汉武帝刘彻的姑母长公主之女,即汉武帝的第一任皇后陈氏。《汉武故事》载,汉武帝幼时,"长主抱(阿娇)膝上问曰:'儿欲得妇否?'长主指左右长御百余人,皆云不用,指其女:'阿娇好否?'笑对曰:'好,若得阿娇作妇,当作金屋贮之。'"

②伊:指蝴蝶。

【汇评】

①汤显祖评《花间集》卷二:(阿娇句)妩媚。

②陈廷焯《云韶集》卷一:妮妮之态,一一绘出。干卿甚事,如许钟情郎?

毛文锡 三十一首

毛文锡，生卒年不详。字平珪，高阳（今属河北）人，唐太仆卿毛龟范子。文锡通音律，能诗工词，时名颇重。年十四，登进士第。唐亡，仕前蜀，任中书舍人、翰林学士，与贯休时有唱和。旋迁翰林学士承旨。永平四年(914)八月，迁礼部尚书，判枢密院事。通正元年(916)八月，兼文思殿大学士。拜司徒。天汉元年(917)八月，贬茂州司马。或云前蜀亡后，随王衍入洛而卒，一说未几复事孟氏，与欧阳炯等五人以小词为后蜀主所赏。事迹据《十国春秋》本传。

虞美人 二首

其一

鸳鸯对浴银塘暖，水面蒲稍①短。
垂杨低拂曲尘波，蛛丝结网露珠多，滴圆荷。
遥思桃叶②吴江碧，便是天河隔。
锦鳞红鬣③影沉沉，相思空有梦相寻，意难任。④

【笺注】
①蒲稍：蒲草叶尖。
②桃叶：晋王献之爱妾名。后常借指所恋女子。
③锦鳞红鬣：彩鳞红鳍的鱼。此处代指书信。

④任:负担、承受。

【汇评】

胡仔《苕溪渔隐丛话》后集卷十二:唐毛文锡词云:"鸳鸯对浴银塘暖,水面蒲稍短,垂杨低拂曲尘波。"王彦章诗云:"垂垂梅子雨,细细曲尘波。"然则"曲尘"亦可于水言之也。或云,《周礼·鞠衣》注云:"黄桑服也,色如鞠尘,象桑叶始生。"鞠者,草名,花色黄,世遂以鞠尘为曲尘。其说非是。

其二

宝檀金缕①鸳鸯枕,绶带盘宫锦。②

夕阳低映小窗明,南园绿树语莺莺,梦难成。

玉炉香暖频添炷③,满地飘轻絮。

珠帘不卷度沉烟④,庭前间立画秋千,艳阳天。

【笺注】

①宝檀金缕:谓枕之精美。宝檀,用为枕的檀香木。

②绶带:用以系官印等物的丝带。宫锦:宫中特用的锦缎。

③添炷:添香炷。

④沉烟:沉香木的香烟。

【汇评】

①汤显祖评《花间集》卷二:(首句)富丽。

②王士禛《花草蒙拾》:词中佳语,多从诗出。如顾太尉"蝉吟人静,斜日傍小窗明",毛司徒"夕阳低映小窗明",皆本黄奴"夕阳如有意,偏傍小窗明"。

酒泉子

绿树春深,燕语莺啼声断续。

蕙风①飘荡入芳丛,惹残红。
柳丝无力袅烟空,金盏②不辞须满酌。
海棠花下思朦胧,醉香风。

【笺注】
①蕙风:和暖的风。
②金盏:金杯。

喜迁莺

芳春景,暖①晴烟,乔木见莺迁。②
传枝偎叶语关关③,飞过绮丛④间。
锦翼鲜,金䨲⑤软,百啭千娇相唤。
碧纱窗晓怕闻声,惊破鸳鸯暖。

【笺注】
①暖:日光晦暗。
②"乔木"句:比喻登第。
③关关:莺叫声。
④绮丛:繁花似锦的花丛。
⑤金䨲(cuì):鸟的金色腹毛。䨲,鸟兽的细毛。

【汇评】
汤显祖评《花间集》卷二:竟依题发挥,不必从道箓司挂印耶?

赞成功

海棠未坼①,万点深红,香包缄结②一重重。
似含羞态,邀勒③春风。
蜂来蝶去,任绕芳丛。
昨夜微雨,飘洒庭中。
忽闻声滴井边桐,美人惊起,坐听晨钟。
快教折取,戴玉珑璁。④

【笺注】
①坼:(花蕾)绽开。
②香包:花苞。缄结:封闭。
③邀勒:强求,逼迫。
④玉珑璁:玉制首饰。

【汇评】
沈雄《古今词话·词评》下卷,曹掌公曰:"董文友,殆仿毛文锡之《赞成功》而不及者也,颖异居然第一。"

西溪子

昨日西溪游赏,芳树奇花千样,锁春光。
金樽满,听弦管,娇妓①舞衫香暖。
不觉到斜晖,马驮归。

【笺注】

①娇妓:娇美的歌妓。

【汇评】

①汤显祖评《花间集》卷二:有兴。

②李调元《雨村词话》卷一:毛文锡《西溪子》云:"娇妓舞衫香暖。不觉到斜晖,马驮归。"东坡《临江仙》云:"细马远驮双侍女。""驮"字本于此。

中兴乐

豆蔻花繁烟艳深,丁香软结同心。①
翠鬟女,相与共淘金。②
红蕉叶里猩猩语③,鸳鸯浦,镜中鸾舞。
丝雨隔,荔枝阴。④

【笺注】

①"丁香"句:谓丁香花蕾如同心结。

②淘金:用水冲刷含金的沙子,选出沙金。

③红蕉:芭蕉。猩猩语:猩猩叫声如小儿啼,古人传其能说话。

④荔枝阴:荔枝树荫。

【汇评】

李调元《雨村词话》卷一:古淘金多妇女,大约出于两粤土俗。毛文锡《中兴乐》词云(略),皆粤中俗也。今楚蜀多有之,然皆用男子矣。

更漏子

春夜阑①,春恨切,花外子规啼月。

人不见,梦难见,红纱一点灯。②
偏怨别,是芳节,庭中丁香千结。
宵雾散,晓霞晖,梁间双燕飞。

【笺注】

①春夜阑:春夜将尽。
②一点灯:一盏灯。

【汇评】

陈廷焯《云韶集》卷一:"红纱一点灯",真妙。我读之不知何故,只是瞠目呆望,不觉失声一哭。我知普天下世人读之,亦无不瞠目呆望失声一哭也。

接贤宾

香鞯镂襜五色骢①,值春景初融。
流珠喷沫躞蹀②,汗血流红。③
少年公子能乘驭,金镳玉辔珑璁。④
为惜珊瑚鞭⑤不下,骄生百步千踪。
信穿花⑥,从拂柳,向九陌⑦追风。

【笺注】

①香鞯(jiān)镂襜:精美的马鞍鞯。五色骢:毛色斑驳的马。
②流珠喷沫:马喷涌唾沫。躞蹀(xiè dié):马行走的样子。
③汗血流红:马汗颜色如血。
④金镳:饰金的马嚼子。珑璁:金玉碰撞的声音。
⑤珊瑚鞭:镶嵌珊瑚的马鞭。

⑥信穿花：任马奔驰花间。
⑦九陌：汉长安城有八街九陌，此泛指都城中的大道。

【汇评】

汤显祖评《花间集》卷二：以蒲梢渥洼之余芬，掺入词料，亦自无寒酸气味。

赞浦子

锦帐添香睡，金炉换夕薰。
懒结芙蓉带，慵拖翡翠裙。
正是桃夭柳媚①，那堪暮雨朝云。②
宋玉高唐意，裁琼③欲赠君。

【笺注】

①桃夭柳媚：桃花艳丽、杨柳妩媚。比喻妙龄女子。
②暮雨朝云：用宋玉《高唐赋序》中巫山神女"旦为朝云，暮为行雨"的典故。
③琼：琼瑶，代指书信。

甘州遍 二首

其一

春光好，公子爱闲游，足风流。
金鞍白马，雕弓宝剑，红缨锦襜出长楸。①

花蔽膝②,玉衔头。③
寻芳逐胜欢宴,丝竹不曾休。
美人唱,揭调是《甘州》④。醉红楼。
尧年舜日⑤,乐圣⑥永无忧。

【笺注】

①红缨:红色的马缰绳。锦襜:锦制的鞍垫。长楸:高大的楸树。这里代指种植楸树的大道。
②蔽膝:护膝的围裙。
③玉衔头:玉饰的马嚼子。
④揭调:高亢的调子。《甘州》:唐大曲名。
⑤尧年舜日:比喻太平盛世。
⑥乐圣:古人称嗜酒为乐圣。此处指饮酒。

【汇评】

汤显祖评《花间集》卷二:丽藻沿于六朝,然一种霸气,已开宋元间九宫三调门户。

其二

秋风紧,平碛①雁行低,阵云齐。
萧萧飒飒②,边声四起,愁闻戍角与征鼙。③
青冢④北,黑山⑤西。
沙飞聚散无定,往往路人迷。
铁衣冷,战马血沾蹄,破番奚。⑥
凤凰诏⑦下,步步蹑丹梯。⑧

【笺注】

①平碛:平旷的沙漠。

②萧萧飒飒：语出屈原《九歌·山鬼》"风飒飒兮木萧萧"。萧萧，摇动的样子。飒飒，风声。
③征鼙：战鼓。
④青冢：王昭君墓。相传冢上草色常青，故名。在今内蒙古呼和浩特市南。
⑤黑山：在今内蒙古包头市西北。
⑥番奚：匈奴的一支。
⑦凤凰诏：皇帝诏书。
⑧丹梯：宫殿红色的台阶。

【汇评】

陈廷焯《词则·放歌集》卷一：结以功名，鼓战士之气。

纱窗恨 二首

其一

新春燕子还来至，一双飞。
垒巢泥湿时时坠，涴①人衣。
后园里看百花发，香风拂，绣户金扉。
月照纱窗，恨依依。

【笺注】

①涴(wǎn)：弄脏。

其二

双双蝶翅涂铅粉①，咂花心。②
绮窗绣户飞来稳，画堂阴。

二三月爱随飘絮,伴落花,来拂衣襟。

更剪轻罗片③,傅黄金。④

【笺注】

①铅粉:古代妇女用来涂面的化妆品。
②咂花心:吮花蕊。
③罗片:丝绸碎片,此处形容蝶翅轻薄。
④傅黄金:形容蝶翅的颜色如傅金粉。

【汇评】

①汤显祖评《花间集》卷二:"咂"字尖,"稳"字妥,他无可喜句。
②沈雄《古今词话·词评》上卷:毛文锡词,大致匀净,不及熙震。其所撰《纱窗恨》,可歌也。

柳含烟 四首

其一

隋堤柳,汴河①旁。

夹岸绿阴千里,龙舟凤舸木兰香②,锦帆③张。

因梦江南春景好,一路流苏羽葆。④

笙歌未尽起横流⑤,锁春愁。

【笺注】

①汴河:即汴水,又名通济渠。隋炀帝游江都经此道。
②"龙舟"句:隋炀帝所乘木兰树制成的龙舟、凤舸。
③锦帆:喻船之华美。
④流苏羽葆:皇帝仪仗中车马的装饰。流苏,五彩羽毛制成的穗子。

羽葆,车上以鸟羽连缀作为装饰的华盖。

⑤起横流:发生意外变故,即天下大乱而隋亡事。

其二

河桥柳,占芳春。
映水含烟拂路,几回攀折赠行人,暗伤神。
乐府吹为横笛曲①,能使离肠断续。
不如移植在金门②,近天恩。

【笺注】

①"乐府"句:指音乐机构吹奏《折杨柳》曲。

②移植在金门:用唐宣宗取永丰坊垂柳植于禁中的事。金门,汉代的金马门,代指皇宫。

【汇评】

汤显祖评《花间集》卷二:《柳枝》之外咏柳之种类极多,今南词中亦尽有佳句。若追先进,当从始音。

其三

章台柳①,近垂旒。②
低拂往来冠盖③,朦胧春色满皇州④,瑞烟⑤浮。
直与路边江畔别,免被离人攀折。
最怜京兆画蛾眉⑥,叶纤时。

【笺注】

①章台柳:汉代长安章台街所植的柳树。后常指代妓女。

②垂旒(liú):帝王冠冕上的装饰,用丝绳系玉下垂。

③冠盖:官吏的冠服和车乘,借指官员。
④皇州:京城。
⑤瑞烟:祥瑞的烟。
⑥京兆画蛾眉:用汉京兆尹张敞为其妻画眉事。《汉书·张敞传》:"敞为京兆,朝廷每有大议,引古今,处便宜,公卿皆服,天子数从之。然敞无威仪,时罢朝会,过走马章台街,使御吏驱,自以便面拊马。又为妇画眉,长安中传张京兆眉怃。有司以奏敞。上问之,对曰:'臣闻闺房之内,夫妇之私,有过于画眉者。'上爱其能,弗备责也。然终不得大位。"

其四

御沟柳,占春多。
半出宫墙婀娜①,有时倒影蘸轻罗②,曲尘波。
昨日金銮巡上苑③,风亚舞腰④纤软。
栽培得地近皇宫,瑞烟浓。

【笺注】

①婀娜:姿态轻盈貌。
②轻罗:喻御沟水如罗锦。
③金銮:金銮殿。此处代指皇帝。上苑:皇帝的园林。
④风亚:风压。舞腰:形容柳条。

【汇评】

钟人杰合刻花间草堂本评语:"有时倒影蘸轻罗,曲尘波。"语甚新丽。

醉花间 二首

其一

休相问,怕相问,相问还添恨。
春水满塘生,鸂鶒还相趁。①
昨夜雨霏霏,临明寒一阵。
偏忆戍楼人,久绝边庭②信。

【笺注】

①相趁:跟随,相伴。
②边庭:边塞。

【汇评】

①钟人杰合刻花间草堂本评语:"昨夜雨霏霏,临明寒一阵",绝似少游辈语,非妆砌可得。
②陈廷焯《云韶集》卷一:此种起笔,合下章自成章法,自是一时兴到之作,婉约无比。后人屡屡效之,反觉数见不鲜矣。
③况周颐《餐樱庑词话》:《花间集》毛文锡三十一首,余只喜其《醉花间》后段"昨夜雨霏霏"数语。情景不奇,写出正复不易。语淡而真,亦轻清,亦沉著。

其二

深相忆,莫相忆,相忆情难极。
银汉①是红墙,一带遥相隔。
金盘②珠露滴,两岸榆花白。

风摇玉佩清,今夕为何夕。③

【笺注】

①银汉:银河。

②金盘:此用汉武帝造承露盘事。汉武帝在长安建章宫内建造神明台,高约67米,上面再铸造铜仙人双手捧铜盘,以此来求得仙露。

③"今夕"句:谓与情人何时相会。《诗经·唐风·绸缪》:"今夕何夕?见此良人。"

【汇评】

①陈廷焯《云韶集》卷一:与上章起笔合拍,结笔尤胜上章。

②陈廷焯《词则·闲情集》卷一:笔意古雅。

浣溪沙

春水轻波浸绿苔,枇杷洲上紫檀开。
晴天眠沙䴔鸂稳,暖相偎。
罗袜生尘①游女过,有人逢着弄珠回。
兰麝飘香初解珮②,忘归来。

【笺注】

①罗袜生尘:谓身姿轻盈。曹植《洛神赋》:"凌波微步,罗袜生尘。"

②解珮:即解佩。《韩诗内传》载:"郑交甫遵彼汉皋台下,遇二女。与言曰:'愿请子之佩!'二女与交甫。交甫受而怀之。"后多以解佩作为男女定情。

【汇评】

钟人杰合刻花间草堂本评语:"枇杷洲上紫檀开",香艳风流,惟"紫薇花对紫薇郎",差可拟耳。

浣溪沙

七夕①年年信不违,银河清浅白云微。
蟾光鹊影伯劳飞。②
每恨蟪蛄怜婺女③,几回娇妒下鸳机。
今宵嘉会两依依。

【笺注】

①七夕:农历七月初七夜。民间传说牛郎、织女此夜在天河相会。

②蟾光:月光。鹊影:喜鹊聚集为桥,故写鹊影。伯劳:鸟名,擅鸣。用劳燕分飞典故。《玉台新咏》中《东飞伯劳歌》:"东飞伯劳西飞燕,黄姑织女时相见。谁家女儿对门居,开颜发艳照里闾。南窗北牖挂明光,罗帷绮帐脂粉香。女儿年几十五六,窈窕无双颜如玉。三春已暮花从风,空留可怜谁与同。"伯劳飞通常用来比喻夫妻、情侣的别离。

③蟪蛄(huì gū):蝉的一种,体短,吻长,黄绿色,有黑色条纹,翅膀有黑斑,雄的腹部有发音器,夏末自早至暮鸣声不息。婺女:星名,二十八宿之一,代指织女。

月宫春

水晶宫①里桂花开,神仙探几回。
红芳金蕊绣重台②,低倾玛瑙杯。
玉兔银蟾③争守护,姮娥姹女④戏相偎。

遥听钧天九奏⑤,玉皇⑥亲看来。

【笺注】

①水晶宫:月宫。传说月中有桂树。

②重台(zhòng tái):花的复瓣。

③玉兔银蟾:传说月中有玉兔、有银蟾蜍。

④姮娥:嫦娥。姹女:这里指月中美女。

⑤钧天九奏:天上的仙乐。钧天,上帝所居。九奏,奏乐九遍。

⑥玉皇:玉皇大帝,道教中最大的神。

恋情深 二首

其一

滴滴铜壶塞漏咽,醉红楼月。
宴余香殿会鸳衾,荡春心。
真珠帘①下晓光侵,莺语隔琼林。②
宝帐欲开慵起,恋情深。

【笺注】

①真珠帘:珍珠穿成的帘子。

②琼林:树木的美称。

【汇评】

沈雄《古今词话·词品》下卷:"宝帐欲开慵起,恋情深。"毛文锡以调名结句。

其二

玉殿春浓花烂漫,簇神仙伴。
罗裙窣地缕黄金,奏清音。①
酒阑②歌罢两沉沉,一笑动君心。
永作鸳鸯伴,恋情深。

【笺注】

①清音:清妙的歌声。
②酒阑:酒宴将尽。

诉衷情 二首

其一

桃花流水①漾纵横,春昼彩霞明。
刘郎去,阮郎行,惆怅恨难平。
愁坐对云屏,算归程。
何时携手洞边②迎,诉衷情。

【笺注】

①桃花流水:此用刘晨、阮肇在天台山桃园遇遇仙女事,故云"桃花流水"。
②洞边:刘晨、阮肇在遇仙女的桃源洞边。

其二

鸳鸯交颈绣衣轻,碧沼藕花馨。①

偎藻荇^②，映兰汀^③，和雨浴浮萍。
思妇对心惊，想边庭。^④
何时解佩掩云屏，诉衷情？

【笺注】

①馨(xīn)：散布得很远的香味。
②藻荇(xìng)：泛指水草。荇，荇菜。多年生草木植物，叶略呈圆形，浮于水面，根生水底，花黄色。《诗经·周南·关雎》："参差荇菜，左右流之。"
③兰汀(tīng)：生有香草的水滨。兰，泛指芳草。汀，水边平地。
④边庭：此处指边疆征戍的丈夫。以地借代人。

【汇评】

①钟人杰合刻花间草堂本评语："和雨浴浮萍"，语织入画。
②汤显祖评《花间集》卷二：无定河边，空闺梦里，不止寻常闺怨。

应天长

平江^①波暖鸳鸯语，两两钓船归极浦。^②
芦洲^③一夜风和雨，飞起浅沙翘雪鹭。^④
渔灯明远渚，兰棹今宵何处？
罗袂从风轻举，愁杀采莲女！

【笺注】

①平江：风平浪静的江面。
②极浦：遥远的水边。
③芦洲：长有芦苇的洲渚。

④翘雪鹭：长颈高翘的白鹭。

【汇评】

况周颐《餐樱庑词话》：毛文锡《应天长》云："渔灯明远渚，兰棹今宵何处？"柳屯田云："今宵酒醒何处，杨柳岸、晓风残月。"毛词简质而情景俱足，后人但能歌柳词耳。"知者亦不易"，诚哉是言。

河满子

红粉楼前月照，碧纱窗外莺啼。
梦断①辽阳音信，那堪独守空闺？
恨对百花时节，王孙绿草萋萋。②

【笺注】

①梦断：梦醒。
②草萋萋：春草茂盛的样子。西汉淮南王刘安《招隐士》诗："王孙游兮不归，春草生兮萋萋。"古诗词中，常用芳草萋萋表示思念远人。

【汇评】

钟人杰合刻花间草堂本评语：不佳。

巫山一段云

雨霁①巫山上，云轻映碧天。
远风吹散又相连，十二晚峰②前。
暗湿啼猿树，高笼过客船。
朝朝暮暮③楚江边，几度降神仙。

【笺注】

①雨霁(jì):雨停天开。霁,雨雪停止均为"霁"。
②十二晚峰:指巫山十二峰。
③朝朝暮暮:用宋玉《高唐赋序》典故。

【汇评】

①沈雄《古今词话·词评》上卷引:叶梦得云:"巫山一段云"词,细心微旨,直造蓬莱顶上。
②陈廷焯《云韶集》卷一:神光离合,《高唐》《神女》之流亚也。

临江仙

暮蝉声尽落斜阳,银蟾影挂潇湘。
黄陵庙①侧水茫茫。楚山红树,烟雨隔高唐。②
岸泊渔灯风飐③碎,白蘋远散浓香。
灵娥鼓瑟韵清商④。朱弦凄切,云散碧天长。

【笺注】

①黄陵庙:传为舜二妃之庙,旧址在今湖南湘潭附近。《水经注》:"湘水北径黄陵亭西。"韩愈《黄陵庙碑》:"湘水旁有庙曰黄庙,自前古立以祠尧之二女,舜之二妃者。"
②高唐:用宋玉《高唐赋序》典故。
③飐(zhǎn):风吹颤动。
④灵娥:即湘灵。韵清商:音调哀怨,是清商怨曲。

【汇评】

①玄览斋刊本页眉朱批:"江上峰青"句,未应独步。
②陈廷焯《词则·别调集》卷一:就调名使事,古法本如此。结超远。

牛希济 十一首

牛希济,生卒不详。陇西(今甘肃省陇西南)人,是前蜀牛峤的侄子。依牛峤仕蜀,曾官翰林学士、御史中丞。后唐同光三年(925)随王衍降于后唐。

临江仙 七首

其一
峭碧参差①十二峰,冷烟寒树重重。
瑶姬②宫殿是仙踪,金炉珠帐③,香霭④昼偏浓。
一自楚王惊梦断,人间无路相逢。
至今云雨带愁容。月斜江上,征棹⑤动晨钟。

【笺注】
①参差(cēn cī):高低不齐。
②瑶姬:美女,这里用宋玉《高唐赋序》典故,指巫山神女。
③金炉珠帐:金制香炉,珠编帷帐。
④香霭(ǎi):香烟。
⑤征棹:远行之船。

【汇评】
沈雄《古今词话·词评》上卷引:仇远云:牛公《临江仙》,芊绵温丽极矣。自有凭吊悽怆之意,得咏史体裁。

其二

谢家①仙观寄云岑②,崖萝③拂地成阴。
洞房④不闭白云深。当时丹灶⑤,一粒化黄金。
石壁霞衣犹半挂,松风长似鸣琴。
时闻唳⑥鹤起前林。十洲高会⑦,何处许相寻?

【笺注】

①谢家:即谢真人,名谢自然。韩愈有《谢自然》诗。韩愈在该诗序云:"果州谢真人,自然上升在金泉山,贞元十年十一月十二日辰时,白昼轻举,郡守李坚以闻,有诏褒谕,其诏今尚有石刻在焉。"
②云岑(cén):云山。岑,小而高的山岭。
③崖萝:崖上所生藤蔓。
④洞房:仙家多以洞为修炼住所。
⑤丹灶:炼仙丹的炉灶。
⑥唳(lì):鹤鸣。
⑦十洲高会:指仙人在十洲会聚。旧本题汉东方朔撰《十洲记》云:"汉武帝闻西王母说巨海之中有祖洲、瀛洲、玄洲、炎洲、长洲、元洲、流洲、生洲、凤麟洲、聚窟洲,此十洲乃人迹稀绝处。"后人以十洲为仙人所居的地方。

其三

渭阙宫城①秦树凋,玉楼独上无憀。
含情不语自吹箫。调清和恨②,天路逐风飘。
何事乘龙人忽降?似知深意相招。③
三清④携手路非遥。世间屏障,彩笔画娇娆。

【笺注】

①渭阙宫城:秦宫殿近渭水,故称。
②调清和恨:曲调清凄,含着怨意。和,含着。
③"何事"二句:用弄玉吹箫典故。据《列仙传》载:"萧史者,秦穆公时人也。善吹箫,能致孔雀白鹤于庭。穆公有女,字弄玉,好之,公遂以女妻焉。日教弄玉作凤鸣,居数年,吹似凤声,凤凰来止其屋。公为作凤台,夫妇止其上,不下数年。一旦,皆随凤凰飞去。"
④三清:道家所谓玉清、上清、太清,乃仙家之境。

【汇评】

汤显祖评《花间集》卷二:七调独此不称。

其四

江绕黄陵春庙闲,娇莺独语关关。
满庭重叠绿苔斑。阴云无事,四散自归山。
箫鼓声稀香烬冷,月娥敛尽弯环。①
风流皆道胜人间。须知狂客,判死②为红颜。

【笺注】

①月娥:月亮,以月拟人,故称"月娥"。弯环:月弯如环。
②判死:或作"拚死"。拼死。

【汇评】

贺裳《皱水轩词筌》:文人无赖,至驰思杳冥,盖自《高唐》作俑而后,遂浸淫不可禁矣。……至牛希济《黄陵庙》曰:"风流皆道胜人间。须知狂客,拚死为红颜。"抑何狂惑也,然词则妙矣。

其五

素洛春光潋滟平①,千重媚脸②初生。

凌波罗袜③势轻轻。烟笼日照,珠翠半分明。

风引宝衣疑欲舞,鸾回凤翥④堪惊。

也知心许恐无成。陈王⑤辞赋,千载有声名。

【笺注】

①素洛:明净清澈的洛水。素,素净,形容水清澈。潋滟(liàn yàn):水波荡漾的样子。

②千重媚脸:水光层层叠叠,如洛神千娇百媚。

③凌波罗袜:用曹植《洛神赋》典故。曹植《洛神赋》有:"凌波微步,罗袜生尘。"

④鸾回凤翥(zhù):鸾鸟回旋,凤凰飞翔。翥,向上飞。

⑤陈王:曹植生前曾被封为陈王,去世后谥号"思",因此又称陈思王。

【汇评】

①玄览斋刊本页眉朱批:陈思见之,定应把臂。

②汤显祖评《花间集》卷二:洛神写照,正在阿堵中。惊鸿游龙数语,已为描尽。

其六

柳带摇风汉水滨,平芜两岸争匀。

鸳鸯对浴浪痕新。弄珠游女①,微笑自含春。

轻步暗移蝉鬓动,罗裙风惹轻尘。②

水晶宫殿岂无因。空劳纤手③,解佩赠情人。

【笺注】

①弄珠游女:用《列仙传》中江妃二女逢郑交甫,解佩玉赠郑交甫事。《韩诗内传》载:"郑交甫遵彼汉皋台下,遇二女。与言曰:'愿请子之佩!'二女与交甫。交甫受而怀之。"

②"罗裙"句：罗裙飘动，扇起了细尘。
③空劳纤手：徒劳纤柔之手。因人与神道不可通，故曰"空劳"。

【汇评】

玄览斋刊本页眉朱批：檃栝《洛神》一赋。

其七

洞庭波浪飐晴天，君山①一点凝烟。

此中真境②属神仙。玉楼珠殿，相映月轮边。

万里平湖秋色冷，星晨垂影参然。③

橘林霜重更红鲜。罗浮山④下，有路暗相连。

【笺注】

①君山：在湖南洞庭湖中，又名湘山。《水经注》："湖中有君山、编山，……是山湘君之所游处，故曰君山。"

②真境：仙境。《拾遗记》有："洞庭山浮于水上，其下有金堂数百间，帝女居之。四时闻金石丝竹之音，彻于山顶。"

③参(cēn)然：参差不齐貌。

④罗浮山：仙山名。据唐李吉甫《元和郡县志》载："罗山之西有浮山，盖蓬莱之一阜，浮海而至，与罗山并体，故曰罗浮。"

【汇评】

汤显祖评《花间集》卷二："冷"字下得妙，便觉全句有神。又：休文语丽而思深，名高八咏照映千古。似此七词，亦尽有颜颜休文处。

酒泉子

枕转簟凉①,清晓②远钟残梦。
月光斜,帘影动。旧炉香。③
梦中说尽相思事,纤手匀④双泪。
去年书,今日意。断离肠。

【笺注】
①簟:竹席。枕转簟凉谓难以入眠。
②清晓:拂晓。
③旧炉香:香炉尚存宿香。
④匀:抹擦。

【汇评】
钟人杰合刻花间草堂本评语:"清晓远钟残梦",与柳郎中"杨柳外(当作"岸")晓风残月"句同清远。

生查子

春山烟欲收①,天淡稀星小。
残月脸边明,别泪临清晓。
语已多,情未了。回首犹重道。②
记得绿罗裙,处处怜芳草。③

【笺注】

①烟欲收:烟雾将消失。

②犹重道:再次说。

③"记得"二句:罗裙色与草色相近,爱屋及乌。

【汇评】

①钟人杰合刻花间草堂本评语:起二句轻清,结二句娟秀,若"残月脸边明,别泪临清晓",则厥体中最上乘也。一本无"已"字。

②陈廷焯《云韶集》卷一:"春山"十字,别后神理。"晓风残月"不是过也。结笔尤佳。

中兴乐

池塘暖碧浸晴晖①,蒙蒙柳絮轻飞。
红蕊凋来②,醉梦还稀。
春云空有雁归,珠帘垂。
东风寂寞,恨郎抛掷,泪湿罗衣。

【笺注】

①晴晖:晴日阳光。

②红蕊凋来:红花凋谢。

【汇评】

汤显祖评《花间集》卷二:"池塘暖碧浸晴晖",又有春云柳絮,已具四难之半,那得更生他想。

谒金门

秋已暮,重叠关山歧路。
嘶马摇鞭何处去?晓禽霜满树。
梦断禁城钟鼓,泪滴枕檀①无数。
一点凝红和薄雾,翠蛾②秋不语。

【笺注】
①枕檀:檀香木做成的香枕。
②翠蛾:黛眉,这里指宫女。

欧阳炯 四首

欧阳炯(约896—971),益州华阳(今四川成都)人。少事前蜀后主王衍,又事后蜀,蜀亡归宋,曾任翰林学士。善吹笛,太祖曾召其在偏殿吹奏。工诗词,多写艳情,亦有南方风物之作。曾为《花间集》作序。今存词48首。

浣溪沙 三首

其一

落絮残莺半日天①,玉柔花醉②只思眠。
　　　　惹窗映竹满炉烟。
独掩画屏愁不语,斜倚瑶枕③髻鬟偏。
　　　　此时心在阿谁边。④

【笺注】
①残莺:晚春时的黄莺。半日天:中午时分。
②玉柔花醉:形容美人倦怠之态。
③瑶枕:精美的枕头。
④阿谁边:哪边。阿谁,谁,哪个。"阿",名词的词头。

【汇评】
沈际飞《草堂诗馀别集》卷一:炯又云"有情无力泥人时",可注"玉柔"句。又评末句云:一问跃然。是贯领略"柔"、"醉"二字者。

其二

天碧罗衣①拂地垂,美人初着更相宜。
宛风②如舞透香肌。
独坐含颦吹凤竹③,园中缓步折花枝。
有情无力泥人④时。

【笺注】

①天碧罗衣:天蓝色的罗绸衣裙。
②宛(wǎn)风:软风缭绕之意。
③凤竹:泛指笙箫一类的管乐。古代多将笙箫一类的乐器饰以凤形。
④泥人:缠磨人。

其三

相见休言有泪珠,酒阑重得叙欢娱。
凤屏鸳枕宿金铺。①
兰麝细香闻喘息,绮罗纤缕见肌肤。
此时还恨薄情无?②

【笺注】

①金铺:门上的装饰物,制成龙蛇兽头之形,用以衔门环,其色金,故曰"金铺"。
②无:表示疑问。唐人诗中,"无"字用于句末时,多表疑问语气。如朱庆余《近试上张水部》:"妆罢低声问夫婿,画眉深浅入时无?"

【汇评】

①沈际飞《草堂诗馀别集》卷一:尝谓美人一日有嗔怪时方有趣,一年

有病苦时方有韵,一生有别离时方有情,欧阳早会之。
②钟人杰合刻花间草堂本评语:前二阕佳绝,落絮残莺,玉柔花醉,造语奇丽之甚。如"有情无力泥人时",尤为警策。

三字令

春欲尽,日迟迟①,牡丹时。
　　罗幌②卷,翠帘垂。
彩笺书,红粉泪,两心知。
人不在,燕空归,负佳期。
　　香烬落,枕函欹。
月分明,花淡薄,惹相思。

【笺注】

①日迟迟:《诗经·豳风·七月》:"春日迟迟,采蘩祁祁。"朱熹注:"迟迟,日长而暄也。""暄"是暖和的意思。
②罗幌(huǎng):罗绸制的帷幕。幌,帷幔。

【汇评】

①汤显祖评《花间集》卷二:逐句三字,转而不窘,不垒,不崛头,亦是老手。
②许昂霄《词综偶评》:"罗幌卷"五句,由外而内。"香烬落"五句,由内而外。"花淡薄",春光欲尽,故曰"淡薄"。
③陈廷焯《云韶集》卷一:"两心知"三字温厚,较"忆君君不知"更深。好在"分明"、"淡薄"四字。

花间集卷第六

欧阳炯 十三首

南乡子 八首

其一

嫩草如烟,石榴花①发海南天。②
　　日暮江亭春影绿。③
鸳鸯浴,水远山长看不足。

【笺注】

①石榴花:落叶灌木,叶子长圆形,花多为鲜红色,果实内红色粒可食,又称"安石榴"。
②海南天:泛指我国南方。
③春影绿:指春景映于水中而成碧色。

其二

画舸停桡①,槿花②篱外竹横桥。
　　水上游人沙上女。
回顾,笑指芭蕉林里住。

【笺注】

①画舸(gě):彩饰的大船。桡(ráo):船桨,这里代指船。停桡即停船。
②槿花:木槿花,夏秋之间开花,红白色,人多植之以为篱。

【汇评】

①钟人杰合刻花间草堂本评语：风流清绮，几胜《大堤曲》矣。

②卓人月《古今词统》卷一徐士俊评语：隐隐闻村落中娇女声。

其三

岸远沙平，日斜归路晚霞明。

　　　孔雀自怜金翠尾。①

　　临水，认得行人惊不起。②

【笺注】

①金翠尾：黄绿色等相衬的翠尾。

②"认得"句：谓认得行人，毫不惊恐。

【汇评】

①钟人杰合刻花间草堂本评语：语似乐府。

②谭献《词辨》卷一："未起意先改"，直下语似顿挫。"认得行人惊不起"，顿挫语似直下，"惊"字倒装。

③陈廷焯《云韶集》卷一：遣词用意，俱有别致。

其四

洞口谁家？木兰船系木兰花。①

　　　红袖女郎相引去。②

　　游南浦，笑倚春风相对语。

【笺注】

①"木兰"句：木兰船还系在开着花的木兰树上。木兰：乔木，又名杜兰、林兰，状如朴树，木质似柏树而较疏，可造船，晚春开花。

②相引去:相互邀约而去。引,招引。

【汇评】

钟人杰合刻花间草堂本评语:"木兰船系木兰花",淡语而俊者也。乐天"紫薇花对紫薇郎",亦殊有韵。

其五

二八花钿①,胸前如雪脸如莲。

　　耳坠金环穿瑟瑟。②

霞衣③窄,笑倚江头招远客。

【笺注】

①二八花钿:戴着花钿的少女。二八,十六岁。古常用"二八佳人"指代妙龄女子。

②瑟瑟(sè sè):碧绿色的珠玉。

③霞衣:喻轻柔的衣服。

其六

路入南中①,桄榔叶暗蓼花红。②

　　两岸人家微雨后。

收红豆③,树底纤纤抬素手。

【笺注】

①南中:泛指我国南方。王勃《蜀中九日登玄武山旅眺》诗:"人情已厌南中苦,鸿雁那从北地来。"

②桄(guāng)榔:南方常绿乔木,树干高大。蓼:水草之一种。

③红豆:红豆树产于岭南,秋日开花,其实成豆荚状,内有如豌豆大的子,色鲜红,古代以此象征相思之物。王维《相思》诗:"红豆生南国,春来发

几枝;愿君多采撷,此物最相思。"

【汇评】

①钟人杰合刻花间草堂本评语:"两岸人家微雨后。收红豆",致极清丽,入宋不可复得矣,嗟夫!

②陈廷焯《云韶集》卷一:好在"收红豆"三字,触物生情,有如此境。

其七

袖敛鲛绡①,采香深洞笑相邀。
　　藤杖②枝头芦酒滴。
铺葵蒻③,豆蔻花间趖④晚日。

【笺注】

①鲛(jiāo)绡:薄绸名。传说这种绡是为鲛人所织。张华《博物志》:"鲛人从水出,寓人家积日,卖绡而去,从主人索一器,泣而成珠满盘,以与主人。"

②藤杖:以藤所制手杖。

③葵蒻:用葵草所编之席。

④趖(suō):走,散步。

【汇评】

钟人杰合刻花间草堂本评语:"豆蔻花间趖晚日","白蘋香里小沙汀",小小情致,俱属词手。

其八

翡翠鵁鶄①,白蘋香里小沙汀。②
　　岛上阴阴秋雨色。
芦花扑③,数只渔船何处宿?

【笺注】

①鹧鸪(jiāo jīng):水鸟名,头颈赤褐色,体上面多白,胸部有蓑毛,杂碧绿色,喙长脚高,产于我国南方。

②沙汀:水中或水边的沙地。

③芦花扑:芦苇花被风吹四散,故曰"扑"。

【汇评】

①汤显祖评《花间集》卷三:短词之难,难于起得不自然,结得不悠远。诸词起句无一重复,而结语皆有余思,允称名作。

②郑文焯《大鹤山人词话·附录》:《花间集》载有《南歌子》七首,类宫怨之作,不得比之《竹枝》。惟《南乡子》八首,实皆纪岭海风土,语义与《竹枝》为近。

献衷心

见好花颜色,争笑东风。

双脸上,晚妆同。①

闭小楼深阁,春景重重。

三五夜,偏有恨,月明中。

情未已,信曾通,满衣犹自染檀红。②

恨不如双燕,飞舞帘栊。

春欲暮,残絮尽,柳条空。

【笺注】

①晚妆同:为晚妆如同花色一样。

②染檀红:女子身穿檀红色衣服。

【汇评】

①汤显祖评《花间集》卷三：画家七十二色中有檀色，浅赭色所合，妇女晕眉色似之。唐人诗词惯喜用此。此其一也。

②郑文焯云：起首超忽而来，毫端神妙，不可思议。(《花间集评注》引)

贺明朝 二首

其一

忆昔花间初识面，红袖半遮，妆脸轻转。

石榴裙带①，故将纤纤，玉指偷捻，双凤金线。②

碧梧桐锁深深院，谁料得两情，何日教缱绻？③

羡春来双燕，飞到玉楼，朝暮相见。

【笺注】

①石榴裙带：石榴花色的裙带，即鲜红色。

②双凤金线：以金线所绣双凤。

③缱绻(qiǎn quǎn)：男女情感缠绵，难分难舍。

【汇评】

茅暎《词的》卷三：寒鸦日影，千古相思。

其二

忆昔花间相见后，只凭纤手，暗抛红豆。

人前不解，巧传心事，别来依旧，辜负春昼。

碧罗衣上蹙①金绣，睹对对鸳鸯，空裹②泪痕透。

想韶颜③非久，终是为伊，只恁④偷瘦。

【笺注】

①蹙(cù):皱,收缩。这里指折叠后出现了皱纹。

②裛(yì):沾湿,浸染之意。

③韶颜:美好的容貌。

④恁(nèn):这样。

【汇评】

①汤显祖评《花间集》卷三:无甚雕巧,只是铺排妥当,自无村妆羞涩态。

②茅暎《词的》卷三:下字俊。

江城子

晚日金陵①岸草平,落霞明,水无情。六代②繁华,暗逐逝波声。空有姑苏台③上月,如西子镜,照江城!④

【笺注】

①金陵:古地名,今南京市。战国时楚威王灭越置金陵邑,秦改为秣陵县,在今南京市江宁区秣陵街道。

②六代:三国的吴、东晋,南朝的宋、齐、梁、陈都曾以南京为都,故称"六代"。李白《留别金陵诸公》诗:"六代更霸王,遗迹见都城。"

③姑苏台:吴王夫差所筑,在今江苏吴县西南姑苏山上。

④"如西子"二句:宛如昔年西施的妆镜,照映江城。

【汇评】

①钟人杰合刻花间草堂本评语:如怀古诗。

②卓人月《古今词统》卷三徐士俊评语:取"只今唯有西江月"之句,略衬数字,便另换一意。

③陈廷焯《词则·大雅集》卷一:与松卿作同一感慨,彼于悲壮中寓风流,此于伊郁中饶慰藉。

凤楼春

凤髻①绿云丛②,深掩房栊③,锦书通。
梦中相见觉来慵,匀面泪脸珠融。④
因想玉郎何处去,对淑景⑤谁同?
小楼中,春思无穷。
倚栏颙望⑥,暗牵愁绪,柳花飞起东风。
斜日照帘,罗幌香冷粉屏空。
海棠零落,莺语残红。

【笺注】
①凤髻:古代的一种发型,即将头发挽结梳成凤形,或在髻上饰以金凤。又叫鸟髻。流行于唐代。唐宇文氏《妆台记》:"周文王於髻上加珠翠翘花,傅之铅粉,其髻高,名曰凤髻。"
②绿云丛:头发如云。
③房栊:窗棂。
④"匀面"句:擦面时脸上泪珠消融。
⑤淑景:美景。
⑥颙(yóng)望:凝望,抬头呆望。

【汇评】
①汤显祖评《花间集》卷三:"海棠零落,莺语残红",好景真良易过。风雨忧愁各半,念之使人惘然。
②陈廷焯《云韶集》卷一:"因想"者,因梦而有想也。泪痕血点

和凝 二十首

和凝(898—955),字成绩,郓州须昌(今山东东平人)。《旧五代史》说他"幼而聪敏,姿状秀拔,神采射人。少好学,书一览者,咸达其大义。年十七举明经,十九登进士第"。他历事梁、唐、晋、汉、周五朝。后唐时官至中书舍人,工部侍郎。后晋天福五年(940)拜中书侍郎同中书门下平章事。入后汉,封鲁国公。后周时,赠侍中。和凝所作诗文甚富,曾有集百余卷。少好为曲子,布于汴洛,时号为"曲子相公"。

小重山 二首

其一

春入神京①万木芳。禁林②莺语滑③,蝶飞狂。
晓花擎露④妒啼妆⑤。红日永,风和百花香。
　　烟锁柳丝长。御沟澄碧水,转池塘。
时时微雨洗风光。天衢⑥远,到处引笙簧。

【笺注】
①神京:京都。
②禁林:皇家园林。
③莺语滑:莺啼声流利。白居易《琵琶行》:"间关莺语花底滑,幽咽泉流冰下难。"

④擎(qíng)露:托着露珠。
⑤啼妆:东汉时,妇女以粉薄拭目下,有似啼痕,故称。
⑥天衢:京城的大道。

【汇评】

①杨慎云:藻丽有富贵气。(《花间集评注》引)
②沈际飞《草堂诗馀正集》卷二:凝为石晋宰相,词载《花间》者多。《花间》以小语致巧,全首观之,或伤促碎,此政不免。

其二

正是神京烂熳时。群仙①初折得,郄诜枝。②
乌犀白纻③最相宜。精神出,御陌④袖鞭垂。
柳色展愁眉。管弦分响亮⑤,探花期。⑥
光阴占断曲江池。新榜上,名姓彻丹墀。⑦

【笺注】

①群仙:指新及第的进士。
②郄诜(què shēn)枝:登科的意思。郄诜,人名。《晋书·郄诜传》载:郄诜对晋武帝曰:"臣举贤良对策,为天下第一,犹桂林之一枝,昆山之片玉。"后以折桂喻登第。
③乌犀(xī)白纻(zhù):乌黑色的腰带,洁白的夏布衫。写新进士的穿着。白纻,用苎麻纤维织成的白色夏布。
④御陌:京城中的道路。
⑤分(fèn)响亮:分外响亮。分,格外。
⑥探花期:及第之后在曲江上宴饮探花之时。唐代新进士榜公布后,他们在曲江有盛大宴游活动,以最年少者为探花郎。唐李淖《秦中岁时记》:"进士杏园初宴,谓之探花宴。差少俊二人为探花使,遍游名园,若它人先折花,二使皆被罚。"宋魏泰《东轩笔录》卷六:"进士及第后,例期集一月,共醵罚钱奏宴局,什物皆请同年分掌。又选最年少者二人为探花使,赋

诗,世谓之探花郎。自唐以来,榜榜有之。"至南宋,进士第三名始称探花。

⑦彻:通,这里有传布的意思。丹墀(chí):宫殿台阶上的平地以红漆涂之,呈丹色,故称"丹墀"。

【汇评】

汤显祖评《花间集》卷三:贫病态,人所不堪而宜于诗词;乌纱帽,人所艳称而反不宜,可见富贵也有用不着处。

临江仙 二首

其一

海棠香老①春江晚,小楼雾縠②涳濛。③
翠鬟初出绣帘中,麝烟鸾佩惹蘋风。
碾玉钗摇鸂鶒战④,雪肌云鬓将融。
含情遥指碧波东,越王台殿蓼花红。

【笺注】

①香老:花残。

②雾縠:如薄纱的雾气。

③涳濛(kōng méng):雾气迷茫貌。

④"碾玉"句:用碾玉石做成饰有鸂鶒的金钗,随风抖动。

【汇评】

卓人月《古今词统》卷七徐士俊评语:是采珠拾羽一辈人。

其二

披袍窣①地红宫锦,莺语时啭轻音。

碧罗冠子稳犀簪②,凤凰双飐步摇③金。
肌骨细匀红玉④软,脸波微送春心。
娇羞不肯入鸳衾,兰膏光里两情深。

【笺注】
①披袍:长衣。
②犀簪:用犀角制的簪。
③步摇:附在簪子上的一种首饰,因行步而摇动,故称。
④红玉:古代常以喻美人肤色。《西京杂记》:"赵飞燕与女弟昭仪,皆色如红玉,为当时第一,并宠后宫。"

【汇评】
①玄览斋刊本页眉墨批:细意熨帖,醉人心目。
②汤显祖评《花间集》卷三:二作精工宕丽,足分温、韦半席。
③茅暎《词的》卷三:娇怯可思。

菩萨蛮

越梅①半坼②轻寒里,冰清淡薄笼蓝水。
暖觉杏梢红,游丝狂惹风。③
闲阶莎④径碧,远梦犹堪惜。
离恨又迎春,相思难重陈。

【笺注】
①越梅:泛指南方的梅花。
②半坼(chè):花苞初开。坼,裂开。
③游丝:蜘蛛等虫类吐的丝缕。狂惹:轻狂地逗引风吹。

④莎(suō):莎草,多生于潮湿地。

【汇评】

况周颐云:《菩萨蛮》及《望梅花》,则近于清言玉屑矣。(《花间集评注》引)

山花子 二首

其一

莺锦蝉縠①馥麝脐②,轻裾花草③晓烟迷。
　　䴔䴖战金红掌④坠,翠云低。
　　星靥⑤笑偎霞脸畔,蹙金开襜衬银泥。⑥
　　春思半和芳草嫩,碧萋萋。

【笺注】

①莺锦蝉縠:如莺羽般的锦绸,如蝉翼般的薄纱。
②馥(fù):香气浓郁。麝脐:麝香。麝香在麝的腹脐内,其阴囊近旁有香腺,其分泌物香气浓烈。
③轻裾(jū):衣服轻薄。裾,衣服的前襟,也称大襟。花草:指花初发。
④"䴔䴖"句:头上的䴔䴖形钗颤动,红穗须下垂。红掌:钗的垂须。
⑤星靥:酒窝。
⑥蹙金:金线盘绣。襜(chān):短衣。银泥:涂染着银色。

【汇评】

汤显祖评《花间集》卷三:唐韦固妻为盗刃所刺,以翠靥之,女妆遂有靥饰。集中亦不一而足。然温飞卿"绣衫遮笑靥",音"叶",此则音"琰"。

其二

银字①笙寒调正长,水纹簟②冷画屏凉。

玉腕重,金扼臂③,淡梳妆。

几度试香纤手暖,一回尝酒绛唇光。

佯弄红丝蝇拂子④,打檀郎。⑤

【笺注】

①银字:银粉书写的文字(在笙管上)。

②水纹簟:画有水纹的席子。

③"玉腕"句:洁白的手腕上戴着金圈。金扼(è)臂:手臂上所戴的金圈、金镯之类的饰物。

④蝇拂子:扑打蝇蚊的器物,用丝或马尾制成。

⑤檀郎:晋人潘安姿仪秀美。后以檀郎为美男子的代称。

【汇评】

①茅暎《词的》卷三:"寒"、"冷"、"凉"三字叠用。

②贺裳《皱水轩词筌》:词家须使读者如身履其地,亲见其人,方为蓬山顶上。如和鲁公"几度试香纤手暖,一回尝酒绛唇光"……真觉俨然如在目前,疑于化工之笔。

何满子 二首

其一

正是破瓜年纪①,含情惯得人饶。②

桃李精神鹦鹉舌,可堪虚度良宵。

却爱蓝罗裙子,羡他长束纤腰。

【笺注】

①破瓜年纪：十六岁的少女，旧说"瓜"字可分剖成二个八字，二八即为十六。晋孙绰《情人碧玉歌》："碧玉破瓜时，郎为情颠倒。"

②饶：宽恕，宽容。

【汇评】

①钟人杰合刻花间草堂本评语：小能造语。

②徐釚《词苑丛谈》卷三：晋宰相和凝，少年好为曲子，契丹人慕门，号为"曲子相公"。有《何满子》词曰："正是破瓜年纪（略）。"亦香奁佳句也。

其二

写得鱼笺①无限，其如②花锁春晖。
目断③巫山云雨，空教残梦依依。
却爱熏香小鸭④，羡他长在屏帷。

【笺注】

①鱼笺：书信，或称鱼书、尺素。

②其如：怎奈、无奈。

③目断：望断。

④小鸭：形状如鸭的香炉。

【汇评】

①钟人杰合刻花间草堂本评语："却爱熏香小鸭，羡他长在屏帷"，情语俊美入妙。

②沈雄《古今词话·词辨》上卷：和凝词："正是破瓜年纪……却爱蓝罗裙子，羡他长束纤腰。"第二首结句"却爱熏香小鸭，羡他长在屏帷"，谓"却爱"下又是"羡他"，为重叠语病。殊不知羡出于爱，更申明一层语意。

薄命女

天欲晓,宫漏①穿花声缭绕,窗里星光少。
冷雾寒侵帐额,残月光沉树杪。②
梦断锦帷空悄悄,强起愁眉小。③

【笺注】
①宫漏:宫中漏壶,以滴水计时。
②树杪(miǎo):树梢。
③眉小:因愁情蹙眉而显得短小。

【汇评】
沈际飞《草堂诗馀正集》卷一:冲寂自妍,末只一句,尽却怨意。

望梅花

春草全无消息,腊雪犹馀踪迹。
越岭①寒枝香自坼②,冷艳奇芳堪惜。
何事寿阳无处觅③,吹入谁家横笛?

【笺注】
①越岭:指梅岭,位于广东、江西交界处。唐代为通粤要道,张九龄督所属部开凿新路,多植梅树。杜甫《哭李常侍峄》诗之二:"短日行梅岭,寒山落桂林。"

②自坼:指梅花自开。
③"何事"句:用寿阳公主梅花妆典故。相传南朝宋武帝女寿阳公主,人日卧于含章殿檐下,梅花落于公主额上,成五出之花。拂之不去,自后有"梅花妆"。何事:何为,表疑问。

【汇评】
①钟人杰合刻花间草堂本评语:"吹入谁家横笛",浅语却隽。
②况周颐云:《菩萨蛮》及《望梅花》,则近于清言玉屑矣。(《花间集评注》引)

天仙子 二首

其一

柳色披衫金缕凤,纤手轻拈红豆弄①,翠蛾双敛②正含情。桃花洞③,瑶台梦④,一片春愁谁与共?

【笺注】
①红豆弄:弄红豆。弄,玩。
②翠蛾双敛:双眉微皱。翠蛾,代指眼眉。
③桃花洞:指仙女所居处。
④瑶台梦:指仙女之梦。瑶台,泛指仙人所居之处。晋王嘉《拾遗记》卷十:"昆山者……傍有瑶台十二,各广千步,皆五色玉为台基。"

【汇评】
①钟人杰合刻花间草堂本评语:末语小俊。
②汤显祖评《花间集》卷三:刘改之别妾赴试作《天仙子》,语俗而情真,世多传之,遇此不免小巫。

其二

洞口春红飞蔌蔌①,仙子含愁眉黛绿,阮郎何事不归来?
懒烧金②,慵篆玉③,流水桃花空断续。

【笺注】

①春红:春花。蔌蔌(sù sù):花落貌。
②烧金:指道士炼丹砂。
③篆(zhuǎn)玉:指道士书写符箓。

【汇评】

钟人杰合刻花间草堂本评语:仙子句佳。

春光好 二首

其一

纱窗暖,画屏间,軃①云鬟。
睡起四肢无力,半春闲。
玉指剪裁罗胜②,金盘点缀酥山。③
窥宋深心无限事④,小眉弯。

【笺注】

①軃(duǒ):下垂貌。
②罗胜:即花胜,首饰的一种,用丝罗制成。
③"金盘"句:金盘中点缀着山状酥酪。
④"窥宋"句:用宋玉《登徒子好色赋》典故。宋玉《登徒子好色赋》有:"东家之子,增之一分则太长,减之一分则太短;著粉则太白,施朱则太

赤。……然此女登墙窥臣三年,至今未许也。"窥宋:谓女子恋慕人。

其二

蘋叶软,杏花明,画船轻。

双浴鸳鸯出渌汀①,棹歌②声。

春水无风无浪,春天半雨半晴。

红粉③相随南浦晚,几含情。

【笺注】

①渌汀(lù tīng):水中小洲。渌,水清。
②棹歌:船歌。
③红粉:借代为女子。

【汇评】

钟人杰合刻花间草堂本评语:"春水无风无浪,春天半雨半晴",宋人多袭此句,盖知当时极赏之。

采桑子

蟠蛴领①上河梨子②,绣带双垂。

椒户③闲时,竞学樗蒲④赌荔枝。

丛头鞋子红编细⑤,裙窣金丝。

无事颦眉,春思翻教⑥阿母疑。

【笺注】

①蟠蛴(qiú qí)领:喻女子长而白皙的颈。蟠蛴,天牛的幼虫,体白而

长。《诗经·卫风·硕人》:"手如柔荑,肤如凝脂。领如蝤蛴,齿如瓠犀。"毛传:"蝤蛴,蝎虫也。"孔颖达疏:"蝤蛴在木中,白而长,故以此喻颈。"

②河梨子:指妇女的云肩。河梨子,又名诃(hē)梨勒、诃子。常绿乔木,产于我国南方,果实像橄榄,古代妇女依其形而绣作衣领上的花饰。

③椒户:香房。椒为香料,以其末和泥涂室,取其香暖。

④樗蒲(chū pú):古代的一种博戏,如现代的掷骰子(色子)。

⑤红编细:红色的细带,系鞋之用。

⑥翻教:反使。

【汇评】

①汤显祖评《花间集》卷三:(上下片末句)二语翻空出奇。

②陈廷焯《词则·闲情集》卷一:以婉雅之笔绘秾丽之词,耐人寻味。

③陈廷焯《云韶集》卷一:描写娇憨之态,袭用者屡矣。

柳枝 三首

其一

软碧摇烟①似送人,映花时把翠蛾颦。②
青青自是风流主,慢飐③金丝待洛神。

【笺注】

①软碧摇烟:柔软碧色的枝条,摇荡着烟雾。

②翠蛾:将柳叶比拟美人眉毛。颦:皱眉。

③飐(zhǎn):风吹物使其颤动。

其二

瑟瑟①罗裙金缕腰,黛眉偎破②未重描。

醉来咬损新花子③,拽④住仙郎尽放娇。

【笺注】

①瑟瑟(sè sè):碧绿色。白居易《暮江吟》:"一道残阳铺水中,半江瑟瑟半江红。"

②偎破:由于紧紧依偎而将所画黛眉擦损。

③花子:即额黄,古时妇女面部的一种妆饰物。《酉阳杂俎》:"今妇人面饰用花子,起自昭容上官氏所制,以掩黥迹。"唐马缟《中华古今注》载:"秦始皇好神仙,常令宫人梳仙髻,贴五色花子,画为云凤虎飞升。"

④拽:拖扯。

【汇评】

汤显祖评《花间集》卷三:"醉来"句但觉其妙。诗词中此类极多,如李白"两鬓入秋浦"等,若一一索解,几同说梦。

其三

雀桥初就咽银河①,今夜仙郎自姓和。②

不是昔年攀桂树,岂能月里索嫦娥?

【笺注】

①初就:初成。咽:悲咽。此句用七夕织女典故。

②自姓和:和凝自称,意思是吾非牛郎,而是和郎。

渔 父

白芷汀①寒立鹭鸶,蘋风②轻剪③浪花时。

烟幂幂④,日迟迟,香引芙蓉惹钓丝。

【笺注】

①白芷汀:长有白芷的水边。白芷,多年生草本植物,叶有细毛,羽状复叶,夏日簇生小白花。

②蘋风:吹过蘋草的微风。

③轻剪:轻轻吹开。

④幂幂(mì mì):形容烟雾笼罩。幂,覆盖,罩住。

【汇评】

①卓人月《古今词统》卷一徐士俊评语:与"钓丝袅袅立蜻蜓"之句,皆善宠钓丝者。

②陈廷焯《云韶集》卷一:较子同作自远不逮,而遣词琢句,精秀绝伦,亦佳构也。

③张德瀛《词徵》卷五:若和凝、李珣、欧阳炯、张炎、完颜寿均仿张(志和)体,盖由张始也。

顾敻 十八首

顾敻,生卒未详,字里无可考。性诙谐。在前蜀王建时为宫廷小臣。通正时,曾官茂州刺史;后蜀时,事孟知祥,累官为太尉。

虞美人 六首

其一

晓莺啼破相思梦,帘卷金泥凤。①
宿妆犹在酒初醒,翠翘②慵整倚云屏,转娉婷。③
香檀④细画侵桃脸,罗袂轻轻敛。
佳期堪恨再难寻,绿芜满院柳成阴,负春心。⑤

【笺注】
①金泥凤:指帘上用金粉涂绘的凤凰图案。
②翠翘:头饰,金钗之类。
③转娉婷(pīng tíng):姿态更娇美可爱。娉婷,女子姿态美好貌。
④香檀:用来化妆的颜色。用以涂口或眉,称"檀口""檀眉"。
⑤负春心:辜负了女子对男子的爱慕之情。

【汇评】
汤显祖评《花间集》卷三:虞美人草,一出褒斜谷中,状如鸡冠花,叶相对;一出雅州名山县。唱《虞美人》曲,应拍而舞,故《酉阳杂俎》云"舞草",

盖谓此。

其二

触帘风送景阳钟①,鸳被绣花重。②
晓帷初卷冷烟浓,翠匀粉黛好仪容,思娇慵。③
起来无语理朝妆,宝匣④镜凝光。
绿荷相倚满池塘。露清枕簟藕花香,恨悠扬。

【笺注】

①景阳钟:《南齐书·武穆裴皇后传》:"上(齐武帝)数游幸诸苑囿,载宫人从后车。宫内深隐,不闻端门鼓漏声,置钟于景阳楼上,应五鼓及三鼓。宫人闻钟声,早起妆饰。"李贺《画江潭苑》诗之四:"今朝画眉早,不待景阳钟。"这里泛指钟声。

②绣花重(chóng):花纹繁丽。

③娇慵:娇弱无力的样子。

④宝匣:梳妆盒。

其三

翠屏闲掩垂珠箔①,丝雨笼池阁。
露沾红藕咽清香②,谢娘娇极不成狂③,罢朝妆。
小金鸂鶒④沉烟细,腻枕堆云髻。⑤
浅眉微敛注檀⑥轻,旧欢时有梦魂惊,悔多情。

【笺注】

①珠箔:珠帘。

②红藕:即红莲。咽清香:含清香。咽,表示深含暗香。

③谢娘:泛指美人。不成:难道,表诘问。
④小金鸂鶒:饰有鸂鶒图案的小金香炉。
⑤"腻枕"句:光滑的枕上云鬟堆叠。
⑥注檀:点唇、涂口红。

【汇评】

汤显祖评《花间集》卷三:情多为累,悔之晚矣。情宜有不宜多,多情自然多悔。

其四

碧梧桐映纱窗晚,花谢莺声懒。
小屏屈曲掩青山①,翠帷香粉玉炉寒②,两蛾攒。③
颠狂年少轻离别,辜负春时节。
画罗红袂有啼痕,魂消无语倚闺门,欲黄昏。

【笺注】

①"小屏"句:小屏风曲折而未展开,屏上的青葱山色被遮掩。
②玉炉寒:香炉中已熄火。
③两蛾攒(cuán):双眉皱着。攒,聚集在一起。

其五

深闺春色劳①思想,恨共春芜长。②
黄鹂娇啭呢芳妍③,杏枝如画倚轻烟,锁窗前。
凭栏愁立双蛾细,柳影斜摇砌。
玉郎还是不还家,教人魂梦逐杨花,绕天涯。

【笺注】

①劳:忧愁,使动用法。《诗经·邶风·燕燕》:"瞻望弗及,实劳我心。"

劳思想,即使思绪忧愁。

②"恨共"句:谓春愁同春草一起生长。芜:草长得杂乱。长(zhǎng):生长。

③昵(nì):停滞不通。这里是缠绕、萦回的意思。芳妍(yán):美丽的花丛。

【汇评】

①沈际飞《草堂诗馀别集》卷二:味深隽,诗词转关之际。

②卓人月《古今词统》卷八徐士俊评语:一句故意用两"还"字。

③潘游龙《古今诗余醉》卷四:读一过,空翠摇滴。

其六

少年艳质胜琼英①,早晚②别三清。

莲冠稳簪钿篦横③,飘飘罗袖碧云轻,画难成。

迟迟少转腰身袅,翠靥④眉心小。

醮坛风急杏花香,此时恨不驾鸾凰,访刘郎。

【笺注】

①琼英:美玉。

②早晚:何日。

③莲冠:道家所戴的莲花帽。稳簪(zān):安插簪子。钿篦:饰以金珠的篦梳。

④翠靥:古代妇女的面饰。

【汇评】

汤显祖评《花间集》卷三:杂出别调,绝非本情。今人作有韵之文,全用散法,而收以韵脚数语,为本文张本,大都类是。

河传 三首

其一

燕飏①,晴景。
小窗屏暖,鸳鸯交颈。
菱花②掩却翠鬟欹。
慵整,海棠帘外影。

绣帷香断金鸂鶒。
无消息,心事空相忆。
倚东风,春正浓。
愁红,泪痕衣上重。

【笺注】
①飏(yáng):随风飞扬。形容燕飞轻盈之态。
②菱花:指镜子。

其二

曲槛①,春晚。
碧流②纹细,绿杨丝软。
露花鲜,杏枝繁。
莺哢,野芜③平似剪。

直是④人间到天上。

堪游赏,醉眼疑屏障。
对池塘,惜韶光。⑤
断肠,为花须尽狂。

【笺注】
①曲槛(jiàn):弯曲的栏杆。槛,栏杆。
②碧流:绿水。
③野芜:野外丛生的草。
④直是:正是,果然是。
⑤韶光:美好的时光,这里也指美好的青春年华。

其三

棹举,舟去。
波光渺渺,不知何处?
岸花汀草共依依。
雨微,鹧鸪相逐飞。

天涯离恨江声咽。
啼猿切,此意向谁说?
倚兰桡①,独无聊。
魂消,小炉香欲焦。②

【笺注】
①兰桡:兰舟。
②欲焦:将要烧成灰烬。

【汇评】
①汤显祖评《花间集》卷三:凡属《河传》题,高华秀美,良不易得。此三

调,真绝唱也。以俟羊、何。张舍人、孙少监之外,指不三屈。

②陈廷焯《词则·别调集》卷一:起四语,一步紧一步,冲口而出,绝不费力。

③况周颐《餐樱庑词话》:顾太尉《河传》云:"棹举,舟去。波光渺渺,不知何处?岸花汀草共依依。雨微,鹧鸪相逐飞。"孙光宪之"两桨不知消息,远汀时起鸂鶒",确是檃栝顾词。两家并饶简劲之趣。顾尤毫不著力,自然清远。

甘州子 五首

其一

一炉龙麝①锦帷旁,屏掩映,烛荧煌。②
禁楼③刁斗④喜初长⑤,罗荐绣鸳鸯。
山枕上,私语口脂香。

【笺注】

①龙麝:龙涎与麝香的并称。龙涎香,旧说是龙所吐涎而凝成,而实际是抹香鲸的分泌物。

②荧煌:光明,辉煌。

③禁楼:皇城的楼阁。

④刁斗:古时行军的用具。铜制,有柄,夜间可用以打更,白天可当锅煮饭,能容一斗米。《史记·李将军列传》:"人人自便,不击刁斗以自卫。"

⑤喜初长:刁斗声长,初夜时分,夜尚久,故喜其长。

【汇评】

①钟人杰合刻花间草堂本评语:周美成词从此出。

②汤显祖评《花间集》卷三:"刁斗"句,无聊之思。

其二

每逢清夜与良晨。多怅望,足伤神。
云迷水隔意中人,寂寞绣罗茵。①
山枕上,几点泪痕新。

【笺注】

①罗茵:华美的垫席、褥子。

【汇评】

钟人杰合刻花间草堂本评语:清浅自足。

其三

曾如刘阮访仙踪,深洞客,此时逢。
绮筵①散后绣衾同,款曲②见韶容。
山枕上,长是怯晨钟。

【笺注】

①绮筵:富丽的筵席。
②款曲:指衷情,内情。汉秦嘉《留郡赠妇》诗:"念当远别离,思念叙款曲。"

【汇评】

钟人杰合刻花间草堂本评语:不佳。

其四

露桃①花里小楼深,持玉盏,听瑶琴。②
醉归青琐③入鸳衾,月色照衣襟。
山枕上,翠钿镇眉心。

【笺注】

①露桃:露井上的桃树。古乐府《鸡鸣》:"桃生露井上,李树生桃旁。"此处泛指庭院中桃树。

②瑶琴:用玉装饰的琴,泛指华美的琴。鲍照《拟古》诗之七:"明镜尘匣中,瑶琴生网罗。"

③青琐:古时窗、墙雕刻连锁形,用青漆涂饰。这里以"青琐"借代为室内。

其五

红炉①深夜醉调笙②,敲拍处,玉纤轻。③
小屏古画岸低平,烟月满闲庭。
山枕上,灯背脸波横。

【笺注】

①红炉:正燃烧着的香炉。

②调笙:吹奏笙。

③玉纤轻:细长如玉的手指轻轻按拍。

【汇评】

汤显祖评《花间集》卷三:首章与此结,皆隽句也,小语致巧,此其一斑。

玉楼春 四首

其一

月照玉楼春漏促,飒飒风摇庭砌竹。
梦惊鸳被觉来时,何处管弦声断续?

惆怅少年游冶①去,枕上两蛾攒细绿。②

晓莺帘外语花枝,背帐犹残红蜡烛。

【笺注】

①游冶:在外迷恋声色。

②细绿:描写眉毛。

【汇评】

①卓人月《古今词统》卷八徐士俊评语:《玉楼春》之得名以首句故。

②许昂霄《词综偶评》:"残"字作"余"字解,唐诗类然。

其二

柳映玉楼春日晚,雨细风轻烟草软。

画堂鹦鹉语雕笼①,金粉小屏②犹半掩。

香灭绣帷人寂寂,倚槛无言愁思远。

恨郎何处纵疏狂③?长使含啼眉不展。

【笺注】

①雕笼:雕有花纹的鸟笼。

②金粉小屏:用金粉涂饰的小屏风。

③纵疏狂:纵情地游乐。

【汇评】

沈雄《古今词话·词辨》上卷:大石调曲,《词统》又作林钟商调。词中不失"玉楼春"三字者,顾复也。

其三

月皎露华①窗影细,风送菊香沾绣袂。

博山炉②冷水沉微③,惆怅金闺终日闭。
　　懒展罗衾垂玉箸④,羞对菱花簪宝髻。
　　良宵好事枉教休,无计奈他狂耍婿。⑤

【笺注】

①露华:露水。
②博山炉:香炉。宋吕大防《考古图》:"博山香炉者,炉像海中博山,下盘贮汤,润气蒸香,像海之四环,故名之。"
③水沉微:香炉内水下沉而微浅。此处指盘内水已下降,剩得不多,沉香木所作香料将燃尽。
④玉箸:喻眼泪。
⑤狂耍婿:狂放无羁的丈夫。

【汇评】

汤显祖评《花间集》卷三:后二章尤秀媚可人,而合之足称全璧。

其四

　　拂水双飞来去燕,曲槛小屏山六扇。①
　　春愁凝思结眉心,绿绮②懒调红锦荐。③
　　话别情多声欲战④,玉箸痕留红粉面。
　　镇长⑤独立到黄昏,却怕良宵频梦见。

【笺注】

①小屏山六扇:画有山水的小屏风有六扇。
②绿绮:古琴名。晋傅玄《琴赋序》:"楚庄王有鸣琴曰绕梁,司马相如有琴曰绿绮,蔡邕有琴曰焦尾,皆名器也。"李白《听蜀僧濬弹琴》:"蜀僧抱绿绮,西下峨眉峰。"
③红锦荐:以红色锦绣为席垫。

④战:同"颤"。

⑤镇长:常常,很久。

【汇评】

①卓人月《古今词统》卷八徐士俊评语:"为郎憔悴为却羞郎",真见且不顾,况"梦见"乎?

②沈雄《古今词话·词品》下卷:"拂水双飞来去燕,曲槛小屏山六扇",和鲁公语也。陈子高衍为《谒金门》长短句云:"花满院,飞去飞来双燕。红雨入帘寒不卷,晓屏山六扇。"此以词填词,长短有致也。

花间集卷第七

顾敻 三十七首

浣溪沙 八首

其一

春色迷人恨正赊①,可堪荡子②不还家。
　　　　　细风轻露著梨花。
帘外有情双燕飏,槛前无力绿杨斜。
　　　　　小屏狂梦极天涯。

【笺注】
①恨正赊(shē):恨正长。赊,长、远。何逊《秋夕》诗:"寸心怀是夜,寂寂漏方赊。"
②荡子:久游不归的男子。《古诗十九首》之二:"昔为倡家女,今为荡子妇。荡子行不归,空床难独守。"

其二

红藕①香寒翠渚②平,月笼虚阁夜蛩③清。
　　　　　塞鸿惊梦两牵情。
宝帐玉炉残麝冷④,罗衣金缕暗尘生。
　　　　　小窗孤烛泪纵横。

【笺注】
①红藕:红莲。

②翠渚:翠绿色的小洲。
③蛩(qióng):蟋蟀。
④残麝冷:麝香烧烬。

【汇评】

①汤显祖评《花间集》卷三:旧前作"天际鸿,枕上梦,两牵情"。后作"小窗深,孤独背,泪纵横"。语亦简至。

②陈廷焯《词则·闲情集》卷一:婉雅芊丽,不背于古。

其三

荷芰①风轻帘幕香,绣衣鸂鶒泳回塘。
　　　　　　小屏闲掩旧潇湘。②
恨入空帷鸾影独③,泪凝双脸渚莲光。④
　　　　　　薄情年少悔思量。

【笺注】

①荷芰(jì):荷与菱。芰,菱科植物,生水中,叶浮水面,夏日开花,白色,果实为菱角。
②"小屏"句:小屏风虚掩,屏上绘着潇湘山水。
③鸾影:镜中的人影。
④"泪凝"句:谓含泪之脸如莲花,光彩动人。

【汇评】

卓人月《古今词统》卷四徐士俊评语:"悔偷灵药"、"悔教夫婿",不如此"悔"深。

其四

惆怅经年别谢娘,月窗花院好风光。
　　　　　　此时相望最情伤。

青鸟①不来传锦字②,瑶姬③何处锁兰房?④
忍教⑤魂梦两茫茫!

【笺注】
①青鸟:传说中受西王母役使的神鸟,后借指传递信息的使者。
②锦字:指书信。
③瑶姬:美丽的姑娘。
④兰房:女子闺房。
⑤忍教:怎能教,岂可教。

其五
庭菊飘黄①玉露浓,冷莎偎砌隐鸣蛩。②
何期良夜得相逢?
背帐凤摇红蜡滴,惹香暖梦绣衾重。
觉来枕上怯晨钟。

【笺注】
①飘黄:黄色的菊花盛开。
②隐鸣蛩:蟋蟀藏在台阶的草丛中鸣叫。

其六
云淡风高叶乱飞,小庭寒雨绿苔微。①
深闺人静掩屏帷。
粉黛②暗愁金带枕③,鸳鸯空绕画罗衣。
那堪辜负不思归!

213

【笺注】

①绿苔微:绿色的苔藓稀微。
②粉黛:以妇女的妆饰借代为妇女。
③金带枕:曹植所爱的女子甄氏的遗物。此用《洛神赋》的典故。

【汇评】

陈廷焯《词则·闲情集》卷一:婉约。

其七

雁响遥天玉漏清,小纱窗外月胧明。①
　　　　　　翠帷金鸭②炷香平。③
何处不归音信断?良宵空使梦魂惊。
　　　　　　簟凉枕冷不胜情。④

【笺注】

①胧明:月光不明。
②金鸭:如鸭形的香炉。
③炷香平:使香平铺炉中。炷香,焚香。
④不胜情:情绪难以承受。

其八

露白蟾①明又到秋,佳期幽会两悠悠。
　　　　　　梦牵情役几时休?
记得泥人②微敛黛③,无言斜倚小书楼。
　　　　　　暗思前事不胜愁!

【笺注】

①蟾:月亮。传说月中有蟾蜍,故以蟾代月。

②泥人：呼唤人。白居易《对酒》诗："丹砂见火去无迹，白发泥人来不休。"

③敛黛：皱眉。

【汇评】

①钟人杰合刻花间草堂本评语：顾敻《浣溪沙》八首，正如李勣治兵，曾未大败，亦无大胜。

②汤显祖评《花间集》卷三：此公遣调，动必数章。虽中间铺叙成文，不如人之句雕字琢，而了无穷措大酸气，即使瑜瑕不掩，自是大家。

酒泉子 七首

其一

杨柳舞风，轻惹春烟残雨。
杏花愁，莺正语，画楼东。
锦屏寂寞思无穷，还是不知消息。
镜尘生①，珠泪滴，损仪容。②

【笺注】

①镜尘生：镜久而未用，故生尘。
②损仪容：因相思之苦而摧残了容颜。

其二

罗带缕金①，兰麝烟凝魂断。
画屏欹，云鬟乱，恨难任。②
几回垂泪滴鸳衾，薄情何处去？

月临窗,花满树,信沉沉。③

【笺注】

①罗带缕金:以金丝为饰的罗带。缕金,金丝。
②恨难任:怨恨难以忍受。任,经受、承受。
③信沉沉:消息杳然。

【汇评】

钟人杰合刻花间草堂本评语:"月临窗,花满树,信沉沉。"三言新绮,有江鲍风流。

其三

小槛日斜,风度①绿窗人悄悄。
翠帷闲掩舞双鸾②,旧香③寒。
别来情绪转难拚④,韶颜看却老。
依稀粉上有啼痕,暗消魂。

【笺注】

①风度:风吹过。
②双鸾:指帐上的鸾凤图案。
③旧香:香炉内的陈料,或称"宿香"。
④拚(pàn):舍弃,不顾。

其四

黛薄红深①,约掠②绿鬟云腻。③
小鸳鸯,金翡翠,称人心。
锦鳞④无处传幽意,海燕⑤兰堂春又去。

隔年书⑥,千点泪,恨难任。

【笺注】

①黛薄红深:眉黛色淡,胭脂深红。

②约掠:粗略地梳理。

③腻:光滑,细致。这里指头发细柔而光润。

④锦鳞:本指鱼,诗文中一般以鱼代书信。元伊士珍《琅嬛记》载:"以朝鲜厚茧纸作鲤鱼函,两面俱画鳞甲,腹下令可以藏书,此古人尺素结鱼之遗制也。"汉乐府《饮马长城窟行》有句曰:"客从远方来,遗我双鲤鱼。呼儿烹鲤鱼,中有尺素书。"

⑤海燕:即燕子,古人认为燕子产于南方,渡海而至,故称"海燕"。沈佺期《古意》:"卢家少妇郁金堂,海燕双栖玳瑁梁。"

⑥隔年书:去年的书信。

其五

掩却菱花,收拾翠钿休上面。①
金虫玉燕②,锁香奁③,恨厌厌。④
云鬟半坠懒重簪,泪侵山枕湿。
银灯背帐梦方酣,雁飞南。

【笺注】

①休上面:不打扮。上面,进行面妆。

②金虫:又名绿金蝉,妇女的首饰制成金蝉之形。玉燕:如燕形首饰。

③锁香奁(lián):意思是锁上梳妆盒而不用。奁,古代妇女梳妆时用的匣子。

④厌厌:精神不振的样子。

其六

水碧风清,入槛细香红藕腻。

谢娘敛翠,恨无涯,小屏斜。

堪憎①荡子不还家,谩留②罗带结。

帐深枕腻炷沉烟,负当年。

【笺注】

①堪憎:可恨。

②谩留:空留、虚有。

【汇评】

况周颐云:翠眉但言"翠",此仅见。(《花间集评注》引)

其七

黛怨红羞①,掩映画堂春欲暮。

残花微雨,隔青楼,思悠悠。

芳菲时节看将度②,寂寞无人还独语。

画罗襦③,香粉污,不胜愁。

【笺注】

①黛怨红羞:眉带怨,面含羞。

②看将度:眼看将要过去了。度,过去。

③襦(rú):短衣,短袄。

【汇评】

陈廷焯《云韶集》卷一:填词平仄断句自是定数,而词人语意所到,时有参差。古诗亦有此法,而词中尤多。即此词中字之多少,句之长短,更换不一,岂专恃歌者上下纵横取协耶?此本无关大数,然亦不可不知,故为拈出。

杨柳枝

秋夜香闺思寂寥(漏迢迢①),鸳帷罗幌麝烟销(烛光摇)。
正忆玉郎②游荡去(无寻处),更闻帘外雨潇潇③(滴芭蕉)。

【笺注】
①漏迢迢:更漏之声悠长。古时以漏壶滴水计时。
②玉郎:美好的郎君,爱称。
③潇潇:风雨声。《诗经·郑风·风雨》:"风雨潇潇,鸡鸣胶胶。既见君子,云胡不瘳。"

【汇评】
陈廷焯《云韶集》卷一:凄凉情况,而香山"暮雨潇潇郎不归"意也。

遐方怨

帘影细,簟纹平。
象纱①笼玉指,缕金罗扇②轻。
嫩红双脸似花明,两条眉黛远山横。
凤箫③歇,镜尘生。
辽塞音书绝,梦魂长暗惊。
玉郎经岁负娉婷④,教人怎不恨无情?

【笺注】
①象纱:纱名,薄而略透明。

219

②缕金罗扇:用金丝装饰的罗绸扇子。
③凤箫:箫如凤鸣,故称"凤箫"。
④娉婷:姿态美好,这里指代美女。

【汇评】

汤显祖评《花间集》卷三:亦选体中句法。

献衷心

绣鸳鸯帐暖,画孔雀屏攲。①
　　　人悄悄,月明时。
想昔年欢笑,恨今日分离。
银釭背,铜漏永,阻佳期。
小炉烟细,虚阁②帘垂。
　几多心事,暗地思惟。③
被娇娥牵役④,魂梦如痴。
金闺里,山枕上,始应知。

【笺注】

①攲(qī):斜。
②虚阁:空阁,空房。
③思惟:思量。
④牵役:牵制、役使。此句谓心里放不下那位女子。

【汇评】

①汤显祖评《花间集》卷三:颇无佳句,但开曲藻滥觞耳。昔人谓诗情不似曲情多,其流之弊,唐人已先作俑。
②李调元《雨村词话》卷一:顾夐《献衷情》词:"绣鸳鸯帐暖,画孔雀屏

歇。"此词中折腰句法也,今作谱并断为句,非。

应天长

瑟瑟①罗裙金线缕,轻透鹅黄香画袴。②
垂交带,盘鹦鹉,袅袅翠翘移玉步。
背人匀檀注③,慢转横波偷觑。
敛黛春情暗许,倚屏慵不语。

【笺注】
①瑟瑟:象声词。因罗裙是金线绣成,动则有丝丝的声音。
②画袴(kù):彩裤。袴,同"裤"。
③匀檀注:点口红。匀,涂。

诉衷情 二首

其一
香灭帘垂春漏永,整鸳衾。
罗带重,双凤,缕黄金。
窗外月光临,沉沉。
断肠①无处寻,负春心。②

【笺注】
①断肠:此处指断肠人,即情人。
②负春心:辜负了少女的爱慕之心。春心,在古典诗词中常指男女

爱情。

【汇评】

钟人杰合刻花间草堂本评语:香灭帘垂,意甚悄然。

其二

永夜抛人何处去?绝来音。
香阁掩,眉敛,月将沉。
怎忍不相寻?怨孤衾。
换我心,为你心,始知相忆深。

【汇评】

①王士禛《花草蒙拾》:顾太尉"换我心,为你心,始知相忆深",自是透骨情语。徐山民"妾心移得在君心,方知人恨深",全袭此,然已为柳七一派滥觞。

②沈雄《古今词话·词评》上卷:《芙蓉集》曰:"顾太尉'换我心,为你心,始知相忆深。'虽为透骨情语,已开柳七一派。"

③吴衡照《莲子居词话》卷二:言情以雅为宗,语丰则意尚巧,意亵则语贵曲。顾夐《诉衷情》云云。……直是伧父唇舌,都乏佳致。

荷叶杯 九首

其一

春尽小庭花落,寂寞。
凭槛①敛双眉,忍教②成病忆佳期。
知摩知,知摩知?③

【笺注】

①凭槛:倚靠栏杆。

②忍教:岂忍使,反诘词。

③知摩知:知不知?设问句。以下各首"愁摩愁""狂摩狂""归摩归"等,与此句型相同。摩,表疑问语气,相当于现代汉语的"么"。

【汇评】

汤显祖评《花间集》卷三:《荷叶杯》又一变法,终是作者负题。

其二

歌发谁家筵上?寥亮。①

别恨正悠悠,兰釭背帐月当楼。

愁摩愁,愁摩愁?

【笺注】

①寥亮:响亮。向秀《思旧赋序》:"邻人有吹笛者,发声寥亮。"

【汇评】

钟人杰合刻花间草堂本评语:王百谷诗"谁家笛里月当楼",此则闻"歌发谁家",意景相似。

其三

弱柳好花尽拆①,晴陌。

陌上少年郎,满身兰麝扑人香。

狂摩狂,狂摩狂?

【笺注】

①尽拆:全都开放了。拆,同"坼",裂开。

其四

记得那时相见,胆战。

鬓乱四肢柔,泥人①无语不抬头。

羞摩羞,羞摩羞?

【笺注】

①泥人:粘贴人、软缠人。唐代卢仝《示添丁》诗:"不知四体正困惫,泥人啼哭声呀呀。"

【汇评】

汤显祖评《花间集》卷三:好形容。

其五

夜久歌声怨咽,残月。

菊冷露微微①,看看湿透缕金衣。②

归摩归,归摩归?

【笺注】

①微微:细弱。

②缕金衣:即金缕衣,泛指华丽的衣裳。

其六

我忆君诗最苦,知否?

字字尽关心,红笺①写寄表情深。

吟摩吟,吟摩吟?

【笺注】

①红笺:红色纸张。白居易《江楼夜吟元九律诗成三十韵》:"斜行题粉壁,短卷写红笺。"

其七

金鸭香浓鸳被①,枕腻。
小髻簇花钿,腰如细柳脸如莲。
怜摩怜,怜摩怜?

【笺注】

①"金鸭"句:谓被上绣金色鸳鸯。

其八

曲砌①蝶飞烟暖,春半。②
花发柳垂条,花如双脸柳如腰。
娇摩娇,娇摩娇?

【笺注】

①曲砌:曲折的台阶。
②春半:仲春,二月。

其九

一去又乖期信①,春尽。
满院长莓苔②,手挼裙带独徘徊。
来摩来,来摩来?

【笺注】

①乖:违背。期信:所约定的相见期。

②莓苔:一种蔷薇秆植物,子红色。杜牧《早雁》:"莫厌潇湘少人处,水多菰米岸莓苔。"

【汇评】

①玄览斋刊本朱笔眉批:总是自问自答光景。

②汤显祖评《花间集》卷三:手捻裙带,尽得娇痴。

③钟人杰合刻花间草堂本评语:昔人谓"胡天胡帝",为极形容,数阕亦几近之矣。

④卓人月《古今词统》卷一徐士俊评语:调佳则词易美,如此数阕,皆人所能言,然曲折之妙,有在诗句外者。

渔歌子

晓风清,幽沼绿①,倚栏凝望珍禽浴。
画帘垂,翠屏曲,满袖荷香馥郁。
好挹怀,堪寓目②,身闲心静平生足。
酒杯深,光影促③,名利无心较逐。

【笺注】

①幽沼绿:幽深碧绿的水池。

②堪寓目:值得观赏。寓目,过目。

③光影促:光阴短促,这里指人生短促。

临江仙 三首

其一

碧染长空池似镜,倚楼闲望凝情。
满衣红藕细香清。①
象床珍簟②,山障掩,玉琴横。
暗想昔时欢笑事,如今赢得愁生。
博山炉暖淡烟轻。
蝉吟人静,残日傍,小窗明。

【笺注】
①"满衣"句:满衣带着红莲花所透出的清香味。
②象床珍簟:华贵的床和垫席。

【汇评】
王士禛《花草蒙拾》:词中佳语,多从诗出。如顾太尉"蝉吟人静,残日傍,小窗明",毛司徒"夕阳低映小窗明",皆本黄奴"夕阳如有意,偏傍小窗明"。

其二

幽闺小槛春光晚,柳浓花淡莺稀。
旧欢思想尚依依。
翠鬟红敛①,终日损芳菲。
何事狂夫②音信断?不如梁燕犹归。
画堂深处麝烟微。

屏虚枕冷,风细雨霏霏。③

【笺注】
①翠攒:眉皱。红敛:脸上红色消失。红,脸色。敛,收敛。
②狂夫:这里是对自己丈夫的称呼,带怨意。
③霏霏:(雨雪等)很盛的样子。

【汇评】
汤显祖评《花间集》卷三:颂酒赓色,务裁艳语,毋取乎儒冠而胡服也。

其三

月色穿帘风入竹,倚屏双黛愁时。
　　砌花①含露两三枝。
如啼恨脸,魂断损容仪。
香烬暗消金鸭②冷,可堪辜负前期。
　　绣襦不整鬓鬟③欹。
　　几多惆怅,情绪在天涯!

【笺注】
①砌花:阶台上的花朵。
②金鸭:鸭形香炉。
③鬓鬟:环状鬓髻。

醉公子 二首

其一

漠漠①秋云淡,红藕香侵槛。

枕倚小山屏,金铺向晚扃。②

睡起横波慢,独望情何限?

衰柳数声蝉,魂消似去年。

【笺注】

①漠漠:迷茫的样子。

②向晚扃(jiōng):近晚而关门。扃,从外面关门的闩、钩等。

【汇评】

①汤显祖评《花间集》卷三:《醉公子》即公子醉也。其词意四换,又称"四换头"尔后变风,渐与题远。

②钟人杰合刻花间草堂本评语:"衰柳数声蝉,魂消似去年",陈声伯爱之,当拟此作一绝句曰:"拥被忽听门外雨,山中又是去年秋。"甚脱化。

③陈廷焯《云韶集》卷一:字字呜咽。

其二

岸柳垂金线,雨晴莺百啭。

家住绿杨边,往来多少年。

马嘶芳草远,高楼帘半掩。

敛袖翠蛾攒①,相逢尔许②难。

【笺注】

①翠蛾:青黛色的眉。攒(cuán):聚在一起。这里是皱眉的意思。

②尔许:如许,这样。

【汇评】

①钟人杰合刻花间草堂本评语:"家住绿杨边,往来多少年。马嘶芳草远,高楼帘半卷。"俊语不减太白。

②许昂霄《词综偶评》:觉少游"小楼连苑横空"无此神韵也。

③陈廷焯《词则·闲情集》卷一：丽而有则。
④郑文焯云：极古拙，极高淡，非五代不能有此词境。（《花间集评注》引）

更漏子

　　旧欢娱，新怅望，拥鼻含颦①楼上。
　　浓柳翠，晚霞微，江鸥接翼飞。
　　帘半卷，屏斜掩，远岫②参差迷眼。
　　歌满耳，酒盈樽，前非不要论。

【笺注】

①拥鼻含颦：掩鼻皱眉，表示心酸难过的愁苦之状。
②远岫（xiù）：远山。陶渊明《归去来兮辞》："云无心以出岫，鸟倦飞而知还。"

【汇评】

钟人杰合刻花间草堂本评语："江鸥接翼飞"从"清江燕子故飞飞"句化来。

孙光宪 十三首

孙光宪(901—968),字孟文,自号葆光子,贵平(今四川省仁寿县附近)人。他出身农家,好读书,聚书凡数千卷,或手自抄写,孜孜校雠,老而不废。唐时为陵州判官,后避地荆南,受高从诲的知遇。从诲立,悉委以政事。他历官荆南节度副使,检校秘书少监,试御史大夫。后归宋,为黄州刺史。《宋史》卷四八三、《十国春秋》卷一〇二有传。著有《北梦琐言》《荆台集》《橘斋集》等,仅《北梦琐言》传世。

浣溪沙 九首

其一

蓼岸风多橘柚香,江边一望楚天长。
片帆烟际闪孤光。
目送征鸿飞杳杳,思随流水去茫茫。
兰红①波碧忆潇湘。

【笺注】

①兰红:植物名,即红兰,秋日开红花而香。江淹《别赋》:"见红兰之受露,望青楸之罹霜。"

【汇评】

①汤显祖评《花间集》卷三:王弇州称"归来休放烛花红"、"问君还有几

多愁"直是词手。假如此等调,亦仅隔一黍耳。

②钟人杰合刻花间草堂本评语:"片帆烟际闪孤光",语何奇造!

③陈廷焯《云韶集》卷一:"片帆"七字,压遍古今词人。又:"闪孤光"三字警绝,无一字不秀炼,绝唱也。

其二

桃杏风香帘幕闲,谢家门户①约花关。②
画梁幽语燕初还。

绣阁数行题了壁,晓屏一枕酒醒山。③
却疑身是梦魂间!

【笺注】

①谢家门户:妓家。

②约花关:将花关闭于门内。约,收束。

③题了:题罢了。山:山枕。

其三

花渐凋疏不耐风①,画帘垂地晚堂空。
堕阶紫藓舞愁红。②

腻粉半沾金靥子③,残香犹暖绣熏笼。
蕙心④无处与人同。

【笺注】

①凋疏:零落稀疏。不耐风:经不住风吹。汤显祖谓"不耐风"是创新之语句。

②"堕阶"句:落花似含愁飘舞,落于阶前的苔藓之上。愁红:指落花。

③"腻粉"句:涂着脂粉的脸上还沾着黄星靥。金靥子:金黄色额饰。
④蕙心:如蕙兰一样的心,喻芳洁。王勃《七夕赋》:"金声玉韵,蕙心兰质。"

其四

揽镜①无言泪欲流,凝情半日懒梳头。
　　　　　一庭疏雨湿春愁。
杨柳只知伤怨别,杏花应信损娇羞。
　　　　　泪沾魂断轸②离忧。

【笺注】
①揽镜:取镜子。
②轸(zhěn):悲痛。《楚辞·九章·哀郢》:"出国门而轸怀兮,甲之鼌吾以行。"

【汇评】
①汤显祖评《花间集》卷三:"不耐风"、"湿春愁",皆集中创语之秀句也。
②沈雄《古今词话·词评》上卷:花庵词客曰:孙葆光"一庭疏雨湿春愁",佳句也。

其五

半踏长裾宛约行①,晚帘疏处见分明。
　　　　　此时堪恨昧平生!②
早是消魂残烛影,更愁闻着品弦声。③
　　　　　杳无消息若为情。④

【笺注】

①半踏:小步走。裾(jū):衣服的前襟,也称"大襟"。辛延年《羽林郎》:"长裾连理带,广袖合欢襦。"宛约:婉约,柔美的样子。

②昧平生:素不相识,意思是素不相识无法向所爱之人表示情怀。昧,不了解。

③品弦声:演奏弦乐的声音。品,弹奏,品尝。

④若为情:如何以为情,或难以为情。若为,何为、怎为。

【汇评】

①钟人杰合刻花间草堂本评语:"早是消魂残烛影,更愁闻着品弦声",绝似白居易律句。

②卓人月《古今词统》卷四徐士俊评语:(张泌)"早是出门"一联与葆光"早是消魂"一联,皆似香山律句。

其六

兰沐初休①曲槛前,暖风迟日②洗头天。

　　　　湿云新敛未梳蝉。③

翠袂半将遮粉臆④,宝钗长欲坠香肩。

　　　　此时模样不禁怜。⑤

【笺注】

①兰沐:用兰香融水洗发。初休:刚洗完。

②迟日:白日长。

③湿云:湿发。云,喻头发。新敛:刚挽起来。梳蝉:梳发。蝉,指蝉鬓,古时妇女一种发型,挽发如蝉翼。

④粉臆:如涂了白粉的雪胸。

⑤不禁怜:让人止不住怜爱。

【汇评】

①卓人月《古今词统》卷四徐士俊评语:"此时模样不禁怜"句,本于《子

夜歌》"何处不可怜"。

②沈雄《古今词话·词品》下卷:江尚质曰:"《花间》词状物描情,每多意态,直如身履其地,眼见其人。……孙光宪之'翠袂半将遮粉臆,宝钗长欲坠香肩'是也。"

③陈廷焯《云韶集》卷一:情态可想,风流窈窕,我见犹怜。

其七

风递①残香出绣帘,团窠金凤舞檐檐。②

落花微雨恨相兼。

何处去来狂太甚,空推③宿酒睡无厌。④

争教人不别猜嫌?

【笺注】

①风递:风传送。

②团窠(kē)金凤:帘上所绣的团花金凤图。檐檐(chān):摇动貌。司马相如《长门赋》:"飘风回而起闺兮,举帷幄之檐檐。"

③空推:用假言相推脱。

④睡无厌:贪睡不止。

【汇评】

①汤显祖评《花间集》卷四:乐府遗音,词坛丽藻。"好书不厌百回读",如此数词,亦应尔尔。

②沈际飞《草堂诗馀别集》卷一:真情在猜疑上。

③卓人月《古今词统》卷四徐士俊评语:末句妙在全不使性。

其八

轻打银筝①坠燕泥②,断丝高罥③画楼西。

花冠④闲上午墙⑤啼。

粉箨⑥半开新竹径,红苞尽落旧桃蹊。⑦

　　　　　　不堪终日闭深闺。

【笺注】

①打银筝:弹银筝。银筝,古代乐器,如琴瑟状。

②坠燕泥:意思是弹筝之声动听,震坠燕泥。刘向《别录》:"鲁人虞公,发声清越,歌动梁尘。"

③断丝:游丝,蛛丝之类。罥(juān):挂。杜甫《茅屋为秋风所破歌》:"高者挂罥长林稍,下者飘转沉塘坳。"

④花冠:公鸡,以冠借代为鸡。温庭筠《晓别》诗:"翠羽花冠碧树鸡,未明先上短墙啼。"

⑤午墙:中墙,正面的墙。

⑥箨(tuò):竹笋外衣。

⑦红苞:花苞。桃蹊:桃树下的路。《史记·李将军列传》:"谚曰:桃李不言,下自成蹊。"司马贞索隐曰:"按姚氏云:桃李本不能言,但以华实感物,故人不期而往,其下自成蹊径也。"

【汇评】

沈际飞《草堂诗馀别集》卷一评末句:一句情却装裹得正。

其九

乌帽①斜欹倒佩鱼②,静街偷步访仙居。③

　　　　　　隔墙应认打门初。④

将见客时微掩敛⑤,得人怜处且生疏。

　　　　　　低头羞问壁边书。

【笺注】

①乌帽:即乌纱帽。初为隋唐官员所戴,后闲居之士亦可戴。杜甫《相

从行赠严二别驾时方经崔旰之乱》:"乌帽拂尘青螺粟,紫衣将至绯衣走。"

②佩鱼:唐代五品以上的服饰,按品级不同,分别佩戴金、银、铜所制成的鱼。

③访仙居:游访仙人所居之地。这里特指娼妓所居处。

④"隔墙"句,谓隔着墙敲门,她也能识别是谁到来了。打门:敲门,叩门。

⑤掩敛:掩面敛容,微含羞态。

【汇评】

①钟人杰合刻花间草堂本评语:"千呼万唤始出来,犹抱琵琶半遮面",与"将见客时微掩敛,得人怜处且生疏",可谓曲尽抑抑之态。

②沈际飞《草堂诗馀别集》卷一:"且生疏",乖人偶然看得,俗眼则失之矣。

③陈廷焯《云韶集》卷一:迤逦写来,描写女儿心性,情态无不逼真。

河传 四首

其一

太平天子①,等闲游戏,疏河千里。②
柳如丝,偎倚绿波春水,长淮③风不起。
如花殿脚④三千女,争云雨,何处留人住?⑤
锦帆风,烟际红。
烧空,魂迷大业⑥中。

【笺注】

①太平天子:指隋炀帝。

②疏河千里:《开河记》载:"大业十二年,开邗沟成,长二千余里。炀帝

乘龙舟,幸江都。舳舻相继,自大堤至淮口,联绵不绝,锦帆过处,香闻千里。"

③长淮:淮河。

④殿脚:《大业拾遗记》载:"(炀)帝御龙舟,每舟择妙丽长白女子千人,执雕板镂金楫,号为'殿脚女'。"

⑤"何处"句:意思是炀帝骄淫无度,不知何处能将他留住。

⑥大业:隋炀帝的年号。

【汇评】

汤显祖评《花间集》卷三:索性咏古,感慨之下,自有无限烟波。

其二

柳拖金缕,着烟笼雾,濛濛①落絮。

凤皇舟上楚女,妙舞,雷喧波上鼓。

龙争虎战分中土②,人无主,桃叶江南渡。③

襞花笺④,艳思牵。

成篇,宫娥相与传。

【笺注】

①濛濛:纷杂貌。

②龙争虎战:指各路豪杰混战。中土:泛指中原。

③"桃叶"句:指士大夫们纷纷南渡。此处用晋王献之送其爱妾桃叶渡江的典故。

④襞(bì)花笺:折叠彩笺。

其三

花落,烟薄。

谢家①池阁,寂寞春深。

翠蛾轻敛意沉吟。
沾襟,无人知此心。

玉炉香断霜灰②冷。
帘铺影③,梁燕归红杏。
晚来天,空悄然。
孤眠,枕檀④云髻偏。

【笺注】
①谢家:泛指妓家。
②霜灰:香料燃完,灰白如霜。
③铺影:布影,洒影。
④枕檀:以檀香木做成的枕。

其四
风飐,波敛。
团荷①闪闪,珠倾露点。②
木兰舟③上,何处吴娃越艳。
藕花红照脸。

大堤狂杀④襄阳客。
烟波隔,渺渺湖光白。
身已归,心不归。
斜晖,远汀鸂鶒飞。

【笺注】

①团荷:圆形荷叶。

②珠倾露点:露水如珠,倾滴于荷叶上。

③木兰舟:用木兰树所造的船。

④大堤:曲名。狂杀:狂极,感情难以节制。

花间集卷第八

孙光宪 四十八首

菩萨蛮 五首

其一

月华①如水笼香砌,金环②碎撼门初闭。
寒影堕高檐③,钩垂一面帘。
碧烟轻袅袅,红战④灯花笑。
即此是高唐,掩屏秋梦长。

【笺注】

①月华:月光。张若虚《春江花月夜》诗:"此时相望不相闻,愿逐月华流照君。"
②金环:门环。
③"寒影"句:谓月光下高高的屋檐垂下暗影。
④红战:红灯火颤动。

【汇评】

①钟人杰合刻花间草堂本评语:"钩垂一面帘",随手拈弄无不雅。
②卓人月《古今词统》卷五徐士俊评语:烛啼有泪,灯笑生花。
③李调元《雨村词话》卷一:孙光宪《菩萨蛮》词:"碧烟轻袅袅,红颤灯花笑。""颤"字新。

其二
花冠频鼓墙头翼①,东方淡白连窗色。
门外早莺声,背楼残月明。
薄寒笼醉态,依旧铅华②在。
握手送人归,半拖金缕衣。

【笺注】
①"花冠"句:谓公鸡不断在墙头鼓翼啼鸣。鼓:扇动。
②铅华:指脂粉之类。

其三
小庭花落无人扫,疏香①满地东风老。②
春晚信沉沉③,天涯何处寻?
晓堂屏六扇,眉共湘山远。
怎奈别离心,近来尤不禁。④

【笺注】
①疏香:残花。
②东风老:暮春之时。
③信沉沉:谓杳无音信。
④不禁:受不住,不能承受。

【汇评】
①钟人杰合刻花间草堂本评语:"眉共湘山远",妙甚。
②沈际飞《草堂诗馀别集》卷一:气幽情快。

其四

青岩碧洞经朝雨,隔花相唤南溪去。
一只木兰船,波平远浸天。①
扣舷②惊翡翠,嫩玉抬香臂。
红日欲沉西,烟中遥解觿。③

【笺注】

①浸天:与天相接,即水天一片。

②扣舷:扣船舷,敲打船舷。渔人唱歌时或打鱼时常扣船舷。

③解觿(xī):解下玉佩以赠。觿,古时用骨头制的解绳结的锥子,也用为饰物。《诗经·卫风·芄兰》:"芄兰之支,童子佩觿。"朱熹注:"觿,锥也,以象骨为之,所以解结。成人之佩,非童子之饰也。"

【汇评】

卓人月《古今词统》卷五徐士俊评语:孙有句"片帆烟际闪孤光",足以括此八句。

其五

木棉①花映丛祠②小,越禽声里春光晓。
铜鼓③与蛮歌④,南人祈赛⑤多。
客帆风正急,茜袖⑥偎樯立。
极浦⑦几回头,烟波无限愁!

【笺注】

①木棉:热带落叶乔木,初春时开花,大而红。结实长椭圆形,中有白棉,可絮茵褥。

②丛祠:丛林中的神祠。
③铜鼓:赛神用的大鼓。
④蛮歌:南方民间唱的歌。
⑤祈赛:参加祭神仪式。
⑥茜袖:绛红袖子,代指女子。
⑦极浦:远处的水边。

【汇评】

钟人杰合刻花间草堂本评语:风景缠绵,自是歌曲中物。

河渎神 二首

其一

汾水①碧依依,黄云落叶初飞。
翠华②一去不言归,庙门空掩斜晖。
四壁阴森排古画,依旧琼轮羽驾。③
小殿沉沉清夜,银灯飘落香灺。④

【笺注】

①汾水:即汾河,今山西境内,流入黄河。
②翠华:用翠羽饰于旗竿顶上的旗子,仪仗之一种。这里指使用仪仗的神。
③琼轮羽驾:用玉做的车轮,用翠羽装饰的车盖,指古画上的神所乘车舆。
④灺(xiè):灯烛烧后的余灰。

【汇评】

①钟人杰合刻花间草堂本评语:杜诗:"山鬼迷春竹,湘娥倚暮花",数

阙似此中变化。

②汤显祖评《花间集》卷三:原题本旨,直书祠庙中事,自无借拨空影习气。

③陈廷焯《云韶集》卷一:"袅袅兮秋风,洞庭波兮木叶下。"起笔仿佛似之。

其二

江上草芊芊①,春晚湘妃庙前。
一方柳色楚南天,数行征雁联翩。
独倚朱栏情不极,魂断终朝相忆。
两桨②不知消息,远汀③时起鸂鶒。

【笺注】

①芊芊(qiān qiān):形容草木茂盛。

②两桨:借代为舟,舟又借代为乘舟之人。

③远汀:远处的沙洲。

【汇评】

①贺裳《皱水轩词筌》:伤离念远之词,无如查荎"斜阳影里,寒烟明处,双桨去悠悠",令人不能为怀。然尚不如孙光宪"两桨不知消息,远汀时起鸂鶒",尤为黯然。洪叔玙"醉中扶上木兰舟,醒来忘却桃源路",造语尤工,却微著色矣。两君专以淡语入情。

②沈雄《古今词话·词品》卷下引王阮亭曰:有词翻来极浅,反为入情者。孙葆光云:"两桨不知消息,远汀时起鸂鶒。"……无如查荎云:"斜阳影里,寒烟明处,双桨去悠悠。"翻令人不能为怀。

虞美人 二首

其一

红窗寂寂无人语,暗淡梨花雨。
绣罗纹地粉新描①,博山香炷旋抽条②,暗魂消。
天涯一去无消息,终日长相忆。
教人相忆几时休?不堪枨触③别离愁,泪还流。

【笺注】
①"绣罗"句:花底子的绣罗帐上有彩粉新描的图案。地通"底"。
②旋抽条:谓香穗。
③枨触:感触。

【汇评】
汤显祖评《花间集》卷三:《益州方物图赞》"虞"作"娱",集中诸调,都不及虞姬事,想以此故。

其二

好风微揭帘旌①起,金翼鸾②相倚。
翠檐愁听乳禽声,此时春态③暗关情,独难平。
画堂流水空相翳④,一穗香摇曳。
教人无处寄相思,落花芳草过前期,没人知。

【笺注】
①帘旌:帘幕。

②金翼鸾:帘上鸾鸟以金色绘成。
③春态:春天的景象。
④翳:遮蔽,障蔽。

后庭花 二首

其一

景阳钟①动宫莺啭,露凉金殿。
轻飙吹起琼花旋②,玉叶如剪。
晚来高阁上,珠帘卷,见坠香③千片。
修蛾慢脸④陪雕辇,后庭新宴。⑤

【笺注】
①景阳钟:景阳宫内的报时之钟。
②轻飙(biāo):轻风。琼花:一种花,叶柔而莹泽,花色微黄而有香。
③坠香:落花。
④修蛾慢脸:长眉娇脸。修,细长。慢,娇美。
⑤后庭新宴:陈后主在后宫摆设的新宴。《陈书·后主沈皇后传》:"后主每引宾客对贵妃等游宴,则使诸贵人及女学士与狎客共赋新诗,互相赠答,采其尤艳丽者以为曲词,被以新声,……其曲有《玉树后庭花》《临春乐》等。"后多以《玉树后庭花》喻亡国之音。

其二

石城①依旧空江国,故宫春色。
七尺青丝②芳草碧,绝世难得。
玉英③凋落尽,更何人识?野棠④如织。

只是教人添怨忆,怅望无极。

【笺注】
①石城:又称石头城,亦称石首城,旧址在南京清凉山。战国楚威王灭越,置金陵邑。汉建安十六年,孙权徙治秣陵,改名石头。吴时为土坞,晋义熙中始加砖累石。因山为城,因江为池,地形险固,为攻守金陵必争之地。
②七尺青丝:《南史·后妃列传》载:"张贵妃(丽华)发长七尺,鬓黑如漆,其光可鉴。"
③玉英:花的美称,这里指张丽华。
④野棠:即棠梨。多年生落叶果树,花白色。

【汇评】
①钟人杰合刻花间草堂本评语:意调清古不艳为工者。
②李调元《雨村词话》卷一:词用"织"字最妙,始于太白词"平林漠漠烟如织"。孙光宪亦有句云:"野棠如织。"晏殊亦有"心似织"句,此后遂千变万化矣。
③陈廷焯《云韶集》卷一:起笔挺,触景生情,有不期然而然者。"只是教人"四字,真乃达得出来。

生查子 三首

其一

寂寞掩朱门,正是天将暮。
暗淡小庭中,滴滴梧桐雨。
绣工夫,牵心绪,配尽鸳鸯缕。①
待得没人时,偎倚论私语。

【笺注】

①鸳鸯缕:绣鸳鸯的彩线。

【汇评】

钟人杰合刻花间草堂本评语:"暗淡小庭中,滴滴梧桐雨",较"微云河汉"句不多让也。盖彼清新,此则幽思怜人矣。

其二

暖日策花骢①,弹鞚②垂杨陌。

芳草惹烟青,落絮随风白。

谁家绣毂③动香尘?隐映神仙客。

狂杀玉鞭郎,咫尺音容隔。

【笺注】

①策:骑马。骢(cōng):青白色相杂的马。

②弹鞚(duǒ kòng):松弛马勒。

③绣毂:华丽的车子。毂,车轮轴。

【汇评】

汤显祖评《花间集》卷三:六朝风华而稍参差之,即是词也。唐词间出选诗体,去古犹未河汉。

其三

金井堕高梧,玉殿笼斜月。

永巷①寂无人,敛态愁堪绝。

玉炉寒,香烬灭,还似君恩歇。

翠辇②不归来,幽恨将谁说?

【笺注】

①永巷:皇宫中的长巷,幽闭宫女之有过错者。
②翠辇:帝王所乘车舆。

【汇评】

钟人杰合刻花间草堂本评语:宫怨常语耳。

临江仙 二首

其一

霜拍井梧干叶堕,翠帷雕槛初寒。
薄铅残黛①称花冠②,含情无语,延伫③倚栏干。
杳杳征轮④何处去?离愁别恨千般。
不堪心绪正多端,镜奁长掩,无意对孤鸾。

【笺注】

①薄铅残黛:谓无心打扮,留有残妆。
②称花冠:人面与花冠相称,配得合适。
③延伫(zhù):长时间地站立。
④征轮:借代乘车远征之人。

其二

暮雨凄凄深院闭,灯前凝坐初更。①
玉钗低压鬓云横,半垂罗幕,相映烛光明。
终是有心投汉佩②,低头但理秦筝。③
燕双鸾耦不胜情,只愁明发④,将逐楚云行。

【笺注】

①初更(gēng):初夜之时。更,古时将一夜分为五更,每更约二小时,初更相当于晚八、九点钟。
②投汉佩:用郑交甫遇神女典故。
③秦筝:古时传说筝为秦蒙恬所造,属秦声。
④明发:黎明,天明。《诗经·小雅·小宛》:"明发不寐,有怀二人。"

酒泉子 三首

其一

空碛①无边,万里阳关道路。
　　　马萧萧,人去去。陇云②愁。
香貂旧制戎衣窄③,胡霜④千里白。
　　　绮罗心⑤,魂梦隔。　上高楼。

【笺注】

①空碛:空旷的沙漠。
②陇云:泛指关外。陇,即陇山,绵延于陕西、甘肃交界的地方。
③"香貂"句:征人所穿的旧日所制的貂皮军服已不合身,意思是因天寒必穿多,故外衣嫌窄。
④胡霜:胡地的霜。
⑤绮罗心:妇人怀夫之心。

其二

曲槛小楼,正是莺花二月。
　　　思无聊,愁欲绝。郁离襟。①

展屏空对潇湘水,眼前千万里。
　　　　泪掩红②,眉敛翠。恨沉沉。

【笺注】
①郁离襟:离愁郁结在胸中。襟,借代为胸怀。
②泪掩红:泪水掩住了脸上的胭脂,言泪水之多。

　　　　其三
敛态窗前,袅袅雀钗抛颈。
　　　燕成双,鸾成影。耦新知。①
玉纤淡拂眉山小,镜中嗔②共照。
　　　翠连娟③,红缥缈。④早妆时。

【笺注】
①耦新知:遇到了新的知己。耦通"偶",遇见。韦应物《幽居》:"时与道人偶,或随樵者行。"
②嗔(chēn):生气、怪怨,这里有撒娇之意。
③翠连娟:眉细长而弯。翠,翠眉。连娟,弯曲而纤细。
④红缥缈:这里指脸上搽着胭脂而红光隐约可见。

【汇评】
汤显祖评《花间集》卷三:三叠文之《出塞曲》,而长短句之《吊古战场文》也,再读不禁酸鼻。

清平乐 二首

其一

愁肠欲断,正是青春半。①
连理②分枝鸾失伴,又是一场离散。
掩镜无语眉低,思随芳草萋萋。
凭仗东风吹梦,与郎终日东西。

【笺注】

①青春半:仲春二月。
②连理:连理枝,比喻相爱夫妻。白居易《长恨歌》:"在天愿作比翼鸟,在地愿为连理枝。"

【汇评】

①钟人杰合刻花间草堂本评语:"凭仗东风吹梦,与郎终日东西",意致骀荡之甚,陈声伯有"晓梦递随香絮风",似从此脱胎。
②陈廷焯《云韶集》卷一:柔情蜜意,思路凄绝。
③陈廷焯《词则·闲情集》卷一:痴情幻想,说得温厚,便有风骚遗意。

其二

等闲无语,春恨如何去。
终是疏狂①留不住,花暗柳浓②何处?
尽日目断魂飞,晚窗斜界残晖。
长恨朱门薄暮,绣鞍骢马空归。

【笺注】

①疏狂:放荡任性。此指女子的情人。

②花暗柳浓:指游冶的地方。

【汇评】

汤显祖评《花间集》卷三:徘徊而不忘思,婉恋而不激,填词中之有风雅者。

更漏子 二首

其一

听寒更,闻远雁,半夜萧娘①深院。

扃绣户,下珠帘,满庭喷玉蟾。②

人语静,香闺冷,红幕半垂清影。

云雨态,蕙兰心,此情江海深。

【笺注】

①萧娘:少女的泛称。杨巨源《崔娘》诗:"风流才子多春思,肠断萧娘一纸书。"称所爱之男子亦称"萧郎"。

②喷玉蟾:洒月光。

其二

今夜期,来日别,相对只堪愁绝。

偎粉面,捻瑶簪①,无言泪满襟。

银箭落②,霜华薄,墙外晓鸡咿喔。

听咐嘱,恶情惊③,断肠西复东。

【笺注】

①捻瑶簪:用手指搓弄玉簪。

②银箭落:刻漏上的标箭已降下。意思是黑夜将尽。

③情惊(cóng):情怀,情绪。

【汇评】

汤显祖评《花间集》卷三:到得情深江海,自不至断肠西东。其不然者,命也,数也。人非木石,哪得无情?世间负心人,直木石之不若耶!

女冠子 二首

其一

蕙风芝露①,坛际②残香轻度。

蕊珠宫③,苔点④分圆碧,桃花践破红。⑤

品流⑥巫峡外,名籍紫微中。⑦

真侣墉城⑧会,梦魂通。

【笺注】

①蕙风:带有蕙草香气的风。芝露:灵芝上的露水。

②坛际:拜天祭神之坛边。

③蕊珠宫:神仙所居之处。见牛峤《女冠子》"其三"注。

④苔点:青苔斑点。

⑤"桃花"句:谓坠落的桃花被踏成一片片碎块。

⑥品流:品类,流别。

⑦名籍:名册。紫微:即紫微星。在道教信仰中,号称斗数之主,常称"帝星"。《晋书·天文志》:"紫微,大帝之座,天子之常居也。"又《神异经》:"青丘山有紫微宫,天真仙女,多游于此。"

⑧墉(yōng)城:神仙所居之地。《水经注·河水》:"承渊山又有墉城,金台玉楼,相似如一……西王母之所治,真官仙灵之所宗。"

> 其二
>
> 淡花瘦玉,依约神仙妆束。①
> 佩琼文②,瑞露通宵贮,幽香尽日焚。③
> 碧纱笼绛节④,黄藕冠浓云。⑤
> 勿以吹箫伴⑥,不同群。

【笺注】

①"淡花"二句:意思是淡色的花饰,素净的穿戴,仿佛是神仙的打扮。依约:好像、仿佛。

②佩琼文:佩戴着有文采的玉石。

③"瑞露"二句:通宵贮藏露水,整日焚烧香料,这两项指炼丹的事。

④绛节:红色符节,道士作法术时所用的一种道具。

⑤"黄藕"句:藕黄色的帽子戴在头发上。浓云:喻女道士如云浓密的头发。

⑥吹箫伴:用萧史、弄玉典故。见牛希济《临江仙》"其三"注。

【汇评】

钟人杰合刻花间草堂本评语:"淡花瘦玉",便是"绿肥红瘦"滥觞。佳句可以疗俗,此类是也。

风流子 三首

> 其一
>
> 茅舍槿篱①溪曲,鸡犬自南自北。

菰②叶长,水葓③开,门外春波涨绿。

听织,声促,轧轧鸣梭④穿屋。

【笺注】

①槿(jǐn)篱:以木槿树作的篱笆。槿,落叶灌木,高达六八尺,花有白、红、紫色,叶缘锯齿形,农家多种以为篱笆。

②菰(gū):多生南方水泽中,高五六尺,多年生草本植物,嫩茎即茭白,可作蔬菜;至秋结实,称为菰米,可以煮食。

③水葓(hóng):又名荭草,一年生草本植物,高五六尺,茎有毛,花白色或粉红色。

④轧轧(gá gá):象声词。鸣梭:梭子响,即织布声。

【汇评】

①钟人杰合刻花间草堂本评语:即一小《桃花源记》,字字佳。

②汤显祖评《花间集》卷三:田家乐耶?丽人行耶?青楼曲耶?词人藻,美人容,都在尺幅中矣。

其二

楼倚长衢①欲暮,瞥见神仙伴侣。

微傅粉②,拢梳头,隐映画帘开处。

无语,无绪,慢曳罗裙归去。

【笺注】

①衢(qú):大道。

②傅粉:擦粉。

【汇评】

①钟人杰合刻花间草堂本评语:不修不琢,自含俊丽。

②陈廷焯《云韶集》卷一:情态逼真,令人如见。结三语有无限惋惜。

其三

金络玉衔①嘶马,系向绿杨阴下。
朱户掩,绣帘垂,曲院水流花榭。②
欢罢,归也,犹在九衢深夜。

【笺注】

①金络玉衔:配有金络头玉嚼子的马。
②榭:建在高土台或临水的房屋。

【汇评】

钟人杰合刻花间草堂本评语:此词写《少年行》也。

定西番 二首

其一

鸡禄山①前游骑,边草白②,朔天③明。
马蹄轻。鹊面弓④离短靫⑤,弯来月欲成。⑥
一只鸣骹⑦云外,晓鸿惊。

【笺注】

①鸡禄山:山名,在今内蒙古自治区杭锦后旗西北部。东汉时,窦宪出鸡鹿塞,与北匈奴战于稽落山(即鸡禄山),得胜后,登燕然山刻石记功而凯旋。
②边草白:塞上枯草经霜后一派白色。
③朔天:朔方的天。

④鹊面弓:弓名,弓背上饰有鹊形。
⑤韔(chàng):装弓的袋子。
⑥"弯来"句:意思是拉开弓来如圆月一般。
⑦鸣髇(xiāo):响箭。

【汇评】

陈廷焯《词则·放歌集》卷一:笔力廉悍。

其二

帝子①枕前秋夜,霜幄②冷,月华明。

正三更,何处戍楼③寒笛?梦残闻一声。

遥想汉关万里,泪纵横。

【笺注】

①帝子:此处帝子疑指乌孙公主。乌孙公主,汉室宗亲。西汉江都王刘建之女,本名细君。汉元封中,汉武帝以公主的名义嫁与乌孙国王,世称乌孙公主。

②幄(wò):帐幕。

③戍楼:边防的瞭望楼。

【汇评】

①钟人杰合刻花间草堂本评语:《定西番》三阕(此二阕与上牛峤"紫塞"阕),俱咏塞上也,唯毛熙震一首题春暮(指下阕"苍翠浓阴")。

②汤显祖评《花间集》卷三:吴子华云"无人知是塞外寒",谢叠山云"玉人歌吹未曾归"。可见深宫之暖,不知边塞之寒;玉人之娱,不知蚕妇之苦。至裴交泰下第词云"南宫漏短北宫长",真一字一血矣。

河满子

冠剑①不随君去,江河还共恩深。②
歌袖半遮眉黛惨③,泪珠旋④滴衣襟。
惆怅云愁雨怨,断魂何处相寻?

【笺注】
①冠剑:古代贵族子弟多有冠、剑等佩饰。唐徐坚等纂《初学记·武部·剑》云:"古者天子二十而冠,带剑;诸侯三十而冠,带剑;大夫四十而冠,带剑;隶人不得冠;庶人有事得带剑,无事不得带剑。"
②"江河"句:意思是恩情同江河一样深。
③眉黛惨:眉目带有愁苦之色。
④旋:随即。

【汇评】
王灼《碧鸡漫志》卷四:伪蜀孙光宪《何满子》一章云:"冠剑不随君去,江河还共恩深。"似为孟才人发。

玉胡蝶

春欲尽,景仍长①,满园花正黄。
粉翅两悠飏,翩翩过短墙。
鲜飙②暖,牵游伴,飞去立残芳。
无语对萧娘③,舞衫沉麝④香。

【笺注】

①景仍长:意思是景色仍然美好。长,优长。
②鲜飙:春风。
③萧娘:指代女子。
④沉麝:沉香与麝香。

八拍蛮

孔雀尾拖金线长①,怕人飞起入丁香。②
越女沙头争拾翠③,相呼归去背斜阳。

【笺注】

①金线长:指孔雀尾长如条条金线。
②丁香:树名,常绿木本植物,高二丈余,花淡红色,花蕾芳香。这里指孔雀怕人飞入丁香树丛中。
③拾翠:原意是拾取翠鸟的羽毛作妆饰品,后多指妇女春日嬉戏。曹植《洛神赋》:"或采明珠,或拾翠羽。"杜甫《秋兴》诗之八:"佳人拾翠春相问,仙侣同舟晚更移。"

竹枝 二首

其一

门前春水(竹枝)白蘋花(女儿①),岸上无人(竹枝)小艇斜(女儿)。
商女②经过(竹枝)江欲暮(女儿),散抛残食(竹枝)饲神鸦③(女儿)。

【笺注】

①竹枝、女儿:都是唱歌时的和声,女伴甚多,一人唱"门前春水",众和"竹枝",又唱"白蘋花",众和"女儿"。与皇甫松《采莲子》中的"举棹""年少"的作用相同。

②商女:歌女。杜牧《泊秦淮》诗:"商女不知亡国恨,隔江犹唱后庭花。"

③饲神鸦:喂乌鸦。因乌鸦栖息于神祠,故称"神鸦"。杜甫《过洞庭湖》:"护堤盘古木,迎棹舞神鸦。"

【汇评】

①汤显祖评《花间集》卷三:元时杨廉夫《竹枝词》者五十余人,佳篇不可多得。徐延徽云:"胜地万斛胭脂水,泻向银河一色秋。"卓乎无愧唐人。

②卓人月《古今词统》卷二徐士俊评语:("散抛"句)偶然小事,写的幽诞。

其二

乱绳千结(竹枝)绊人深①(女儿),越罗万丈(竹枝)表长寻②(女儿)。杨柳在身③(竹枝)垂意绪(女儿),藕花落尽(竹枝)见莲心④(女儿)。

【笺注】

①"乱绳"句:谓情网陷人之深。绊:纠缠。

②"越罗"句:意谓越罗虽长万丈,但制成衣物也只不过八尺。比喻女子无限深情,而表现出来还是有限的,含而难露之意。表:外衣。

③在身:自身、本身。

④"藕花"句:荷花凋落尽了,就见到了莲子。比喻女儿的真心,终究会见到的。莲心:莲子,这里双关,也指女子的芳心。

思帝乡

如何？遣情①情更多！
永日水堂帘下,敛羞蛾。②
六幅罗裙③窣地,微行曳碧波。
看尽满池疏雨,打团荷。

【笺注】
①遣情:排遣愁情。此句谓愁情越排遣越多。
②永日:整日。水堂:临水的厅堂。敛:皱。
③六幅罗裙:罗裙的样式。六幅,六褶的意思。

【汇评】
①钟人杰合刻花间草堂本评语:"看尽满池疏雨,打团荷",恒欲拟此一句,终不易得。
②王闿运《湘绮楼词选》前编:常语常景,自然丰采。

上行杯 二首

其一

草草①离亭鞍马,从远道此地分襟。②
燕宋秦吴千万里③,无辞一醉。
野棠开,汪草湿。
伫立,沾泣,征骑骎骎。④

【笺注】

①草草:匆匆之意。

②分襟:分别。

③燕宋秦吴:春秋时国名,这里表示北、东、西、南各方。燕,主要部分在今河北北部;宋,主要部分在今河南东部;秦,主要在今陕西一带;吴,主要在今江苏南部。江淹《别赋》:"况秦吴兮绝国,复燕宋兮千里。"

④骎骎(qīn qīn):马走得很快的样子。《诗经·小雅·四牡》:"驾彼四骆,载骤骎骎。"朱熹注:"骎骎,骤貌。"

【汇评】

汤显祖评《花间集》卷三:"黯然销魂者,唯别而已矣。"江淹赋所未畅,尚思广之。此词殊觉小草。

其二

离棹逡巡①欲动,临极浦故人相送。

去住心情知不共②,金船③满捧。

绮罗愁,丝管咽。

回别,帆影灭,江浪如雪。

【笺注】

①离棹:将离别的船。逡巡(qūn xún):徘徊不前。贾谊《过秦论》上篇:"秦人开关延敌,九国之师,逡巡而不敢进。"

②"去住"句:谓走的人和留的人心情不相同。

③金船:大酒杯,又称"金斗"。

谒金门

留不得!留得也应无益。
白纻①春衫如雪色,扬州初去日。
轻别离,甘抛掷,江上满帆风疾。
却羡彩鸳三十六,孤鸾还一只。②

【笺注】

①白纻(zhù):白细麻布。
②"却羡"二句:意思是羡慕彩色鸳鸯鸟都是成双成对的,而自己还是孤单一人。彩鸳三十六:鸳鸯三十六对。《西京杂记》:"霍光园中凿大池,植五色睡莲,养鸳鸯三十六对,望之烂若披锦。"乐府诗《鸡鸣高树巅》:"舍后有方池,池中双鸳鸯,鸳鸯七十二,罗列自成行。"这里指锦被上所绣的鸳鸯图案,不必实指池中鸳鸯,也不必局限于三十六对。

【汇评】

①沈际飞《草堂诗馀别集》卷一:起句落宋,然是宋人妙处。(又评末二句)古不可言。
②陈廷焯《词则·大雅集》卷一:不遇之感,自叹语,亦是自负语。"还"字妙,落拓非一日矣。

思越人 二首

其一

古台平,芳草远,馆娃宫①外春深。

翠黛②空留千载恨,教人何处相寻?

绮罗无复当时事,露花点滴香泪。

惆怅遥天横绿水,鸳鸯对对飞起。

【笺注】

①馆娃宫:吴王夫差为西施而建的宫殿。

②翠黛:翠眉,借代为美女,此处特指西施。

其二

渚莲①枯,宫树老,长洲②废苑萧条。

想象玉人空处所,月明独上溪桥。

经春初败秋风起,红兰绿蕙愁死。

一片风流伤心地,魂销目断西子。

【笺注】

①渚莲:渚洲上的荷叶。

②长洲:吴王阖闾游猎之苑,在今江苏吴县市西南。

【汇评】

①钟人杰合刻花间草堂本评语:莲枯树老,蕙死兰愁,一片伤心,萧条在目。杜牧诗无此凄黯也。

②陈廷焯《云韶集》卷一:笔致疏冷。"经春"二语,凄艳而笔力甚道。

③《白雨斋词话》:笔致疏冷。"经春"二语,凄艳而笔力甚道。

杨柳枝 四首

其一

阊门①风暖落花干,飞遍江城雪不寒。
独有晚来临水驿,闲人多凭赤栏干。

【笺注】
①阊门:苏州西北的城门,也可指代苏州。

【汇评】
卓人月《古今词统》卷二徐士俊评语:首句"干"字奇。

其二

有池有榭即濛濛①,浸润翻成长养功。②
恰似有人长点检③,着行④排立向春风。

【笺注】
①"有池"句:意思是有池有榭的地方,常常就有柳絮纷飞。濛濛:这里指柳絮纷飞如细雨飘洒的样子。
②"浸润"句:意思是池水浸润柳树,反而成就了长期养育柳树的功德。
③点检:检阅。
④着行:排成行列。

【汇评】
汤显祖评《花间集》卷四:拙而蠢。(评"浸润"句,加黑线)

其三

根柢①虽然傍浊河,无妨终日近笙歌。
骖骖②金带谁堪比?还共黄莺不校多。③

【笺注】

①根柢:树根。
②骖骖(cān cān):应作"毵毵"(sān sān),枝条细长的样子。
③不校多:差不多。指柳丝与黄莺相共,两者均不逊色。校,差的意思。校与"较"通。

其四

万株枯槁怨亡隋①,似吊吴台②各自垂。
好是淮阴明月里,酒楼横笛不胜吹。

【笺注】

①"万株"句:谓因隋亡而柳也随之枯槁。
②吴台:即吴公台,今江苏扬州市北,南朝宋沈庆之攻竟陵王诞时所筑弩台。吴台上多柳树。

望梅花

数枝①开与短墙平,见雪萼红跗②相映,引起谁人边塞情?
帘外欲三更,吹断离愁月正明,空听隔江声。

【笺注】

①数枝:指梅花。

②雪萼红跗(fū):雪白的花萼,红色的花房。跗,通"柎"。本为花的萼房。

【汇评】

①钟人杰合刻花间草堂本评语:人第知高季迪"月明林下美人来""帘外钟来初月上"诸咏为佳,不知此句尤多幽韵。

②汤显祖评《花间集》卷四:"自去何郎无好咏""雪萼红跗相映",当得一"好"字不?

渔歌子 二首

其一

草芊芊①,波漾漾,湖边草色连波涨。

沿蓼岸,泊枫汀②,天际玉轮③初上。

扣舷歌,联极望④。桨声伊轧⑤知何向?

黄鹄⑥叫,白鸥眠,谁似侬家⑦疏旷?⑧

【笺注】

①芊芊:芳草茂盛的样子。

②泊枫汀:船停泊于有枫树的水汀边。

③玉轮:明月。

④联极望:极目向远处望。

⑤伊轧:象声词,摇桨之声,同"咿呀"。

⑥黄鹄(hú):天鹅,游禽类,体长三尺多,形似鹅,颈长,上嘴有黄色之瘤,多为白色,栖于水滨。

⑦侬家:我,自称。

⑧疏旷:旷达。

其二

泛流萤①,明又灭。夜凉水冷东湾阔。

风浩浩,笛寥寥,万顷金波澄澈。

杜若②洲,香郁烈。一声宿雁霜时节。

经霅水③,过松江,尽属侬家日月。

【笺注】

①流萤:飞行的萤火虫。杜牧《秋夕》诗:"银烛秋光冷画屏,轻罗小扇扑流萤。"

②杜若:香草名。屈原《九歌·湘君》:"采芳洲兮杜若,将以遗兮下女。"

③霅(zhà)水:即霅溪,水名,在今浙江省湖州市吴兴区一带,东北流入太湖。

【汇评】

汤显祖评《花间集》卷四:竟夺了张志和、张季鹰座位,忒觉狠些。

魏承班 二首

魏承班(？—925)，字、里无考。其父魏弘夫，王建收为养子，改名王宗弼，承班亦从其父改名王承班。官驸马都尉、太尉。咸康元年(925)十一月，后唐军攻蜀，宗弼叛蜀归唐，据成都，自称留后。承班奉父命赂唐军。唐军入成都后，族诛王宗弼家，承班亦罹难。事迹据《九国志》卷九、《新五代史》卷六三、《十国春秋》卷三九《王宗弼传》，并《资治通鉴》《锦里耆旧传》等。

菩萨蛮 二首

其一

罗裾①薄薄秋波染，眉间画时山两点。②

相见绮筵时，深情暗共知。

翠翘云鬓动，敛态弹金凤。③

宴罢入兰房，邀人解佩珰。④

【笺注】

①罗裾：丝罗衣裙。

②山两点：眉的一种式样。

③金凤：绘有金凤图形的琴。

④佩珰：耳环，也泛指玉佩。

【汇评】

沈雄《古今词话·词评》上卷:"相见绮筵时,深情暗共知"……亦为弄姿无限,只是一腔摹出。

其二
罗衣隐约金泥画①,玳筵②一曲当秋夜。
声战觑人娇,云鬟袅翠翘。
酒酽红玉③软,眉翠秋山远。
绣幌麝烟沉,谁人知两心?

【笺注】
①"罗衣"句:罗衣上隐约可见泥金的绣饰。金泥:涂金色。
②玳筵:玳瑁筵,谓豪华、珍贵的宴席。
③红玉:红色的玉石,这里指代美女。《西京杂记》:"赵后(飞燕)体轻腰弱,善行步进退,女弟昭仪不能及也;但昭仪弱骨丰肌,尤工笑语,二人并色如红玉。"

花间集卷第九

魏承班 十三首

满宫花

雪霏霏①,风凛凛②,玉郎何处狂饮?
醉时想得纵风流,罗帐香帷鸳寝。
春朝秋夜思君甚,愁见绣屏孤枕。
少年何事负初心?泪滴缕金双衽。③

【笺注】

①霏霏:雨雪盛大貌。《诗经·小雅·采薇》:"昔我往矣,杨柳依依;今我来思,雨雪霏霏。"毛传:"霏霏,甚也。"

②凛凛(lǐn):寒冷的样子。郝经《秋思》诗:"静听风雨急,透骨寒凛凛。"

③缕金双衽(rèn):金线绣的双袖。衽,本为衣襟。这里说"双衽",可理解为"双袖"。

【汇评】

①汤显祖评《花间集》卷四:好个《满宫花》,只此平调,殊未快人心目。

②沈雄《古今词话·词评》上卷:"少年何事负初心?泪滴缕金双衽",有故意求尽之病。

木兰花

小芙蓉,香旖旎^①,碧玉堂深清似水。
闭宝匣,掩金铺^②,倚屏拖袖愁如醉。
迟迟好景烟花媚,曲渚鸳鸯眠锦翅。
凝然愁望静相思,一双笑靥嚬香蕊。^③

【笺注】

①旖旎(yǐ nǐ):繁茂的样子。宋玉《九辩》:"窃悲夫蕙华之曾敷兮,纷旖旎乎都房。"
②金铺:门上装饰,借代为门。
③笑靥:笑容。嚬(pín):笑的样子。香蕊:花瓣。

玉楼春 二首

其一

寂寂画堂梁上燕,高卷翠帘横数扇。^①
一庭春色恼人来,满地落花红几片。
愁倚锦屏低雪面^②,泪滴绣罗金缕线。
好天凉月尽伤心,为是^③玉郎长不见。

【笺注】

①"高卷"句:谓翠帘高卷,横列屏风数扇。

②雪面:如雪脸面。
③为是:因是。

【汇评】

①沈雄《古今词话·词评》上卷:至"好天凉月尽伤心,为是玉郎长不见"。……有故意求尽之病。

②陈廷焯《词则·别调集》卷一:凄警。又:语意爽朗。

其二

轻敛翠蛾呈皓齿,莺啭一枝花影里。
声声清迥遏行云①,寂寂画梁尘暗起。
玉斝②满斟情未已,促坐③王孙公子醉。
春风筵上贯珠匀④,艳色韶颜娇旖旎。⑤

【笺注】

①清迥:清越而有回声。遏(è)行云:《列子·汤问》:"薛谭学讴于秦青,未穷青之技,自谓尽之,遂辞归。秦青弗止,饯于郊衢,抚节悲歌,声振林木,响遏行云。"

②玉斝(jiǎ):古代盛酒的器皿,圆口,三足。

③促坐:靠近而坐。

④贯珠匀:形容歌声如串珠那般圆润连续。《礼记·乐记》:"故歌者,上如抗,下如队,曲如折,止如槁木,倨中矩,句中钩,累累乎端如贯珠。"

⑤艳色韶颜:指女子美丽的容颜。旖旎(yǐ nǐ):本为旌旗随风飘扬的样子,引申为柔和美丽,多用来描写景物。柔美、婀娜多姿的样子。

【汇评】

汤显祖评《花间集》卷四:此题集中凡三见,皆无一败笔,才故相匹。抑亦此题之足恣其浑洒耶?

诉衷情 五首

其一

高歌宴罢月初盈①,诗情引恨情。
烟露冷,水流轻,思想梦难成。
罗帐袅香平,恨频生。
思君无计睡还醒,隔层城。②

【笺注】

①月初盈:月初圆。
②层城:重城。

其二

春深花簇①小楼台,风飘锦绣②开。
新睡觉,步香阶,山枕印红腮。
鬓乱坠金钗,语檀③偎。
临行执手重重嘱,几千回!

【笺注】

①花簇:鲜花丛聚。
②锦绣:指锦绣帘帐。
③檀:檀郎,情郎。

【汇评】

①钟人杰合刻花间草堂本评语:"山枕印红腮"与"泪花落尽胭脂冷",写枕席间香宛之致,真不易得!

②汤显祖评《花间集》卷四:东坡得意处,是四脚棋盘,著一味墨子,若"山枕印红腮"句,得意之情景可思。

其三

银汉①云晴玉漏长,蛩声②悄画堂。

筠簟③冷,碧窗凉,红蜡泪飘香。

皓月泻寒光,割人肠。

那堪独自步池塘,对鸳鸯。

【笺注】

①银汉:天河、银河。

②蛩声:蟋蟀叫声。

③筠(yún)簟:竹席。筠,竹子的青皮。

【汇评】

①钟人杰合刻花间草堂本评语:此词与秦少游"偏照画堂秋思"一阕,情味并长,合观可得临摹法。(按:"偏照画堂秋思"应是温庭筠《更漏子》词句)

②李调元《雨村词话》卷一:词非诗比,诗忌尖刻,词则不然。魏承班《诉衷情》云:"皓月泻寒光,割人肠。"尖刻而不伤巧。词至唐末初盛,已有此体。如东坡"割愁还有剑芒山",巧矣,以之入诗,终嫌尖削。

其四

金风①轻透碧窗纱,银釭焰影斜。

倚枕卧,恨何赊②?山掩小屏霞。③

云雨别吴娃,想容华。④
　　梦成几度绕天涯,到君家。

【笺注】

①金风:秋风。古时以阴阳五行来配季节演变,秋属金,故称秋风为金风。
②赊:长远无尽。李中《旅夜闻笛》诗:"长笛起谁家,秋凉夜漏赊。"
③"山掩"句:小屏风上的霞光与山色相掩映。
④容华:美丽的容颜。

其五

　　春情满眼脸红绡①,娇妒②索人饶。③
　　星靥④小,玉珰⑤摇,几共醉春朝。
　　　　别后忆纤腰,梦魂劳。
　　　　如今风叶又萧萧,恨迢迢。

【笺注】

①红绡:形容面色红润细腻如薄绸。
②娇妒:娇嗔貌。
③索人饶:要得到人的怜爱。饶,怜爱。
④星靥:酒窝上的妆饰。
⑤玉珰:耳朵上的玉饰。

【汇评】

①钟人杰合刻花间草堂本评语:"如今风叶又萧萧,恨迢迢",浅浅语,比"索春饶"尤妙。
②汤显祖评《花间集》卷四:"杨柳索春饶",黄山谷词也。"一汀烟柳锁春饶",张小山词也。古人惯用"饶"字。

生查子 二首

其一

烟雨晚晴天,零落花无语。
难话此时心,梁燕双来去。
琴韵①对薰风②,有恨和情抚。③
肠断断弦频④,泪滴黄金缕。

【笺注】
①琴韵:琴声。
②薰风:和风。
③和情:含情。抚:弹奏。
④断弦频:琴弦连连折断。

【汇评】
①沈际飞《草堂诗馀别集》卷一:远近含吐,精魂生怯。
②卓人月《古今词统》卷三徐士俊评语:魏夫人"肠断泪痕流不断",永叔"望欲断时肠已断",两"断"字相袭。

其二

寂寞画堂空,深夜垂罗幕。
灯暗锦屏欹,月冷珠帘薄。
愁恨梦难成,何处贪欢乐?
看看①又春来,还是长萧索。②

【笺注】

①看看:眼看,转眼。

②长萧索:长久萧条、冷落。王维《奉寄韦太守陟》诗:"荒城自萧索,万里山河空。"这里指心情孤凄。

【汇评】

钟人杰合刻花间草堂本评语:"看看又春来,还是长萧索",语甚支离无赖。

黄钟乐

池塘烟暖草萋萋,惆怅闲宵含恨,愁坐思堪迷。
遥想玉人情事远,音容浑似①隔桃溪。②
偏记同欢秋月低,帘外论心③花畔,和醉暗相携。
何事春来君不见?梦魂长在锦江④西。

【笺注】

①浑似:仿佛。浑,全然、简直。杜甫《春望》诗:"白头搔更短,浑欲不胜簪。"

②桃溪:即"桃花源"。这里用刘晨、阮肇遇仙事。

③论心:谈心。

④锦江:在今四川省成都平原,岷江分支之一,当地习称"府河",传说蜀人织锦濯其中,较他水鲜明,故名"锦江"。

渔歌子

柳如眉,云似发,蛟绡①雾縠②笼香雪。
梦魂惊,钟漏歇,窗外晓莺残月。
几多情,无处说,落花飞絮清明节。
少年郎,容易别,一去音书断绝。

【笺注】

①蛟绡:珍贵的纱绸。蛟绡,即鲛绡,传说中鲛人所织的绡,亦借指薄绢、轻纱。《博物志》:"南海水有鲛人,水居如鱼,不废织绩,其眼能泣珠。"

②雾縠:薄雾般的轻纱。

【汇评】

①钟人杰合刻花间草堂本评语:"落花飞絮清明节"与李贺"寒食垂杨天"二语,可为暮春月令。

②汤显祖评《花间集》卷四:只此容易别时,常种人毕世莫解之恨,那得草草。

鹿虔扆 六首

鹿虔扆,生卒、籍贯皆不详。后蜀进士,在孟昶时仕后蜀为永泰军节度使,后进检讨太尉,加太保。与欧阳炯、韩琮、阎选、毛文锡五人工小词,为后主赏识,时人忌之,号称"五鬼"。蜀亡不仕。事迹见《茅亭客话》卷三、《十国春秋》卷五六。

临江仙 二首

其一

金锁重门荒苑静,绮窗①愁对秋空。
翠华②一去寂无踪,玉楼歌吹,声断已随风。
烟月不知人事改,夜阑还照深宫。
藕花相向野塘中,暗伤亡国,清露泣香红。③

【笺注】

①绮窗:雕饰精美的窗户。王维《扶南曲歌词》:"朝日照绮窗,佳人坐临镜。"
②翠华:多指帝王仪仗,即用翠色羽毛装饰的旗子。此处借代为帝王。
③香红:借代荷花。

【汇评】

①张祥龄《词论》:词主诡谏,与诗同流。稼轩《摸鱼儿》,酒边《阮郎归》,鹿虔扆之"金锁重门",谢克家之"依依宫柳"之属,所谓《国风》好色而

不淫,《小雅》怨悱而不乱",此固有之。但不必如张皋文胶柱鼓瑟耳。

②况周颐《餐樱庑词话》:鹿太保,孟蜀遗臣,坚持雅操。其《临江仙》含思凄婉,不减李重光"晚凉天净月华开,想得玉楼瑶殿影,空照秦淮"之句。

其二

无赖①晓莺惊梦断,起来残醉初醒。
映窗丝柳袅烟青,翠帘慵卷,约砌②杏花零。
一自玉郎游冶去,莲凋月惨③仪形。
暮天微雨洒闲庭,手挼裙带,无语倚云屏。

【笺注】
①无赖:无聊。徐陵《乌栖曲》:"唯憎无赖汝南鸡,天河未落犹争啼。"
②约砌(qì):环绕着台阶。约,缠束,环束。
③莲凋月惨:形容女子的仪容憔悴。"莲""月"皆喻女子形貌。

【汇评】
况卜娱《织余偶述》:"约砌杏花零","约"字雅炼。残红受约于风,极婉款妍倩之致。(《花间集评注》引)

女冠子 二首

其一

凤楼琪树①,惆怅刘郎一去,正春深。
洞里愁空结,人间信莫寻。
竹疏斋殿迥②,松密醮坛阴。
倚云低首望,可知心?

【笺注】

①琪树:仙境中的玉树。白居易《牡丹芳》诗:"仙人琪树白无色,王母桃花小不香。"

②迥:幽远。

其二

步虚①坛上,绛节霓旌②相向,引真仙。

玉佩摇蟾影,金炉袅麝烟。

露浓霜简③湿,风紧羽衣④偏。

欲留难得住,却归天。

【笺注】

①步虚:道士诵经之声。南朝宋刘敬叔《异苑》卷五:"陈思王(曹植)游山,忽闻空里诵经声,清远遒亮。解音者则而写之,为神仙声;道士效之,作步虚声。"

②绛节霓旌:道士做法事的符节和旗帜。

③霜简:白色竹简,这里指道士作法的符牒。

④羽衣:道士所穿的法衣。

思越人

翠屏欹,银烛背,漏残清夜迢迢。

双带绣窠盘锦荐①,泪侵花暗香消。

珊瑚枕腻鸦鬟乱②,玉纤③慵整云散。④

若是适来新梦见,离肠争不千断?

【笺注】

①绣窠:绣的花朵图案。盘:垂落、盘置。锦荐:以锦缘饰的卧席。

②珊瑚枕:以珊瑚为饰的枕头,此泛指精美的枕头。鸦鬟:黑如鸦羽的丫形发髻。

③玉纤:晶润、纤细的手指。

④云散:指头发散乱。

【汇评】

①汤显祖评《花间集》卷四:结句酸楚,江文通、潘安仁悼亡诗不过如此。

②卓人月《古今词统》卷六徐士俊评语:"双带"二句,即"泪沾红袖黦"之意。

③张德瀛《词徵》卷五:《十国春秋》云:"鹿虔扆《思越人》词有'双带绣窠盘锦荐,泪侵花暗香消'之句,词家推为绝唱。"今考鹿词不多见,固非如冯正中诸人日从事于声歌者,零玑碎锦,尤足贵矣。

虞美人

卷荷香淡浮烟渚,绿嫩擎新雨。①
绣窗疏透晓风清,象床珍簟②冷光轻,水纹③平。
九疑④黛色屏斜掩,枕上眉心敛。
不堪相望病将成,钿昏檀粉泪纵横⑤,不胜情。

【笺注】

①卷荷:未开的荷花。绿嫩:嫩绿的荷叶。擎:撑住。

②象床珍簟:精美的床和垫席。

③水纹:簟席上的花纹。

④九疑:山名,今湖南宁远县南,传说舜葬于此。《水经注·湘水》:"苍

梧之野,峰秀数郡之间,罗岩九峰,各导一溪,岫壑负阻,异岭同势,游者疑焉,故曰九疑山。"或作"九嶷"。

⑤"钿昏"句:首饰钗钿久未修饰而光泽暗淡,香粉面上常常啼泪纵横。

阎选 八首

阎选,生平不详,布衣终身,时人称"阎处士"。

虞美人 二首

其一

粉融红腻莲房①绽,脸动双波慢。②
小鱼衔玉③鬓钗横,石榴裙④染象纱⑤轻,转娉婷。⑥
偷期锦浪⑦荷深处,一梦云兼雨。
臂留檀印⑧齿痕香,深秋不寐漏初长,尽思量。

【笺注】

①莲房:莲蓬,内有莲子,各子分隔,故称"莲房"。这里是以莲花比喻美人面容。

②双波:眼波。慢:通"曼",美好。

③小鱼衔玉:鱼形玉钗。

④石榴裙:朱红色的裙子。梁元帝《乌栖曲》:"交龙成锦斗凤纹,芙蓉为带石榴裙。"

⑤象纱:纱之一种,做裙子的轻纱。

⑥娉婷:姿态美好。

⑦偷期:暗地约会。锦浪:如锦缎般的水浪。

⑧檀印:口红的印迹。

其二

楚腰①蚢领②团香玉③,鬟叠④深深绿。月蛾星眼⑤笑微嚬⑥,柳妖桃艳⑦不胜春,晚妆匀。

水纹簟映青纱帐,雾罩秋波上。一枝娇卧醉芙蓉,良宵不得与君同,恨忡忡。⑧

【笺注】

①楚腰:泛指女子细腰。《韩非子·二柄》:"楚灵王好细腰,而国中多饿人。"杜牧《遣怀》:"落魄江湖载酒行,楚腰纤细掌中轻。"

②蚢领:领项白而颀长。蚢,蟥蚢,木中的蝎虫,体白而长,以比喻女人颈项。见和凝《采桑子》注。

③团香玉:形容女子丰腴,肌肤白嫩而有光泽。

④鬟叠:鬟发重叠,言其厚密。

⑤月蛾星眼:如月纤细的眉,如星明亮的眼睛。

⑥笑微嚬:笑而略带愁意。嚬,通"颦",皱眉头。

⑦柳妖桃艳:如柳枝妖娆,如桃花艳丽。

⑧忡忡(chōng chōng):忧愁的样子。《诗经·召南·草虫》:"未见君子,忧心忡忡。"

【汇评】

①汤显祖评《花间集》卷四:"笑微嚬"一作"笑和颦",反觉复而无情。

②沈际飞《草堂诗馀别集》卷二:诸相俱足。(又评末二句)好句,同人也好。

临江仙 二首

其一

雨停荷芰逗浓香①,岸边蝉噪垂杨。
物华②空有旧池塘,不逢仙子,何处梦襄王?
珍簟对欹鸳枕冷,此来尘暗凄凉。
欲凭危槛③恨偏长,藕花珠缀,犹似汗凝妆。

【笺注】
①荷芰:荷花和菱花。逗:招引,带来。
②物华:自然景物。南朝梁柳恽《赠吴均》诗之一:"离念已郁陶,物华复如此。"唐杜甫《曲江陪郑南史饮》诗:"自知白发非春事,且尽芳尊恋物华。"
③危槛:高楼上的栏杆。

其二

十二高峰①天外寒,竹梢轻拂仙坛。
宝衣行雨在云端,画帘深殿,香雾冷风残。
欲问楚王何处去?翠屏犹掩金銮。②
猿啼明月照空滩,孤舟行客,惊梦亦艰难。

【笺注】
①十二高峰:巫山十二峰。
②金銮:皇帝的车驾。

【汇评】

汤显祖评《花间集》卷四：非深于行役者，不能为此言。即以《水仙调》当《行路难》可也。

浣溪沙

寂寞流苏①冷绣茵②，倚屏山枕惹香尘。③
小庭花露泣浓春。
刘阮信非④仙洞客，嫦娥终是月中人。
此生无路访东邻。⑤

【笺注】

①流苏：帐上的垂须，此借代为帐子。
②绣茵：彩绣垫褥。
③香尘：香雾。
④信非：确实不是。信，诚然。
⑤东邻：借代为美女之称。宋玉《登徒子好色赋》："臣里之美者，莫若臣东家之子。东家之子，增之一分则太长，减之一分则太短；著粉则太白，施朱则太赤。眉如翠羽，肌如白雪，腰如束素，齿如含贝。嫣然一笑，惑阳城，迷下蔡。然此女登墙窥臣三年，至今未许也。"

【汇评】

①沈雄《古今词话·词品》下卷："露浓香泛小庭花"，阎选袭之为"小庭花露泣浓春"，因改《浣溪沙》为《小庭花》。
②陈廷焯《云韶集》卷二十四：凄艳，已是元明一派。

八拍蛮 二首

其一

云锁嫩黄①烟柳细,风吹红蒂雪梅残。
光景不胜闺阁恨,行行坐坐②黛眉攒。

【笺注】
①嫩黄:指柳色。
②行行坐坐:行坐不安貌。

【汇评】
汤显祖评《花间集》卷四:仄声七言绝句,唐人以入乐府,谓之《阿那曲》,宋人谓之《鸡叫子》。平声绝句以入乐府者,非《杨柳枝》《竹枝》即《八拍蛮》也。

其二

愁锁黛眉烟易惨①,泪飘红脸粉难匀。
憔悴不知缘底事②?遇人推道③不宜春。

【笺注】
①烟易惨:画眉的黑色颜料。
②缘底事:因何事。底,何,疑问代词。杜甫《解闷十二首》之七:"陶冶性灵在底物?新诗改罢自长吟。"
③推道:推说,托辞。

【汇评】
①钟人杰合刻花间草堂本评语:"憔悴不知缘底事?遇人推道不宜

春",情语之入雅者。

②卓人月《古今词统》卷一徐士俊评语:却不道四时天气总愁人。

河 传

秋雨,秋雨。
无昼无夜①,滴滴霏霏。②
暗灯凉簟怨分离,妖姬③,不胜悲。
西风稍急喧窗竹。④
停又续,腻脸悬双玉。⑤
几回邀约雁来时,违期,雁归人不归。

【笺注】

①无昼无夜:不分昼夜的意思。
②滴滴霏霏:形容阴雨连绵不断。
③妖姬:妖艳的女子。
④喧窗竹:使窗前竹枝发响。
⑤腻脸:细润的脸颊。双玉:两行泪。

【汇评】

①汤显祖评《花间集》卷四:三句皆重叠字,大奇大奇。宋李易安《声声慢》,用十叠字起,而以点点滴滴四字结之,盖用此法,而青于蓝。

②陈廷焯《词则·别调集》卷一:起疏爽,结凄婉。

尹鹗 六首

尹鹗,生卒未详。成都(今四川成都附近)人,工诗词,事王衍为校书郎,累官至参佐官,故称尹参卿。

临江仙 二首

其一

一番①荷芰生池沼,槛前风送馨香。②
昔年于此伴萧娘。相偎伫立,牵惹叙衷肠。
时逞笑容③无限态,还如菡萏④争芳。
别来虚遣思悠飏。慵窥往事,金锁小兰房。

【笺注】

①一番:一度,一回。
②馨(xīn)香:芳香,散布得很远的香气。
③逞笑容:展露笑容。曹植《求自试表》:"欲逞其才力,输能于明君也。"
④菡萏:荷花。

【汇评】

茅暎《词的》卷三:托幽芳于芰荷。

其二

深秋寒夜银河静,月明深院中庭。
西窗幽梦等闲①成,逡巡②觉后,特地③恨难平。
红烛半消残焰短,依稀暗背银屏。
枕前何事最伤情?梧桐叶上,点点露珠零。

【笺注】

①等闲:容易,随便。
②逡巡:徘徊不进,滞留。
③特地:特意、特为。罗隐《汴河》诗:"当时天子是闲游,今日行人特地愁。"

【汇评】

沈雄《古今词话·词评》上卷引《柳塘词话》曰:(尹鹗)《临江仙》云:"西窗幽梦等闲成,逡巡觉后,特地恨难平。"又:"昔年于此伴萧娘。相偎伫立,牵惹叙衷肠。"流递于后,令作者不能为怀,岂必曰《花间》《尊前》句皆婉丽也。

满宫花

月沉沉,人悄悄,一炷①后庭香袅。
风流帝子②不归来,满地禁花③慵扫。
离恨多,相见少,何处醉迷三岛?④
漏清宫树子规啼,愁锁碧窗春晓。

【笺注】

①一炷:一支燃烧的香。

②帝子:指湘夫人。《楚辞·九歌·湘夫人》:"帝子降兮北渚,目眇眇兮愁予。"

③禁花:皇宫中的花。

④三岛:古代传说海中有三神山,名曰蓬莱、方丈、瀛洲,仙人所居之处。

【汇评】

①李调元《全五代诗》卷四十六注:鹗工小词,有《满宫花》云(略),盖伤蜀之亡也。

②陈廷焯《云韶集》卷一:绮丽风华,仿佛仲初宫词。

杏园芳

严妆①嫩脸花明,教人见了关情。
含羞举步越罗轻,称娉婷。②
终朝咫尺窥香阁,迢遥似隔层城。
何时休遣③梦相萦?入云屏。④

【笺注】

①严妆:盛装,齐整的妆扮。

②娉婷:形容女子姿态美好。见温庭筠《南歌子》"其六"注。

③休遣:不让。

④入云屏:意思是进入所爱之人的云屏之内,使梦想变为现实。

【汇评】

沈雄《古今词话·词评》上卷引《柳塘词话》:尹鹗《杏园芳》第二句"教人见了关情",末句"何时休遣梦相萦",遂开柳屯田俳调。

醉公子

暮烟笼薜砌,戟门①犹未闭。
尽日醉寻春,归来月满身。
离鞍偎绣袂,坠巾花乱缀。②
何处恼佳人?檀痕③衣上新。

【笺注】

①戟(jǐ)门:富贵人家的门。《周礼·天官·掌舍》:"为坛宫壝棘门。"郑玄注:"棘门,以戟为门。"又古代宫门插戟,故亦为宫门的别称。《战国策·楚策四》:"楚考烈王崩,李园果先入,置死士,止于棘门之内。"唐代官、阶、勋俱三品得立戟于门。

②"离鞍"二句:意思是男子下马后,醉态恍惚,紧靠搀扶者的绣腕,垂下的头巾上花片散乱地点缀着。

③檀痕:口红痕迹。

【汇评】

①汤显祖评《花间集》卷四:一年几见月当头,"归来月满身",良非易事。世上也有会得醉的公子。

②沈雄《古今词话·词品》下卷:词有写景入神者,尹鹗云:"尽日醉寻春,归来月满身。"

菩萨蛮

陇①云暗合秋天白,俯窗独坐窥烟陌。②

楼际角重吹,黄昏方醉归。
荒唐难共语,明日还应去。
上马出门时,金鞭莫与伊。

【笺注】
①陇:泛指今甘肃一带,因有陇山而得名。
②烟陌:尘雾弥漫的道路。

【汇评】
①陈廷焯《云韶集》卷一:慧心密意,令人叫绝。娇痴之情可掬。
②况周颐《餐樱庑词话》:尹鹗《菩萨蛮》云云,由未归说到醉归,由"荒唐难共语",想到明日出门时,层层转折,与无名氏《醉公子》略同。"金鞭莫与伊",尤有不尽之情,痴绝,昵绝,《全唐诗》附鹗词十六阕,此阕最为佳胜。

毛熙震 十六首

毛熙震,生卒未详。蜀(今四川)人,官至秘书监。

浣溪沙 七首

其一

春暮黄莺下砌前,水晶帘影露珠悬。
绮霞①低映晚晴天。
弱柳万条垂翠带,残红满地碎香钿。②
蕙风飘荡散轻烟。

【笺注】

①绮霞:彩霞。
②"残红"句:为落花满地如香钿碎地。

其二

花榭香红烟景迷,满庭芳草绿萋萋。
金铺闲掩绣帘低。
紫燕一双娇语碎①,翠屏十二晚峰齐。
梦魂消散醉空闺。

【笺注】

①紫燕:又称越燕,燕之一种。宋罗愿《尔雅翼·释鸟》:"越燕小而多声,颔下紫,巢于门楣上,谓之紫燕,亦谓之汉燕。"碎:形容燕语呢喃之声细密而清脆。

其三

晚起红房①醉欲消,绿鬟云散袅金翘。②
　　　　雪香花语③不胜娇。
好是④向人柔弱处,玉纤时急绣裙腰。
　　　　春心牵惹转无憀。

【笺注】

①红房:闺房。

②金翘:金制首饰,形如鸟尾上的长羽。

③雪香花语:形容女子娇态。"雪香"是指肌肤白而香,"花语"是指言语柔美。

④好是:好在,妙在。

其四

一只横钗坠髻丛①,静眠珍簟起来慵。
　　　　绣罗红嫩抹酥胸。②
羞敛细蛾魂暗断,困迷无语思犹浓。
　　　　小屏香霭③碧山重。

【笺注】

①坠髻丛:坠落在散乱的鬓发中。

②"绣罗"句:红色的绣罗紧贴着柔腻松软的胸脯。抹:掩住、贴住。
③香霭:香烟。

【汇评】

钟人杰合刻花间草堂本评语:词语纤秾,情致小韵耳。

其五

云薄罗裙绶带①长,满身新裛②瑞龙香。③
　　　　翠细斜映艳梅妆。④
佯不觑人⑤空婉约,笑和娇语太猖狂。⑥
　　　　忍教牵恨暗形相。⑦

【笺注】

①绶带:彩色丝带。
②裛(yì):用香熏。
③瑞龙香:即龙涎香。参见顾夐《甘州子》"其一"注。
④梅妆:即"梅花妆",古代妇女的一种美艳妆型。见牛峤《酒泉子》注。
⑤佯不觑(qù)人:假装不看人。觑,眯着眼睛看。
⑥猖狂:放任而无拘束,这里是娇纵之意。
⑦形相:端详、细看。

【汇评】

沈际飞《草堂诗馀别集》卷一:说风骚,千真万真。可敌光宪。

其六

碧玉冠轻袅燕钗①,捧心②无语步香阶。
　　　　缓移弓底绣罗鞋。③
暗想欢娱何计好?岂堪期约有时乖。

日高深院正忘怀。

【笺注】
①燕钗:如燕形的金钗。
②捧心:即西施捧心,表示病态或娇态。《庄子·天运》:"故西施病心而矉其里,其里之丑人见而美之,归亦捧心而矉其里。"
③弓底绣罗鞋:古代缠足的妇女所穿的鞋。陶宗仪《辍耕录·缠足》引《道山新闻》曰:"李后主宫嫔窅娘,纤丽善舞。后主作金莲,高六尺……令窅娘以帛绕脚,令纤小,屈上作新月状,素袜舞云中,回旋有凌云之态。"据传为女子缠足之始。

其七
半醉凝情①卧绣茵,睡容无力卸罗裙。
　　　　玉笼鹦鹉厌听闻。
慵整落钗金翡翠,象梳②欹鬓月生云。
　　　　锦屏绡幌③麝烟熏。

【笺注】
①凝情:情意专注。
②象梳:用象牙或兽骨制成的如弯月般的梳形首饰。
③绡幌:用薄绸做的幔帘。幌,布幔。

【汇评】
①汤显祖评《花间集》卷四:七首中丽字名句,巧韵纤词,故自相逼,然气韵和平,犹中土之音也。
②沈雄《古今词话·词评》上卷引《柳塘词话》:毛熙震词,"象梳欹鬓月生云","玉纤时急绣裙腰"……不止以浓艳见长也,卒章情致尤为可爱。

临江仙 二首

其一

南齐天子宠婵娟[①],六宫罗绮三千。
潘妃娇艳独芳妍,椒房兰洞,云雨降神仙。
纵态迷欢心不足,风流可惜当年。
纤腰婉约步金莲,妖君倾国[②],犹自至今传。

【笺注】
①南齐天子:南朝齐废帝东昏侯。婵娟:此处特指潘妃。《南史·齐东昏侯纪》:"东昏侯之潘妃,名玉儿,侯宠之甚,尝凿地为金莲花,令妃行其上,曰:'此步步生莲花也。'后梁武帝入建康,见潘妃色美,欲纳之,王茂谏曰:'此尤物也,不可留。'将以赠田安启,玉儿不从,自缢死。"
②妖君倾国:指潘妃媚惑君主而倾覆国家。

【汇评】
汤显祖评《花间集》卷四:长短句盛于宋人,然往往有曲诗、曲论之弊,非词之本色也。此等漫衍无情,亦复未能免此。

其二

幽闺欲曙闻莺啭,红窗月影微明。
好风频谢落花声,隔帷残烛,犹照绮屏筝。
绣被锦茵眠玉[①]暖,炷香斜袅烟轻。
淡蛾羞敛不胜情,暗思闲梦,何处逐云行?

【笺注】

①眠玉:睡眠中的女子,言其肌肤如玉。

【汇评】

陈廷焯《白雨斋词话》卷五:闺情之作,虽属词中下乘,然亦不易工。盖摹色绘声,碍难着笔,第言姚冶,易近纤佻;兼写幽贞,又病迂腐。然则如何而可?曰:根底于风骚,涵泳于温韦,以之作正声也可,以之作艳体亦无不可。古人词若毛熙震之"暗思闲梦,何处逐云行",似此则婉转缠绵,情深一往,丽而有则,耐人寻味。其次则牛松卿"强攀桃李枝,敛愁眉",又"弹到昭君怨处,翠娥愁,不抬头",牛希济之"红豆不堪看。满眼相思泪",均不失为风流酸楚。今人不知作词之难,至于艳词更以无足轻重,率尔操觚,扬扬得意,不自知其可耻,此《关雎》之不作也!此郑声之所以盈天下也!此则余之惧也!

更漏子 二首

其一

秋色清,河影①淡,深户烛寒光暗。
绡幌碧,锦衾红,博山香炷融。②
更漏咽,蛩鸣切,满院霜华如雪。
新月上,薄云收,映帘悬玉钩。③

【笺注】

①河影:银河影。
②香炷融:香料已销融,即已燃尽。
③玉钩:指月亮。

其二

烟月寒,秋夜静,漏转金壶初永。

罗幕下,绣屏空,灯花结碎红。

人悄悄,愁无了,思梦不成难晓。

长忆得,与郎期,窃香私语①时。

【笺注】

①窃香私语:指男女幽会偷情之事。据《晋书·贾充传》载:"韩寿美姿貌,贾充女见而悦之,潜通音好,时西域贡奇香,一着人则经月不歇。帝惟赐充,充女密窃而私贻寿。"以后便以"窃香"来指代男女偷情之事。

【汇评】

卓人月《古今词统》卷六徐士俊评语:词尾余情几许。

女冠子 二首

其一

碧桃红杏,迟日媚笼光影,彩霞深。

香暖熏莺语,风情引鹤音。①

翠鬟冠玉叶②,霓袖③捧瑶琴。

应共吹箫侣④,暗相寻。

【笺注】

①鹤音:仙鹤之声。

②冠玉叶:即戴玉叶冠。

③霓袖:彩袖。

④吹箫侣:用萧史和弄玉典故。

【汇评】

沈际飞《草堂诗馀别集》卷一:神清气肃。

其二

修蛾慢脸①,不语檀心②一点,小山妆。③
蝉鬓低含绿,罗衣淡拂黄。
闷来深院里,闲步落花傍。
纤手轻轻整,玉炉香。

【笺注】

①修蛾:细长的眉毛。慢脸:美丽的脸颊。慢,通"曼",柔美。
②檀心:檀注涂抹的口红。
③小山妆:妇女发型之一,发髻高耸如小山形。

【汇评】

①钟人杰合刻花间草堂本评语:"小院花落春寂寂"与"闷来深院里,闲步落花傍",语同一致,然不及"小院"句含蓄多矣,孰谓后人不如先辈也。
②汤显祖评《花间集》卷四:"香暖"、"蝉鬓"四语,俱绝对。而"薰"字、"引"字、"低含""淡拂"字,尤见精工。

清平乐

春光欲暮,寂寞闲庭户。
粉蝶双双穿槛舞,帘卷晚天疏雨。
含愁独倚闺帏,玉炉烟断香微。①

正是消魂时节,东风满树花飞。

【笺注】
①香微:香快要燃烧完。

【汇评】
①沈雄《古今词话·词评》上卷引《柳塘词话》:《清平乐》云:"正是消魂时节,东风满树花飞。"试问今人弄笔,能出一头地否?
②陈廷焯《词则·别调集》卷一:情味宛然。

南歌子 二首

其一

远山愁黛①碧,横波②慢脸明。
　　腻香红玉③茜罗轻。
深院晚堂人静,理银筝。

鬓动行云影,裙遮点屐声。④
　　娇羞爱问曲中名。⑤
杨柳杏花时节,几多情。

【笺注】
①远山愁黛:喻愁眉。见温庭筠《菩萨蛮》"其十三"注。
②横波:喻眼波。
③腻香红玉:喻肌肤细腻红润。
④点屐声:木屐着地的声音。屐,木屐,底有二齿,以行泥地。
⑤曲中名:曲调名。

【汇评】

①玄览斋刊本页眉朱批：娇情欲滴。
②陈廷焯《云韶集》卷一：风流蕴藉，妖而不妖。

其二

惹恨还添恨，牵肠即断肠。
　　　　凝情不语一枝芳。①
　　独映画帘闲立，绣衣香。
　　暗想为云女②，应怜傅粉郎。③
　　　　晚来轻步出闺房。
　　髻慢钗横无力，纵猖狂。

【笺注】

①一枝芳：指女子沉静不语如一枝鲜花。
②为云女：指巫山神女，旦为朝云，暮为行雨。这里泛指多情美女。
③傅粉郎：如施粉于面的美少年。三国时魏人何晏，字平叔，皮肤白皙如傅粉。《初学记》卷十九引晋裴启《语林》："何平叔美姿仪而绝白。魏文帝疑其著粉，夏月与热汤饼。既啖，大汗出，随以朱衣自拭，色转皎然。"

花间集卷第十

毛熙震 十三首

河满子 二首

其一

寂寞芳菲①暗度,岁华如箭堪惊。
缅想②旧欢多少事,转添春思难平。
曲槛丝垂金柳,小窗弦断银筝。
深院空闻燕语,满园闲落花轻。
一片相思休不得,忍教长日愁生。
谁见夕阳孤梦?觉来无限伤情。

【笺注】
①芳菲:花草繁茂,这里用以喻美好的青春。刘禹锡《春日书怀》诗:"野草芳菲红锦地,游丝撩乱碧罗天。"
②缅想:追想、缅怀。

其二

无语残妆淡薄,含羞弹袂①轻盈。
几度香闺眠过晓②,绮窗疏日微明。
云母帐③中偷惜,水晶枕上初惊。
笑靥嫩疑花坼④,愁眉翠敛山横。

相望只教添怅恨,整鬟时见纤琼。⑤

独倚朱扉闲立,谁知别有深情?

【笺注】

①䩆(duǒ)袂:衣袖下垂。

②眠过晓:睡过了早晨。

③云母帐:以云母装饰的帐幔,泛指精致的帐幔。

④"笑靥"句:谓笑时娇嫩得如初绽之花。

⑤纤琼:纤细如玉的手指。

【汇评】

①汤显祖评《花间集》卷四:艳丽亦复温文,更不易得。若徒事铺排,即中调厌人,况长调乎。

②沈际飞《草堂诗馀别集》卷三评前半阕:端丽。(又评结句)不解其所以,而遐渊冲妙。

小重山

梁燕双飞画阁前,寂寥多少恨,懒孤眠。

晓来闲处想君怜,红罗帐,金鸭冷沉烟。①

谁信损婵娟,倚屏啼玉箸②,湿香钿。

四肢无力上秋千,群花谢,愁对艳阳天。

【笺注】

①"金鸭"句:谓金鸭形香炉内沉香烟已熄灭。

②玉箸:晶莹的泪行。

定西番

苍翠浓阴满院,莺对语。
蝶交飞,戏蔷薇。
斜日倚栏风好,馀香①出绣衣。
未得玉郎②消息,几时归?

【笺注】
①馀香:剩留的香气。
②玉郎:对丈夫的爱称。

【汇评】
钟人杰合刻花间草堂本评语:"戏蔷薇"三字绝幽。

木兰花

掩朱扉,钩翠箔①,满院莺声春寂寞。
匀粉泪,恨檀郎,一去不归花又落。
对斜晖,临小阁,前事岂堪重想着。
金带②冷,画屏幽,宝帐慵熏兰麝薄。

【笺注】
①翠箔(bó):翠色帘子。
②金带:指金带枕头。

后庭花 三首

其一

莺啼燕语芳菲节，瑞庭①花发。

昔时欢宴歌声揭②，管弦清越。

自从陵谷③追游歇，画梁尘黦。④

伤心一片如圭月⑤，闲锁宫阙。

【笺注】

①瑞庭：庭院的美称。瑞，吉祥之意。

②揭：高举，高扬。

③陵：丘陵。谷：山谷。丘陵变山谷，山谷变丘陵。比喻世事变迁。《诗经·小雅·十月之交》："高岸为谷，深谷为陵。"

④黦(yuè)：东西打湿后出现黄黑色斑纹。

⑤如圭月：如圭玉般皎洁的月亮。圭，玉器的一种。

【汇评】

①王灼《碧鸡漫志》卷五：伪蜀时，孙光宪、毛熙震、李珣有《后庭花》曲，皆赋后主故事，不著宫调，两段各四句，似令也。

②汤显祖评《花间集》卷四："黦"字，诗词中不多见，即集中惟韦庄《应天长》"泪沾红袖黦"一语，语本周处《风土记》："梅雨沾衣服，皆败黦。"皆黑而有文者。

其二

轻盈舞妓含芳艳，竞妆新脸。

步摇①珠翠修蛾敛，腻鬟云染。

歌声慢发开檀点②,绣衫斜掩。
时将纤手匀红脸,笑拈金靥。③

【笺注】
①步摇:古时妇女的一种首饰,行步则动摇。多为贵族妇女所戴。晋傅玄《艳歌行》:"头安金步摇,耳系明月珰。"
②檀点:涂有檀红的口,又称"檀口"。
③金靥:女子脸上贴的金黄色妆饰品。

其三
越罗小袖新香蒨①,薄笼金钏。②
倚栏无语摇轻扇,半遮匀面。
春残日暖莺娇懒,满庭花片。
怎不教人长相见?画堂深院。

【笺注】
①蒨(qiàn):大红色,同"茜"。
②薄笼金钏:薄纱笼着戴金钏的手腕。

【汇评】
钟人杰合刻花间草堂本评语:"越罗小袖新香蒨,薄笼金钏",词致鲜丽。

酒泉子 二首

其一

闲卧绣帷,慵想万般情宠。①
锦檀②偏,翘股③重。翠云攲。④
暮天屏上春山碧,映香烟雾隔。
蕙兰心,魂梦役。⑤敛蛾眉。

【笺注】

①"慵想"句:谓懒得去想往日万般受宠爱的深情。
②锦檀:锦绣的檀枕。
③翘股:金钗之类的首饰。
④翠云攲:鬟髻偏斜。
⑤魂梦役:被梦魂中的情感所牵役。

【汇评】

①钟人杰合刻花间草堂本评语:毛熙震"暮天屏上春山碧",温庭筠"剪断鲛绡破春碧",押二"碧"字,俱晚唐佳境。
②汤显祖评《花间集》卷四:"手抵着牙腮,慢慢的想",知从此处翻案,觉两两尖新。

其二

钿匣①舞鸾,隐映艳红修碧。②
月梳斜,云鬓腻。粉香寒。
晓花微敛轻呵展③,袅钗金燕④软。

日初升,帘半卷。对妆残。

【笺注】
①钿匣:梳妆盒。
②艳红修碧:红润的脸,黛色的长眉。
③"晓花"句:意思是早晨的花微闭,轻轻呵口气就展开了。
④金燕:燕形状金钗。

【汇评】
沈雄《古今词话·词评》上卷引《柳塘词话》:毛熙震词"象梳欹鬓月生云","玉纤时急绣裙腰","晓花微敛轻呵展,袅钗金燕软",不止以浓艳见长也,卒章情致尤为可爱。

菩萨蛮 三首

其一

梨花满院飘香雪①,高楼夜静风筝②咽。
斜月照帘帷,忆君和梦稀。
小窗灯影背,燕语惊愁态。
屏掩断香飞,行云山外归。

【笺注】
①香雪:喻梨花。
②风筝:悬挂在屋檐下的金属片,风起作声,又称"铁马"。李商隐《燕台》诗:"西楼一夜风筝急。"

【汇评】
①钟人杰合刻花间草堂本评语:"高楼夜静风筝咽"与"小楼吹彻玉笙

寒",并为佳句。以唐诗论,一为开元大历,一为西昆香奁,此等处正当辨。

②陈廷焯《词则·别调集》卷一:幽艳,得飞卿之意。

其二

绣帘高轴①临塘看,雨翻荷芰真珠②散。

残暑晚初凉,轻风渡水香。

无聊悲往事,怎奈牵情思?

光景暗相催,等闲③秋又来。

【笺注】

①高轴:高卷。轴,帘轴,此作动词用。

②真珠:指荷叶上的雨珠。

③等闲:指轻易,随便。

其三

天含残碧融春色,五陵①薄幸无消息。

尽日掩朱门,离愁暗断魂。

莺啼芳树暖,燕拂回塘满。

寂寞对屏山,相思醉梦间。

【笺注】

①五陵:指汉高帝长陵、惠帝安陵、景帝阳陵、武帝茂陵、昭帝平陵。都在渭水北岸今咸阳附近。每立陵墓,即迁四方豪富及外戚于此居住。故五陵多纨绔子弟,古诗多以"五陵年少""五陵豪"称之。此处则以"五陵"指代纨绔子弟。

李珣 三十七首

李珣,生卒年不详。字德润,梓州(今四川三台)人。其先为波斯人,后入蜀中。其妹舜弦,为前蜀王衍昭仪。少小苦学,有诗名,以秀才豫宾贡,事蜀主王衍,与成都才士尹鹗相善。国亡,不仕。李珣词有《琼瑶集》,今已佚。事迹见《鉴戒录》卷四、《茅亭客话》卷二、《十国春秋》卷四四本传。

浣溪沙 四首

其一

入夏偏宜①淡薄妆,越罗衣褪郁金②黄。
翠钿③檀注④助容光。
相见无言还有恨,几回抈却⑤又思量。
月窗香径梦悠飏。

【笺注】
①偏宜:最宜,特别合适。
②郁金:草名,可制黄色染料,多年生草本,高二三尺,与百合科郁金香不同。
③"翠钿"句:意思是翠色钗钿,红色胭脂,更加增添了她美艳的容光。
④檀注:所涂口红。
⑤抈却:抛弃。意思是赌气要与之断绝。

【汇评】
钟人杰合刻花间草堂本评语:"越罗衣裾郁金黄",丽语之香艳者。

其二

晚出闲庭看海棠,风流学得内家妆。①
小钗横戴一枝芳。
镂玉梳②斜云鬓腻,缕金衣透雪肌香。
暗思何事立残阳?

【笺注】
①内家妆:皇宫内的妆束,即宫女们的妆扮模样。封建时代,皇宫为"大内",也称"内家"。
②镂玉梳:雕花的玉梳子。

【汇评】
①沈际飞《草堂诗馀别集》卷一:情深无际。
②陈廷焯《云韶集》卷一:如画。"暗思何事立残阳",其妙在说不出处。

其三

访旧伤离欲断魂,无因①重见玉楼人。
六街微雨镂香尘。②
早为不逢巫峡梦,那堪虚度锦江春?
遇花倾酒莫辞频。

【笺注】
①无因:没有机缘。
②六街:泛指繁华的闹市。唐代长安城中左、右有六条大街。司空图

《省试》:"闲系长安千匹马,今朝似灭六街尘。"镂香尘:意思是雨洒在落花铺遍的地上。

【汇评】

①汤显祖评《花间集》卷四:"镂香尘"句妙,然"镂尘"二字出《关尹子》。李易安"清露晨流,新桐初引",乃《世说》全文。词虽小计,亦须多读书者方为许之。

②李调元《雨村词话》卷一:"镂"字则尖新少意味矣。

其四

红藕花香到槛频,可堪闲忆似花人。
　　　　　　旧欢如梦绝音尘。①
　翠叠画屏山隐隐②,冷铺纹簟水潾潾。③
　　　断魂何处一蝉新?④

【笺注】

①绝音尘:断绝了音信。
②隐隐:隐约不明貌。
③"冷铺"句:铺上冰凉的簟席,簟纹如水波潾潾。
④一蝉新:一声新蝉。

【汇评】

①钟人杰合刻花间草堂本评语:"可堪闲忆似花人"与"只看如花柳下人",语不同,意致正相似。

②李调元《雨村词话》卷一:李珣工于《浣溪沙》词。其词类七言,须于一句中含无限远神方妙。如"入夏偏宜浅淡妆",又"暗思何事立残阳",又"断魂何处一蝉新",皆有不尽之意。至"六街微雨镂香尘","镂"字则尖新少意味矣。

325

渔歌子 四首

其一

楚山青,湘水绿,春风淡荡①看不足。
草芊芊②,花簇簇,渔艇棹歌③相续。
信浮沉④,无管束,钓回乘月归湾曲。
酒盈樽,云满屋,不见人间荣辱。

【笺注】
①淡荡:犹"骀(dài)荡",舒缓荡漾的样子。常用来形容春天的景色。
②芊芊:草茂盛的样子。
③棹歌:渔歌。
④信浮沉:听任渔舟自在地起落。喻旷达超世,听其自然。

其二

荻花秋,潇湘夜,橘洲①佳景如屏画。
碧烟中,明月下,小艇垂纶②初罢。
水为乡,篷作舍,鱼羹稻饭常餐也。
酒盈杯,书满架,名利不将心挂。

【笺注】
①橘洲:在长沙市境内湘江中,又名下洲,旧时多橘,故又称"橘子洲",或名"水鹭洲""水陆洲""长岛"。
②垂纶(lún):垂钓。纶,较粗的丝线,常指钓鱼线。

【汇评】

钟人杰合刻花间草堂本评语:此阕字字堪画。

其三

柳垂丝,花满树,莺啼楚岸①春山暮。

棹轻舟,出深浦,缓唱渔歌归去。

罢垂纶,还酌醑②。孤村遥指云遮处。

下长汀③,临浅渡,惊起一行沙鹭。

【笺注】

①楚岸:生有丛树的河岸。楚,丛林。

②酌醑(xǔ):饮美酒。醑,美酒。庾信《灯赋》:"中山醑清。"

③长汀:水中长形的洲地。

【汇评】

李调元《雨村词话》卷一:世皆推张志和《渔父》词以"西塞山前"一首为第一。余独爱李珣词云:"柳垂丝,花满树(略)。"不减"斜风细雨不须归"也。

其四

九疑山①,三湘水②,芦花时节秋风起。

水云间,山月里,棹月穿云③游戏。

鼓清琴,倾渌蚁④,扁舟自得逍遥志。

任东西,无定止,不议人间醒醉。

【笺注】

①九疑山:山名,传说舜葬于此山,峰秀岭奇。见鹿虔扆《虞美人》注。

②三湘水：湘水发源与漓水合流后称漓湘，中游与潇水合流后称潇湘，下游与蒸水合流称为蒸湘，总名三湘。这里指湘江水域。
③棹月穿云：月和云倒映水中，舟行其上，故云。
④渌蚁：酒。浊酒有滓，初热时如蚁浮于酒面，呈淡绿色。谢朓《在郡卧病呈沈尚书》诗："嘉鲂聊可荐，渌蚁方独持。"

【汇评】

钟人杰合刻花间草堂本评语：歌此数阕，张志和词不能独擅千古。

巫山一段云 二首

其一

有客经巫峡，停桡①向水湄。②
楚王曾此梦瑶姬③，一梦杳无期。
尘暗珠帘卷，香消翠幄垂。
西风回首不胜悲，暮雨洒空祠。

【笺注】

①桡(ráo)：船桨。此以"桡"借代为船。
②水湄(méi)：岸边，水与草相结合处。《诗经·秦风·蒹葭》："所谓伊人，在水之湄。"毛传："湄，水岸也。"
③"楚王"句：用楚王与神女相会典故。瑶姬：美丽的仙女。

其二

古庙①依青嶂②，行宫枕③碧流。
水声山色锁妆楼④，往事思悠悠。

云雨朝还暮,烟花春复秋。
啼猿何必近孤舟,行客自多愁。

【笺注】
①古庙:指楚王为巫山神女所立的庙。
②青嶂(zhàng):青山。嶂,高险像屏障的山。
③行宫:帝王出游临时住的宫室,这里是指楚王云梦泽畔高唐观的旧址。陆游《入蜀记》又载:"早抵巫山县……游楚故高宫,俗谓之细腰宫。有一池,亦当时宫中燕游之地,今湮没略尽矣。三面皆荒山,南望江山奇丽。"枕:行宫靠水而筑。
④妆楼:昔日行宫里嫔妃们所住的楼阁。

【汇评】
①汤显祖评《花间集》卷四:客子常畏人,酸语不减楚些。
②沈际飞《草堂诗馀别集》卷一:宛行湘川庙竹下。
③陈廷焯《云韶集》卷一:"啼猿"二语,语浅情深。不必啼猿,行客自多愁,又况闻啼猿乎!

临江仙 二首

其一

帘卷池心小阁虚,暂凉闲步徐徐。
芰荷经雨半凋疏①,拂堤垂柳,蝉噪夕阳馀。
不语低鬟幽思远,玉钗斜坠双鱼。②
几回偷看寄来书,离情别恨,相隔欲何如?

【笺注】

①凋疏:零落稀疏。

②双鱼:鱼形饰物。

【汇评】

①汤显祖评《花间集》卷四:不了语作结,亦自有法。

②茅暎《词的》卷三:幽恨如新。

其二

莺报①帘前暖日红,玉炉残麝犹浓。

起来闺思尚疏慵②,别愁春梦,谁解此情悰?③

强整娇姿临宝镜,小池一朵芙蓉。

旧欢无处再寻踪,更堪回顾,屏画九疑峰。

【笺注】

①莺报:莺啼报晓。

②疏慵:疏慢懒散,精神不振。

③情悰(cóng):情感,情绪。悰,心情,思绪。谢朓《游东田》诗:"戚戚苦无悰,携手共行乐。"

【汇评】

况周颐《蕙风词话》卷二:李德润《临江仙》云:"强整娇姿临宝镜,小池一朵芙蓉。"是人是花,一而二,二而一。句中绝无曲折,却极形容之妙。昔人名作此等佳处,读者每易忽之。

南乡子 十首

其一
烟漠漠①,雨凄凄,岸花零落鹧鸪啼。
远客扁舟临野渡②,思乡处,潮退水平春色暮。

【笺注】
①漠漠:烟雾迷蒙的样子。杜甫《茅屋为秋风所破歌》:"俄倾风定云墨色,秋天漠漠向昏黑。"
②临野渡:靠近荒野渡口处。

【汇评】
①钟人杰合刻花间草堂本评语:"潮退水平春色暮",便是《草堂》隽句。
②沈雄《古今词话·词评》上卷:周草窗曰:"李珣辈俱蜀人,各制《南乡子》数首以志风土,《竹枝》体也。"

其二
兰棹举,水纹开,竞携藤笼①采莲来。
回塘深处遥相见,邀同宴,渌酒一卮②红上面。

【笺注】
①藤笼:采莲时所用的藤筐。
②渌酒:美酒。渌,同"醁"。酒上有绿色的浮泡,又称"绿蚁"。卮(zhī):酒杯。

【汇评】
①汤显祖评《花间集》卷四:这般染法,亦画家七十二色之最上乘也。

墨子当此,定无素丝之悲。

②陈廷焯《云韶集》卷一:娇态如见。

其三

归路近,扣舷歌,采真珠①处水风多。

曲岸小桥山月过,烟深锁,豆蔻花②垂千万朵。

【笺注】

①真珠:珍珠。蚌壳内所生的圆形颗粒,可作贵重的妆饰品和药品。古时珠崖郡与合浦郡均以产珍珠著名。

②豆蔻花:多年生草本植物,初夏开淡黄花,密集成穗状,秋结实,多生于我国。

其四

乘彩舫①,过莲塘,棹歌惊起睡鸳鸯。

游女带香偎伴笑,争窈窕②,竞折团荷遮晚照。

【笺注】

①彩舫(fáng):有彩绘的船。

②窈窕(yǎo tiǎo):姿态美好貌。

【汇评】

①钟人杰合刻花间草堂本评语:"竞折团荷遮晚照",韵致风流,大胜东坡所记鬼仙诗"摘将荷叶盖头归"句。

②茅暎《词的》卷三:景真意趣。

其五

倾绿蚁,泛红螺①,闲邀女伴簇笙歌。

避暑信船②轻浪里,闲游戏,夹岸荔枝红蘸水。

【笺注】
①泛:溢出。红螺:一种软体动物,其壳可制为酒杯。
②信船:纵任小舟漂流。

【汇评】
卓人月《古今词统》卷三徐士俊评语:为闽粤诸村传谱。

其六

云带雨,浪迎风,钓翁回棹①碧湾中。
春酒香熟②鲈鱼美,谁同醉?缆却扁舟篷底睡。③

【笺注】
①回棹:回船。
②春酒香熟:应为"酒香春熟"之误。
③缆却:以绳系住船。篷底:船篷下。

【汇评】
汤显祖评《花间集》卷四:帆底一樽,马头千里,亦自有荣辱。如此睡,仿佛希夷千日矣。

其七

沙月静,水烟轻,芰荷香里夜船行。
绿鬟红脸谁家女?遥相顾,缓唱棹歌极浦①去。

【笺注】
①极浦:遥远的水边。

【汇评】

钟人杰合刻花间草堂本评语:伊法中不嫌肤嫩。

其八

　　渔市散,渡船稀,越南①云树望中微②。
行客待潮③天欲暮,送春浦,愁听猩猩④啼瘴雨⑤。

【笺注】

①越南:今闽粤一带。越,通"粤"。
②望中微:望去微茫一片。微,隐约。
③待潮:待潮涨而便于船起锚。
④猩猩:又称褐猿,前肢特长,体高一米多,树栖,能直立行走。李白《远别离》诗:"猩猩烟兮鬼啸雨。"
⑤瘴雨:瘴气所凝聚而成的雨。瘴,古代中原人认为南方山林间的湿热病邪,可使人致病。杜甫《梦李白》诗:"江甫瘴病地,逐客无消息。"

【汇评】

①钟人杰合刻花间草堂本评语:"愁听猩猩啼瘴雨",读之生巴蜀之思。
②陈廷焯《云韶集》卷一:"啼瘴雨"三字,笔力精湛,仿佛古诗。

其九

　　拢云髻,背犀梳①,焦红②衫映绿罗裾。
越王台③下春风暖,花盈岸,游赏每邀邻女伴。

【笺注】

①犀梳:以犀角制作的梳子。背犀梳即反插梳子。
②焦红:即"蕉红",用红蕉花染成的深红色。
③越王台:遗址在今广东省广州市北越秀山上,汉时南越王赵佗所筑。

【汇评】

钟人杰合刻花间草堂本评语:"焦红衫映绿罗裙",出句是飘洒有致。

其十

相见处,晚晴天,刺桐①花下越台前。
暗里回眸深属意②,遗双翠,骑象背人先过水。

【笺注】

①刺桐:又名"海桐",落叶乔木,枝上有黑色棘刺,花有橙红、紫红等色。
②深属(zhǔ)意:表示深切的情意。属意,留意,寄托情意。刘琨《答卢谌诗序》:"不复属意于文,二十馀年矣。"

【汇评】

①汤显祖评《花间集》卷四:轻弓短箭,独擅所长,故十调皆有超语。
②陈廷焯《词则·闲情集》卷一:情态可想。

女冠子 二首

其一

星高月午①,丹桂②青松深处。
醮坛开,金磬敲清露,珠幢立翠苔。③
步虚声缥缈,想象思徘徊。
晓天归去路,指蓬莱。

【笺注】

①月午:月挂中天,即午夜。

②丹桂：桂树的一种，叶如桂，皮赤色。左思《吴都赋》："洪桃屈盘，丹桂灌丛。"

③磬（qìng）：古代的一种打击乐器，形如钵，以铜制成。幢（chuáng）：仪仗中的一种旗帜。

【汇评】

①汤显祖评《花间集》卷四：一意空翻到底，而点缀古雅，殊不强人意，似富于才而贫于学者。

②况周颐《餐樱庑词话》：李秀才词，清疏之笔，下开北宋人体格。五代小词，大都奇艳如古蕃锦，惟李德润词，有以清胜者，如《酒泉子》云："秋雨联绵（略）。"前调云："秋月婵娟（略）。"《浣溪沙》云："翠叠画屏山隐隐，冷铺纹簟水潾潾，断魂何处一蝉新。"所云下开北宋人体格者也。有以质胜者，《西溪子》云："归去想娇娆，暗销魂。"《中兴乐》云："忍孤前约，教人花貌，虚老风光。"宋人惟吴梦窗能为此等质句，愈质愈厚，盖五代词已开其先矣。

其二

春山夜静，愁闻洞天①疏磬。
玉堂②虚，细雾垂珠珮，轻烟曳翠裾。③
对花情脉脉，望月步徐徐。
刘阮今何处？绝来书！

【笺注】

①洞天：仙人所住处，多于山洞，道家称之为洞天。

②玉堂：仙人所居之堂。晋庾阐《游仙诗》："神岳竦丹霄，玉堂临雪岭。"

③"细雾"二句：谓云雾轻烟中，仙女珠佩摇曳，翠裙飘扬。

酒泉子 三首

其一

寂寞青楼,风触绣帘珠碎撼。①
　　　　　　月朦胧,花暗淡。锁春愁。
寻想往事依稀梦,泪脸露桃红色重。
　　　　　　鬓欹蝉②,钗坠凤。思悠悠。

【笺注】
①珠碎撼:珠翠零乱地摇动。
②鬓欹蝉:蝉鬓倾斜。

其二

　　　　　雨渍①花零,红散香凋池两岸。
　　　　　　别情遥,春歌断。掩银屏。
孤帆早晚离三楚②,闲理钿筝愁几许。
　　　　　　曲中情,弦上语。不堪听!

【笺注】
①渍(zì):浸泡、淋湿。
②三楚:楚国疆域的别称。《史记·货殖列传》以淮北沛、陈、汝南、南郡为西楚;彭城以东东海、吴、广陵为东楚;衡山、九江、江南豫章、长沙为南楚。此用"三楚"乃泛指。

其三

秋雨联绵,声散败荷丛里。

那堪深夜枕前听。酒初醒。

牵愁惹思更无停,烛暗香凝①天欲曙。

细和烟,冷和雨。透帘旌。②

【笺注】

①香凝:香灭。

②"细和烟"三句:意思是窗外的细烟冷雨,透过了帘幕。

其四

秋月婵娟①,皎洁碧纱窗外。

照花穿竹冷沉沉,印池心。②

凝露滴,砌蛩吟,惊觉谢娘残梦。

夜深斜傍枕前来,影徘徊。

【笺注】

①婵娟:形容形态美好。

②印池心:此句与前句"照花穿竹冷沉沉"押同韵,而与"影徘徊"不同韵。这是这首词与一般[酒泉子]格律不同处。

望远行 二首

其一

春日迟迟①思寂寥,行客关山路遥。

琼窗②时听语莺娇,柳丝牵恨一条条。
休晕绣③,罢吹箫,貌逐残花暗凋。
同心犹结旧裙腰④,忍辜风月度良宵。

【笺注】
①迟迟:舒缓。《诗经·豳风·七月》:"春日迟迟,采蘩祁祁。"
②琼窗:雕饰精美的窗户。
③晕绣:一种刺绣的工艺。
④"同心"句:谓腰带仍系着同心结。梁武帝《有所思》诗:"腰中双绮带,梦为同心结。"

其二

露滴幽庭①落叶时,愁聚萧娘柳眉。
玉郎一去负佳期,水云迢递雁书迟。
屏半掩,枕斜欹,蜡泪无言对垂。
吟蛩断续漏频移,入窗明月鉴空帷。②

【笺注】
①幽庭:幽深的庭院。
②鉴:照。鉴空帷即"照空帷"。

菩萨蛮 四首

其一

回塘①风起波纹细,刺桐花里门斜闭。

　　　　残日照平芜,双双飞鹨鹄。
　　　　征帆何处客? 相见还相隔。
　　　　不语欲魂消,望中②烟水遥。

【笺注】

①回塘:环曲的水池。
②望中:视野之内。

【汇评】

①钟人杰合刻花间草堂本评语:"刺桐花里门斜闭",词中只消此等句便佳。
②陈廷焯《云韶集》卷一:"残日照平芜"五字,精绝秀绝。又:此首音节凄断。

其二

　　等闲将度三春①景,帘垂碧砌参差影。
　　　　曲槛日初斜,杜鹃啼落花。
　　　　恨君容易②处,又话潇湘去。
　　　　凝思倚屏山,泪流红脸斑。

【笺注】

①三春:孟、仲、季三春,即整个春季。或指春季最后一月为"三春"。
②容易:草率,轻易。

其三

　　隔帘微雨双飞燕,砌花零落红深浅。
　　　　捻得宝筝凋①,心随征棹遥。

楚天云外路,动便经年去。②
香断画屏深,旧欢何处寻?

【笺注】

①捻(niǎn):弹奏弦乐的一种指法。白居易《琵琶行》:"轻拢慢捻抹复挑,初为《霓裳》后《六幺》。"宝筝:精美的筝。

②"动便"句:动不动就一去经年。动:常常、每每,副词。便:即、就。经年:经过一年以上。

【汇评】

汤显祖评《花间集》卷四:《菩萨蛮》集中最多,而佳者亦不少。以此殿之,不为貂续。

西溪子

金缕翠钿浮动①,妆罢小窗圆梦。②
日高时,春已老,人来到。
满地落花慵扫。
无语倚屏风,泣残红。

【笺注】

①金缕翠钿:首饰富丽之状。浮动:颤动。
②圆梦:亦作"原梦"。推断梦中事,以定凶吉。

【汇评】

钟人杰合刻花间草堂本评语:小有情致。

虞美人

金笼莺报天将曙,惊起分飞处。
夜来潜与①玉郎期,多情不觉酒醒迟,失归期。
映花避月遥相送,腻髻偏垂凤。
欲回娇步入香闺,倚屏无语捻云篦②,翠眉低。

【笺注】
①潜与:暗与。
②捻云篦:玩弄着云篦。捻,用手指搓动。云篦,云头篦梳。

河传 二首

其一

去去,何处?迢迢巴楚。①
山水相连,朝云暮雨。
依旧十二峰前,猿声到客船。
愁肠岂异丁香结?
因离别,故国音书绝。
想佳人花下,对明月春风,恨应同。

【笺注】
①巴楚:巴山楚水,泛指四川、湖北一带。

【汇评】

①陈廷焯《词则·别调集》卷一:一气卷舒,有水流花放之致。结六字温厚。

②况周颐《餐樱庑词话》:李德润《河传》云:"想佳人花下,对明月春风,恨应同。"高竹屋《齐天乐·中秋夜怀梅溪》云:"古驿烟零,幽垣梦冷,应念秦楼十二。"两家用意略同。高词伤格不可学,李词则否。故当细思之。

其二

春暮,微雨,送君南浦。①
愁敛双蛾。落花深处。
啼鸟似逐离散,粉檀②珠泪和。
临流更把同心结。
情哽咽,后会何时节?
不堪回首,相望已隔汀洲,橹声幽。③

【笺注】

①南浦:泛指送别之地。江淹《别赋》:"春草碧色,春水绿波;送君南浦,伤如之何。"

②檀:檀红色,指胭脂之类。

③橹声幽:摇橹之声已渐幽微,说明舟已远去。

343

附 录

《花间集》提要、序跋

1.《四库全书总目提要》卷一百九十九《花间集》提要

《花间集》十卷（江苏巡抚采进本）后蜀赵崇祚编。崇祚字宏基，事孟昶为卫尉少卿，而不详其里贯。《十国春秋》亦无传。案，蜀有赵崇韬，为中书令廷隐之子。崇祚疑即其兄弟行也。诗馀体变自唐，而盛行于五代。自宋以后，体制益繁，选录益众。而溯源星宿，当以此集为最古。唐末名家词曲，俱赖以仅存。其中《渔父词》《杨柳枝》《浪淘沙》诸调，唐人仍载入诗集，盖诗与词之转变在此数调故也。于作者不题名而题官，盖即《文选》书字之遗意。惟一人之词，时割数首入前后卷，以就每卷五十首之数，则体例为古所未有耳。陈振孙谓所录"自温庭筠而下十八人，凡五百首"，今逸其二。坊刻妄有增加，殊失其旧。此为明毛晋重刊宋本，犹为精审。前有蜀翰林学士中书舍人欧阳炯序，作于孟昶之广政三年，乃晋高祖之天福五年也。后有陆游二跋。其一称："斯时天下岌岌，士大夫乃流宕如此，或者出于无聊。"不知惟士大夫流宕如此，天下所以岌岌，游未反思其本耳。其二称："唐季、五代，诗愈卑而倚声者辄简古可爱，能此不能彼，未易以理推也。"不知文之体格有高卑，人之学力有强弱。学力不足副其体格，则举之不足。学力足以副其体格，则举之有馀。律诗降于古诗，故中、晚唐古诗多不工，而律诗则时有佳作。词又降于律诗，故五季人诗不及唐，词乃独胜。此犹能举七十斤者举百斤则蹶，举五十斤则运掉自如，有何不可理推乎。

2. 宋绍兴建康郡斋本晁谦之《花间集》跋

右《花间集》十卷，皆唐末才士长短句，情真而调逸，思深而言婉。嗟呼！虽文之靡，无补于世，亦可谓工矣。建康旧有本，比得往年例卷，犹载郡将监司僚幕之行，有《六朝实录》与《花间集》之赆。又他处本皆讹舛，乃是正而复刊，聊以存旧事云。绍兴十八年二月二日济阳晁谦之题。

3. 宋李之仪《姑溪居士文集》卷四十《演山居士新词序》

长短句于遣词中最为难工，自有一种风格，稍不如格，便觉龃龉。唐人但以诗句，而用和声抑扬以就之，若今之歌阳关词是也。至唐末，遂因其声之长短句，而以意填之，始一变以成音律。大抵以《花间集》中所载为宗，然多小阕。至柳耆卿，始铺叙展衍，备足无馀，形容盛明，千载如逢当日，较之《花间》所集，韵终不胜。由是知其为难能也。张子野独矫拂而振起之，虽刻意追逐，要是才不足而情有馀。良可佳者，晏元献、欧阳文忠、宋景文，则以其馀力游戏，而风流闲雅，超出意表，又非其类也。谛味研究，字字皆有据，而其妙见于卒章，语尽而意不尽，意尽而情不尽，岂平平可得仿佛哉！思道覃思精诣，专以《花间》所集为准，其自得处，未易咫尺可论。

345

苟辅之以晏、欧阳、宋,而取舍于张、柳,其进也,将不得而御矣。

4. 宋陆游《渭南文集》卷三十《跋花间集一》

《花间集》皆唐末五代时人作。方斯时,天下岌岌,生民救死不暇,士大夫乃流宕如此,可叹也哉!或者出于无聊故耶?笠泽翁书。

5. 宋陆游《渭南文集》卷三十《跋花间集二》明汲古阁覆宋本陆游跋之二

唐自大中后,诗家日趣浅薄。其间杰出者亦不复有前辈闳妙浑厚之作,久而自厌,然梏于俗尚,不能拔出。会有倚声作词者,本欲酒间易晓,颇摆落故态,适与六朝跌宕意气差近,此集所载是也。故历唐季五代,诗愈卑而倚声者辄简古可爱。盖天宝以后,诗人常恨文不迨。大中以后,诗衰而倚声作,诸人以其所长格力施于所短,后世孰得而议?笔墨驰骋则一,能此不能彼,未易以理推也。开禧元年十二月乙卯,务观东篱书。

6. 宋陈振孙《直斋书录解题》

《花间集》十卷 蜀欧阳炯作叙,称卫尉少卿字宏基者所集,未详何人。其词自温飞卿以下十八人,凡五百首。此近世倚声填词之祖也。诗至晚唐五季,气格卑陋,千人一律,而长短句独精巧高丽,后世莫及。此事之不知晓者。放翁陆务观之言云尔。

7. 宋林景熙《霁山文集》卷五《胡汲古乐府序》评《花间集》

唐人《花间集》，不过香奁组织之辞，词家争幕效之，粉泽相高，不知其靡，谓乐府体固然也。一见铁心石肠之士，哗然非笑，以为是不足涉吾地。其习而为者，亦必毁刚毁直，然后宛转合宫商，妩媚中绳尺，乐府反为情性害矣。乐府，诗之变也。诗发乎情，止乎礼义，美化厚俗，胥此焉寄！岂一变为乐府，乃遽与诗异哉？宋秦、晁、周、柳辈，各据其垒，风流酝藉，固亦一洗唐陋，而犹未也。荆公《金陵怀古》，末语"后庭遗曲"，有诗人之讽。裕陵览东坡月词，至"琼楼玉宇，高处不胜寒"，谓苏轼终是爱君。由此观之，二公乐府，根情性而作者，初不异诗也。严陵胡君汲古，以诗名，观其乐府，诗之法度在焉。清而腴，丽而则，逸而敛，婉而庄。悲凉于残山剩水，豪放于明月清风，酒酣耳热，往往自为而歌之。所谓乐而不淫，哀而不伤，一出于诗人礼义之正。然则先王遗泽，其独寄于变风者，独诗也哉！

8. 明王世贞《艺苑卮言》评《花间集》

《花间》以小语致巧，《世说》靡也；《草堂》以丽字取妍，六朝隃也。即词号称诗馀，然而诗人不为也。何者，其婉娈而近情也，足以移情而夺嗜。其柔靡而近俗也，诗嘽缓而就之。而不知其下也。之诗而词非词也，之词而诗非诗也。言其业，李氏、晏氏父子、耆卿、子野、美成、少游、易安，至矣，词之正宗也。温、韦艳而促，黄九精而刻，长公丽而壮，幼安辨而奇，又其次也，词之变体也。词兴而乐府亡，曲兴而词亡，非乐府与词之亡，其调亡也。

9. 明汤显祖《玉茗堂评花间集叙》

自三百篇降而骚、赋，骚、赋不便入乐；降而古乐府，古乐府不入俗；降而以绝句为乐府，绝句不婉转；则又降而为词。故宋人遂以为词者诗之馀也。乃北地李献吉之言曰："诗至唐，则古调亡矣。然自有唐调可歌咏，犹足被管弦。宋人主理不主调，于是唐调亦亡。"尝考唐调所始，必以李太白《菩萨蛮》《忆秦娥》及杨用修所传《清平乐》为开山。而陶宏景之《寒夜怨》，梁武帝之《江南弄》，陆琼之《饮酒乐》，隋炀帝之《望江南》，又为太白开山。若唐宣宗所称"牡丹带露真珠颗"[菩萨蛮]一阕，又不知何许何时人，而其为《花间集》先声，盖可知矣。《花间集》久失其传。正德初，杨用修游昭觉寺，寺故孟氏宣华宫故址，始得其本，行于南方。《诗馀》流遍人间，枣梨充栋，而讥评赏鉴之者亦复称是，不若甾心《花间》者之寥寥也。余于《牡丹亭》、二《梦》之暇，结习不忘，试取而点次之，评骘之。期世之有志风雅者，与《诗馀》互赏，而唐词之反而乐府，而赋、骚，而三百篇也。诗其不亡也夫！诗其不亡也夫！万历乙卯春日，清远道人汤显祖题于玉茗堂。